L'ÉPAISSEUR DE L'AUBE

Nicolas Garma-Berman

L'épaisseur de l'aube

roman

belfond

Conception graphique de la couverture : look specific, Jad Hussein

Belfond | un département **place des éditeurs**

place
des
éditeurs

À Alex

I

NESS

« I saw it written and I saw it say
Pink moon is on its way. »

Nick Drake, *Pink Moon*

1

Mon premier véritable souvenir est celui du jour où mon frère m'a donné mon nom. D'autres sont plus anciens, mais ils sont incomplets – des images muettes, des voix sans décor. Celui-là est entier. Il a son paysage, ses couleurs, ses personnages. Et bien sûr sa bande-son : la voix de Roy.

Même gamin, mon frère possédait ce timbre profond, plein, cette fréquence presque musicale si particulière que j'allais retrouver dès que j'en sentais le besoin. Certains l'appelaient Birdie. Je n'ai jamais trouvé la comparaison très heureuse : Roy chantait, mais sa voix était bien trop grave pour rappeler celle d'un oiseau. Ou peut-être un oiseau-violoncelle. Il y a bien des oiseaux-lyres, après tout.

Le jour où Roy m'a donné mon nom, j'avais cinq ans. Roy, dix. Nous vivions encore en Écosse. Notre appartement se trouvait à Édimbourg, mais l'été nous passions des vacances en bord de mer, dans un endroit qui, à en juger par le décor de mes souvenirs, devait se trouver dans les Highlands. Je me souviens de la courbe d'une grande plage de galets, ceinturée de montagnes – ou peut-être de hautes collines – et donnant sur une vaste mer, tantôt grise tantôt bleue. Et au loin, très loin de l'autre côté de la mer, d'autres reliefs, sans doute une île. Je me souviens aussi des nuages qui roulaient dans le ciel, du vent qui se levait sans prévenir, de la pluie qui dégringolait sur nos têtes.

Mon frère se trouvait sur la plage, assis sur les pierres. Tel que je le revois, il ressemblait beaucoup au Roy adulte : très grand, moins massif qu'il ne l'est devenu par la suite, bien sûr, mais les épaules déjà solides. Il avait les lèvres fines, les yeux en amande. Son visage dégageait cette étrange douceur qui me fascinait parce qu'elle tranchait avec l'aspect presque rude du reste de sa personne. Mon frère m'a toujours fait penser à un arbre : le corps lourd, stable, enraciné, et le visage léger comme une couronne de feuilles. C'est ainsi que ma mémoire le représente, et je crois que c'est ainsi qu'il était. Parfois, en observant des photographies d'une époque ancienne, on trouve une expression sur un visage, une apparence trompeuse, et ces éléments s'intègrent à nos souvenirs, les altèrent. Dans ce cas précis, c'est impossible : la seule image de Roy antérieure à notre départ d'Édimbourg qu'il m'a été donné de voir est la photo d'identité de son premier passeport. Je l'avais trouvée un jour dans l'un des tiroirs de son appartement. Le document avait dû prendre l'eau : le portrait était minuscule et flouté. Nous n'avons gardé aucune autre photo de cette époque. Je ne veux pas dire que la représentation que j'ai gardée de Roy enfant est tout à fait exacte : il s'agit d'un souvenir, et je sais qu'il ne faut pas trop en demander aux souvenirs. Mais, ce qui est certain, c'est qu'il n'y a eu par la suite ni photographie ni discussions au coin du feu pour se remémorer ces moments – ma mémoire est la seule responsable de mes souvenirs d'enfance.

Ce jour-là, je pense que c'était le matin, j'étais dans l'eau, le corps immergé jusqu'aux épaules. Nos parents, Kenneth et Isla, devaient être rentrés dans la maison que nous occupions en bordure de la plage. Ou peut-être étaient-ils en balade ; toujours est-il que sur l'image il n'y a que Roy et moi. Roy sur la rive, moi, dans la mer. Moi qui, à l'aube de ce matin-là, m'appelais encore David.

Sous un ciel gris, je jouais dans l'eau à chercher des trésors : des pierres de différentes formes, du bois, des branches mortes de pin douglas ou de frêne, entortillées sur elles-mêmes et gorgées d'eau, que je faisais sécher sur la rive. Le bois était détrempé, rugueux.

Je ne sais pas ce que Roy faisait, assis sur les galets. Il était simplement là. De mon côté, je ne me souciais pas de lui, tout occupé que j'étais à sélectionner mes trouvailles et à les ranger sur le rivage, bien classées par type et par taille. Certaines branches étaient emmaillotées d'algues et je devais les secouer pour les en libérer.

Le début du souvenir est presque silencieux – un léger vent, le clapotis des vagues – jusqu'à l'irruption de la voix de Roy. Je venais de ramasser une longue branche au fond de l'eau et j'étais en train de l'étudier quand la voix a retenti derrière moi.

— Allez, Nessie ! Viens, il faut sortir ! Il fait froid !

Nessie, Ness, comme le monstre. J'avais dû comprendre que Roy s'amusait de ma lubie aquatique. Je connaissais la légende, évidemment. Était-ce dans la région du loch que nous passions nos vacances ? Je n'en sais rien. C'est une question que je n'ai jamais posée à mon frère.

— Allez, Ness, tu vas geler, ici !

Comme je refusais de sortir – je n'avais pas fini mon travail – mon frère était venu me rejoindre. Il avait pénétré dans l'eau maladroitement, glissant sur les galets couverts de mousse.

L'eau lui arrivait à peine aux cuisses. Il s'était posté à quelques centimètres de moi, les mains sur les hanches.

— Allez, avait-il dit doucement. Allez, le monstre des mers, on rentre.

Ness le monstre des mers. D'un côté, le surnom m'avait amusé. Je l'avais trouvé affectueux et la sonorité me plaisait. Mais je n'aimais pas l'idée du monstre. Elle me faisait peur. Et puis, Roy ne souriait pas. Alors pour évacuer la crainte que je sentais grossir en moi, j'avais ri et éclaboussé mon frère en tapotant la surface de l'eau.

— Les monstres n'existent pas, Roy !

Il s'était approché, si près qu'un peu de l'eau froide qui perlait sur son visage était retombée sur mes épaules.

— Bien sûr que si, bien sûr que les monstres existent.

Le vent s'était levé. La voix de Roy était calme et ferme. Le doigt pointé dans une direction où les eaux étaient plus sombres, il m'avait parlé de la créature. Il n'avait négligé aucun détail, et je me rappelle chaque mot qu'il avait prononcé. Il avait décrit les profondeurs et la masse qui y vivait à l'abri des regards, ses écailles poisseuses et glacées comme les abysses. Il avait évoqué les pêcheurs qui l'avaient vue mais n'avaient jamais pu le raconter, leurs enfants orphelins qui en grandissant étaient partis à sa recherche et avaient disparu à leur tour. Plus Roy parlait, plus l'eau m'avait paru froide et agitée. La branche que je tenais à la main s'était mise à ressembler à la silhouette du monstre.

Et puis mon frère s'était approché et m'avait pris par l'épaule.

— T'en fais pas, Nessie.

Il m'avait serré contre lui, contre sa peau chaude et salée. Sa voix m'avait rassuré, et immédiatement je m'étais calmé.

— T'en fais pas. Les monstres sont là, mais moi aussi, je suis là.

J'ai toujours cru les paroles de mon frère. Si Roy affirmait que le monstre existait, je le croyais. Et s'il m'assurait que je ne risquais rien, qu'il me protégeait, je le croyais tout autant. Il m'avait pris par la main et nous étions sortis de l'eau pour aller nous réchauffer à la maison.

Ce jour-là, mon frère m'avait donc appelé Ness pour la première fois. Le nom est resté. Je ne saurais expliquer pourquoi. Tout le monde s'était bientôt mis à l'utiliser, mes parents et les enfants d'Édimbourg, les instituteurs et les voisins. J'imagine que c'était en partie ma faute : j'avais dû me prêter au jeu sans oser leur demander d'arrêter. Pourtant, je n'aimais pas ce nom. Plus je l'entendais et plus je revoyais le monstre, les profondeurs, l'eau qui gronde. Même si le monstre du loch

Ness, contrairement à ce que Roy m'avait raconté, n'a jamais fait de mal à personne. La peur gonflait en moi et les légendes écossaises, que Roy m'avait souvent murmurées à l'oreille, perdaient leur magie et devenaient sombres comme des mauvais rêves. Mais je n'osais pas le dire. Je n'osais pas en parler à Roy. Je le laissais me prendre dans ses bras et me rassurer de cette menace dont je ne comprenais pas l'origine.

Ce matin-là, j'ai changé. J'ai cru que Roy, en m'appelant Ness pour la première fois, n'avait rien fait d'autre que ça : me donner un nom. J'ai cru pouvoir être Ness, tout en restant David. J'ai cru que porter ce nom ne changerait rien. Mais je crois que, quand on change de nom, on devient quelqu'un d'autre.

2

C'était un matin de début septembre, une journée sèche et lumineuse. Le soleil réchauffait peu à peu les rues de Genève. Les vieux immigrés des jardins des Bastions terminaient leurs premières parties d'échecs à l'ombre des platanes, et les premiers baigneurs arrivaient à vélo sur les rives du lac. Le pont du Mont-Blanc était déjà encombré de voitures.

J'avais terminé mon travail de la semaine, un dossier sur les vignobles de la région que je venais de rendre au rédacteur en chef du journal, Svensson, avec qui j'avais bu un café en discutant de quelques corrections.

J'ai décidé de me rendre à pied de l'autre côté du lac. Depuis plusieurs semaines, je m'efforçais de marcher pour éliminer l'embonpoint que la fin de trentaine était en train de déposer au creux de mes hanches. Je n'ai pas hérité de la carrure immuable de Roy. D'ailleurs, notre grande taille mise à part, il n'y a aucune ressemblance physique entre nous. J'ai les cheveux blonds, très clairs ; ceux de Roy sont sombres comme l'écorce d'un chêne. Mon visage est rond et un peu joufflu, presque imberbe. Le sien, finement sculpté, la barbe naissante bien dessinée. Sa femme, Selkie, nous avait un jour comparés à des éléments contraires : l'eau et le feu, la terre et l'air. J'avais répondu que s'il fallait faire ce genre d'analogie, Roy serait à mon avis tout à la fois la terre, l'eau et le feu, et aussi l'air, enfin le ciel, dans son immensité, alors que moi je ne serais que l'air, mais un air différent, un nuage plutôt, léger, de taille modeste, flottant au gré du vent sans arroser personne. Selkie avait cru que je me plaignais, mais ce n'était pas du tout le cas.

J'ai pris un détour par la colline de la vieille ville et je suis descendu vers le Rhône, où une poignée de cygnes nageaient à contre-courant. Autour de moi défilaient des hommes d'affaires, des banquiers en costume, l'air grave et le pas pressé, tentant d'éviter les joggeurs qui leur barraient la route. Je suis remonté à travers les rues du quartier des Pâquis où flottaient les odeurs de fritures des cantines portugaises.

L'air était lumineux, presque blanc. Je me rappelle qu'il me fallait par moments plisser les yeux pour les reposer de toute cette lumière. Pourtant, dans mon souvenir, le ciel n'est pas si clair. Il est traversé de nuances pastel, très douces, de teintes qui, je le sais, n'appartiennent pas à cette journée mais à la suivante. Comme si les couleurs de l'aube du lendemain – celles de la matinée de l'accident – avaient déteint sur le reste. Comme si elles s'étaient renversées sur un coin de ma mémoire et avaient recouvert l'avant et l'après.

Il était près de midi quand j'ai atteint la rive du lac. Les passants se sont faits plus rares. Quelques vieux traînés par leur chien, des promeneurs solitaires, mains dans les poches et regard posé au loin, vers les sommets des Alpes couverts de neige.

J'étais chez moi dans cette ville. Année après année, j'y avais entreposé mes souvenirs comme on stocke des affaires dans le grenier d'une maison familiale. C'était un exercice périlleux, car Genève est une petite ville, trop petite pour accueillir une vie entière. À trop y vivre je la faisais presque déborder, il n'y avait plus un recoin inconnu, une courette pavée ou un bout de rivage inexploré, plus un parc secret où se réfugier. Il restait bien les demeures des millionnaires, aux extrémités de la ville, mais avec le temps, même ces forteresses étaient devenues familières. Les souvenirs se tapissaient à chaque coin de rue, dans tous ces logements visités, sur chaque banc, entre les branches des châtaigniers. Certains étaient légers comme l'air, d'autres pesaient davantage et emplissaient l'atmosphère comme l'humidité gonfle le bois. Il fallait un grand calme pour parvenir à les côtoyer sans les laisser prendre le dessus.

Je me suis arrêté à une buvette pour déjeuner. Il y avait là une dizaine de tables organisées autour d'une baraque en bois depuis laquelle une femme prenait les commandes d'une voix de stentor. Les chaises étaient étroites, inconfortables. J'y avais passé un moment avec Roy, des années plus tôt, et en m'installant une image m'est apparue : mon frère et son tatouage qui ondule jusqu'à la nuque, le tee-shirt échancré, faussement débraillé, à l'effigie d'un groupe de rock irlandais. Roy, pas tout à fait à sa place, ni à cette table ni dans cette ville.

Mon frère avait douze ans quand nous sommes partis d'Écosse à la mort de ma mère. Il ne s'est jamais vraiment habitué à Genève. Les premières années, il passait son temps à parler de son pays. Le grès des maisons d'Édimbourg était plus noble que la pierre de Genève, les longues journées d'été et la lumière de l'hiver lui manquaient, la ville était trop rangée, la scène musicale trop pauvre. Le temps n'y a rien fait : pour lui, la Suisse n'a jamais été qu'un pays de passage. Dès qu'il a été en âge de voyager seul, il est revenu en Écosse. Et puis il s'est cherché un autre chez lui, à Londres, Berlin, Rome. Mais il est toujours revenu à Genève, et, quand il a rencontré Selkie, j'ai compris qu'il y resterait.

L'Écosse a aussi été mon pays, un jour. Mais j'étais très jeune quand nous l'avons quittée et je l'ai en grande partie oubliée. C'est ici, dans cette ville, que je suis chez moi. L'Écosse n'est pour moi qu'une terre de fantômes ; ses histoires et son folklore m'ont toujours fait peur. Pour la plupart, les images que j'ai de ce pays sont brumeuses, sombres, comme ces contes que Roy racontait dans l'obscurité de notre appartement d'Édimbourg.

Je me souviens de certaines histoires, des décors et des personnages, des hameaux couverts de pluie, des tritons, *kelpies*, *banshees* et autres esprits hurlants. Je me souviens de la voix de Roy et de la peur que je ressentais en écoutant mon frère, de Roy quittant la chambre, du silence qui suivait et du sommeil qui ne venait pas.

J'ai toujours su que ce n'était pas seulement ça, l'Écosse, des légendes et des forêts prises dans la brume. Je me rappelle Édimbourg, notre ruelle pavée, ma mère qui m'entourait de ses bras et de ses longs cheveux dorés en me portant vers ma chambre. Mais ce qui est resté, plus que tout, ce sont les histoires que Roy me déposait à l'oreille.

C'est aussi à cause d'elles que j'ai été soulagé de quitter ce pays. Quand le ferry s'était éloigné d'Édimbourg, nous étions restés sur le pont, Roy, Papa et moi, malgré la bruine. Eux contemplaient leur pays avec douleur, nostalgie, ou que sais-je. Moi, j'avais attendu que ce pays me quitte. Que ses histoires s'en aillent. J'avais expiré et les avais senties se retirer, je les avais vues de mes yeux s'enrouler autour du bateau comme une écharpe de fumée et s'envoler pour aller se déverser au loin, sur leurs steppes natales. L'atmosphère avait alors changé de consistance. L'air était devenu plus chaud, plus léger. Et aujourd'hui encore, si sur un balcon de Genève je rencontre une barrière de métal qui me rappelle le garde-corps du ferry, je sens mes poumons se charger d'air.

C'est ce que j'avais ressenti, ce jour-là, en regardant s'éloigner la côte. J'avais respiré. J'avais pensé : nous laissons derrière nous la terre des fantômes. J'avais six ans, presque sept. Je ne savais pas encore que les fantômes nous suivraient.

*

J'avais prévu d'aller chercher Emily à l'école. Ses parents étaient occupés : Roy enregistrait un album et Selkie répétait la pièce qu'elle devait jouer à la fin du mois. Mais l'après-midi commençait à peine et j'avais du temps avant la sortie des classes. J'ai donc décidé de me rendre chez Papa.

J'écris chez Papa, chez Kenneth, parce qu'il habitait ce bâtiment depuis si longtemps qu'on peut dire qu'il s'y était installé, et je savais qu'il n'en sortirait plus. Mais c'était un établissement spécialisé qui n'avait rien d'un chez-soi, malgré la proximité du lac, le parc bien entretenu et le relatif confort de la chambre.

Il m'avait fallu du temps pour m'habituer à la présence des aides-soignants et du matériel médical, aux apparitions des médecins, aux arrivées et aux départs incessants. Mais peu à peu je m'étais mis à aimer cet endroit, que j'avais fini par appeler l'« hôtel du lac ». Je m'y étais fait une place parmi les ombres des vieillards, je m'étais installé dans ce silence, parfois brisé par un accès de folie ou l'émergence violente d'un souvenir. J'avais fini par m'attacher à ces visages égarés, à ces yeux dans lesquels on lisait tout et rien à la fois. L'étrangeté qu'on trouvait chez ces vieux me semblait plus naturelle que celle des autres habitants de la ville. Dehors aussi, les habitants erraient, mais ils s'obstinaient à faire semblant d'avancer, alors qu'à l'hôtel du lac personne n'avait d'objectif, tout était d'une certaine manière plus simple, dans le présent, comme en enfance.

Mon père y était entré trois ans plus tôt, pendant un autre mois de septembre où son esprit s'était brutalement fissuré. On m'avait dit qu'il était malade. Mais les fissures de Papa n'étaient pas le fruit du hasard.

À notre arrivée en Suisse, Papa, qui travaillait auparavant comme ingénieur au chantier naval d'Édimbourg, avait rapidement trouvé un autre emploi et avait pu louer un appartement dans le centre de Genève. Il avait choisi ce pays en raison de la présence de son cousin Clyde, un type joyeux, un peu rêveur, qui avait quitté l'Écosse quelques années plus tôt avec sa femme Gabriela. Ils possédaient un restaurant brésilien près de la frontière française où nous allions souvent dîner. Je me souviens des tables en teck et de la nourriture épicée, de la musique et de la salle bruyante peuplée d'expatriés de toutes sortes. Clyde et Gabriela avaient trop d'énergie pour rester à Genève ; qui sait où ils sont maintenant.

Pendant des années, Papa s'est construit l'apparence d'une nouvelle vie. Il côtoyait des collègues, invitait des enfants à la maison, dînait longuement avec nous, discutait avec les commerçants du quartier. Je l'accompagnais souvent. J'aimais ces sorties, la tranquillité avec laquelle il allait de commerce en commerce, les pauses sur les bancs d'un jardin public à élaborer le menu du prochain repas, les conversations écoutées chez le boulanger ou au café où nous passions un moment avant de rentrer. Papa avait une vie solitaire – s'il a eu des amantes, je ne les ai jamais rencontrées – mais il n'était jamais morose ou mélancolique, et malgré l'absence de ma mère j'avais l'impression que nous passions des années paisibles.

Il ne parlait jamais de l'Écosse ou de ma mère Isla. Quand j'essayais d'évoquer ce sujet, il ne me répondait pas.

L'année de mes dix ans, alors que nous marchions dans la rue sous une averse, abrités par un parapluie tenu par mon père, une enfant était passée à côté de nous en sautant de flaque en flaque.

— Isla ! avait crié sa mère qui marchait un peu plus loin.

Papa s'était arrêté de marcher et avait laissé retomber le parapluie. Pendant que les gouttes se déversaient sur nos têtes, il avait observé l'enfant qui courait rejoindre sa mère. J'avais senti l'esprit de mon père quitter la Suisse, rejoindre d'autres trottoirs et d'autres nuages, ceux d'Édimbourg, de la ruelle de Stockbridge où nous habitions, de la maison que nous occupions avec Maman. Je m'étais approché de lui, brûlant du désir d'évoquer Isla ensemble, mais avant que j'aie pu trouver les bons mots, mon père avait repris sa route. Je n'avais pas davantage essayé d'en parler, ni ce jour-là, ni les suivants. J'avais compris que mon père voulait oublier, qu'il avait enfoui ce passé, et j'avais encore la naïveté de penser qu'il parviendrait à vivre sans.

Papa faisait partie de ces exilés qui n'ont connu ni guerre ni famine, ni tyrannie ni persécution, qui ont simplement fui une absence pour en trouver une autre à l'endroit où ils ont trouvé refuge. Il n'est jamais retourné en Écosse. Le mal du pays n'a pas suffi à l'y faire revenir. Et plutôt que d'affronter le souvenir de ce qu'il y avait vécu, il a nié en bloc jusqu'à l'existence de ce pays, de sa femme, de toute une vie. Il s'est forcé à vivre sans eux, un jour après l'autre. Elle était là, dans l'ombre, la cause de sa démence. On ne dissimule pas au fond de soi une vie entière, un pays entier. On n'a pas la place pour ça, ça ne peut pas tenir, là, au creux du ventre. Il arrive forcément un jour où tout remonte, les teintes des ruelles, le bruit des vagues sur le port, l'odeur des cheveux d'Isla. Il arrive un jour où l'on s'effondre. Papa s'était effondré à sa manière, par la tête plutôt que le cœur. C'était son cerveau qui s'était fissuré. À force de vouloir jouer avec l'oubli, l'oubli l'avait dévoré.

Cet après-midi-là, je suis donc allé lui rendre visite. J'ai traversé le reste de la ville à pied, en longeant la rive parmi les promeneurs.

Il se passe une chose singulière quand je me rends à l'hôtel du lac. Tandis que je marche sur la route, la ville se transforme, comme dans ces contes pour enfants où l'on bascule d'un monde à un autre, du monde que nous connaissons à un univers peuplé de créatures imaginaires, sauf qu'ici, le monde réel est celui de l'hôtel du lac : c'est la ville autour de lui qui se métamorphose. Elle se pare de couleurs vives, les ombres des immeubles et les silhouettes des arbres se déforment, les passants prennent des gestes de danseurs, leurs corps s'allongent et leurs visages deviennent minuscules. Il n'y a pas deux mondes, il n'y en a plus qu'un, celui de Kenneth et de l'hôtel, qui a débordé sur le reste de la ville jusqu'à l'envelopper entièrement.

C'est peut-être encore à cause des histoires.

Quand j'étais enfant, Kenneth nous en racontait chaque soir. Il parlait des voyages que faisaient les bateaux qu'il construisait. Roy m'a dit plus tard qu'il inventait. Sans doute. Je sais seulement qu'il a cessé d'en raconter à notre arrivée en Suisse. À Genève, au dîner, nous ne parlions que de la ville, de l'école, de nos amis. Quand Papa est entré à l'hôtel du lac, quand j'ai compris que son monde s'était dissocié du nôtre, j'ai raconté à mon tour. Sans trop savoir pourquoi, au début : les histoires, ça n'a jamais été mon domaine, c'était celui de Roy, de Kenneth avant lui, de Selkie quand elle montait sur scène. Moi, je n'avais jamais fait que les écouter, ou les subir. Mais à l'hôtel, je me suis mis à inventer. Je me suis créé un métier : je n'étais plus journaliste, j'étais une sorte de menuisier pas comme les autres. On me passait commande de bibliothèques baroques, de buffets sculptés d'animaux fantastiques, mes clients étaient des milliardaires fantasques à qui je fabriquais des décors pour magiciens, des cabanes perchées dans les platanes, des lits suspendus. Mes meubles et mes décors voyageaient, ornaient les cabines de bateaux, les caravanes de cirques ambulants, les wagons de première classe. Peut-être était-ce à cause de ces histoires que la ville se métamorphosait sur le chemin de l'hôtel du lac. Ou peut-être était-ce l'inverse : les histoires venaient parce que j'étais déjà entré dans le monde de Kenneth, et que dans ce monde, comme Papa et comme le reste des gens, j'étais quelqu'un d'autre.

Arrivé devant la propriété, j'ai sonné au portail, qui s'est ouvert dans un grognement de ferraille. J'ai longé des parterres de fleurs et j'ai pénétré dans le bâtiment, en saluant en chemin les corps égarés, les gueules de fantômes. J'ai respiré l'air imprégné de désinfectant, cette odeur que j'avais depuis longtemps changée en fragrance issue d'une plante autochtone, propre à ce monde.

Papa était assis sur son lit. Je l'ai embrassé et il m'a souri. J'ai pris place sur le fauteuil qui lui faisait face, près de la fenêtre derrière laquelle des branches de châtaigniers se balançaient sous la brise. Il était habillé, la chemise bien ajustée à la taille et aux épaules, et les chaussures lacées à sa manière caractéristique, faite d'un nœud coulant et d'une seule boucle.

Papa n'avait pas oublié les nœuds, mais il avait cessé de se souvenir de moi. Dans ces murs, je l'appelais d'ailleurs Kenneth, pour ne plus avoir à soutenir le regard méfiant qu'il affichait quand je disais « Papa ».

Je lui ai posé quelques questions et, tandis qu'il me répondait, j'ai observé ses yeux, si pâles, et sa peau lisse comme celle d'un reptile. Il n'a dit que quelques mots. Il attendait déjà mon histoire.

Dans celle que j'ai racontée, les personnages étaient deux clients dont je prétendais avoir reçu la visite à mon atelier. Un homme habillé comme un prince d'Orient, babouches aux pieds, accompagnant un enfant, pieds nus, vêtu d'un vêtement de soie. L'enfant semblait commander à l'homme dans une langue proche du persan. J'ai décrit à mon père comment ils m'avaient demandé de leur fabriquer une fenêtre invisible pour que l'enfant puisse observer, sans être vu, les jardins qui bordaient sa demeure. Une fenêtre qu'on ne doit pas voir, dont on ne doit même pas imaginer la présence.

— Comment rendre une fenêtre invisible ? C'est un problème, n'est-ce pas ?

Je livrais mes histoires sous forme d'énigme pour entraîner le cerveau de mon père. J'avais peur de voir grandir la fissure.

— Un problème, oui, a répondu Papa en fronçant les sourcils. Pas évident. Non, pas du tout.

Parfois, mes histoires faisaient naître un sourire sur son visage, et j'avais l'impression de le voir reprendre quelques couleurs. Sa peau se détendait un peu. À d'autres moments, il faisait un geste qui n'appartenait qu'à lui : il lissait sa couverture, caressait les bords de son Borsalino, ou sortait de la table de nuit un jeu de cartes qu'il ouvrait en éventail. C'était son corps qui se souvenait.

— L'enfant s'impatientait, ai-je poursuivi. Il s'est mis à arpenter l'atelier et à toucher aux plans, au bois, aux outils. Comment rendre une fenêtre invisible ? L'homme, de son côté, restait droit, silencieux. Il attendait que je lui livre une proposition en tapotant le sol avec ses chaussons pointus.

Dans l'entrée de la chambre, par la porte entrouverte, une vieille femme est apparue. Il ne se passait pas grand-chose à l'hôtel du lac, et quand ils entendaient mes histoires, les vieillards en vadrouille se faufilaient parfois hors du couloir et venaient se planter dans le vestibule pour m'écouter. Mais ils ne s'approchaient pas davantage.

— L'enfant s'est tourné vers moi, ai-je poursuivi, et il m'a dit d'une voix douce : « C'est très important pour moi, cette fenêtre. Très important. Je m'en servirai surtout au lever du soleil. »

La vieille femme qui nous écoutait est repartie en jetant des coups d'œil coupables autour d'elle. À sa place est entrée Ana Seiermann.

Ana, la neurologue de l'établissement, rendait visite à mon père une fois par semaine. C'était la seule personne s'attardant vraiment dans la chambre en ma présence. Elle terminait son service par Kenneth. Elle entrait, m'interrompait quelques minutes pour parler avec mon père, puis elle allait s'adosser au fond de la pièce, en contre-jour, sa silhouette frêle surmontée du chignon noir que ses cheveux attachés formaient au-dessus de sa tête. Elle venait le vendredi, et nous étions vendredi.

Ana m'a salué et s'est approchée de Papa.

— Bonjour, Kenneth.

— Bonjour, docteur.

— Kenneth, vous êtes sorti aujourd'hui ? Comment était le parc ?

Papa a réfléchi en caressant les boutons de sa chemise.

— Oui… Il y avait… Le chêne n'a pas encore perdu ses feuilles, n'est-ce pas ? Il y avait du monde, dehors… Le sol était humide. Ah, et j'ai trouvé un franc.

Il a tendu la main vers sa table de nuit et y a saisi une pièce. La même pièce que chaque semaine.

— De quoi discutiez-vous avec Ness ?

— D'une prison, je crois.

Ana s'est tournée vers moi.

— On reprend ?

J'ai résumé le début de l'histoire et j'ai livré la solution de l'énigme.

— J'ai eu une idée, tu vois. L'enfant ne voulait pas une fenêtre en permanence, il voulait juste pouvoir regarder les jardins de temps en temps, quand il n'y a personne. J'ai fait la proposition suivante. D'abord, une fenêtre vitrée, sans vantaux ni dormant, une simple vitre encastrée dans le mur. Pas trop grande, un mètre environ, à hauteur d'enfant.

Debout contre la fenêtre, Ana nous observait à tour de rôle, moi et mon père. Elle comprenait mieux Kenneth que moi. Quand elle percevait une réaction, un signe d'éveil, une lueur que je n'avais pas su voir, elle me faisait un signe des yeux et j'accentuais un peu plus mon récit.

— Et, de chaque côté de la fenêtre, il y aura deux panneaux glissants, très fins, faits du même crépi que le mur. Ces panneaux pourront être montés et descendus de l'intérieur de la chambre pour camoufler la vitre. Dès qu'il le pourra, l'enfant pourra les relever et voir à l'extérieur.

Mon père commençait à fatiguer. Son regard perdait la clarté qu'il avait encore quelques secondes plus tôt.

L'histoire terminée, Ana a attendu un instant, pris quelques notes. Puis elle a salué mon père.

— À la semaine prochaine, Kenneth.

— Au revoir, docteur.

— À bientôt, Ness.

Elle a quitté la chambre.

Une dizaine de minutes plus tard, je me suis penché à la fenêtre. Ana Seiermann est apparue dans le parc et a cheminé jusqu'à la sortie.

Je pensais souvent à inviter Ana à dîner. Ailleurs, je l'aurais fait. Je l'imaginais à la terrasse d'un restaurant de la vieille ville, les cheveux dénoués, découvrant un tatouage de jeunesse qu'elle portait à l'épaule, me parlant de son enfance, de ses études, de ses premières amours. Mais l'image sonnait faux. C'était une créature du monde de Kenneth, elle aussi. Dans la chambre, à l'hôtel du lac, elle était à sa place. À l'extérieur, c'était différent. La voir en dehors, c'était prendre le risque de faire entrer un peu de l'autre monde dans celui-là, de rompre une magie que je savais fragile. Alors je suivais Ana des yeux, je la regardais marcher entre les arbres aux branches arc-en-ciel, disparaître derrière le mur d'enceinte et partir quelque part, vers un abri imaginaire.

*

L'école d'Emily se trouvait en amont du lac, sur les pentes qui remontent vers l'ouest. C'était un grand bâtiment de pierre, au toit de tuiles très incliné, sur lequel étaient plantées de longues flèches de bois et une horloge de gare.

Comme j'étais en avance, je me suis dirigé vers le banc du trottoir d'en face et j'ai patienté.

En repensant à ce moment où j'attendais, je ressens une urgence, comme si le temps allait bientôt manquer. Comme si, assis sur ce banc, j'avais eu l'intuition de ce qui allait arriver et qu'il fallait que je profite de ces instants avec Emily. Mais cette sensation ne fait pas partie du souvenir. À onze ans, Emily entrait dans sa dernière année d'école primaire et n'avait plus besoin d'être raccompagnée chez elle, mais nous aurions bien d'autres occasions d'être ensemble : je n'avais aucune raison de penser autre chose. Ce n'est qu'aujourd'hui que ce sentiment d'urgence fait sens. Il est né du drame du lendemain, et mon souvenir s'en est imprégné.

Les portes de l'école se sont ouvertes. Parmi la nuée d'enfants, la tête d'Emily dépassait. Il y avait déjà quelque temps qu'elle était plus grande que les autres. Elle était grande comme une McKenzie, mais en dehors de ça elle ressemblait beaucoup plus à Selkie qu'à Roy. Des boucles orangées s'enroulaient autour de ses oreilles et sa peau très blanche était saupoudrée de taches de rousseur. Elle avait les yeux turquoise, des lunettes rondes qu'elle ôtait sur le pas de la porte de l'école, quand elle me cherchait du regard.

— Ness !

Elle a traversé la rue et s'est assise à côté de moi, sur le banc.

— Merci d'être venu ! J'ai tellement faim. Ce midi ils nous ont refait le coup du gratin de courgettes.

Elle a secoué la tête, une main posée sur le front.

— Les traîtres, ai-je répondu. Heureux de t'avoir tirée de ce mauvais pas. On peut aller prendre un goûter chez Duarte, si tu veux.

— J'ai une autre idée. D'accord ?

J'avais fait une proposition comme on jette une bouteille à la mer. Je savais qu'elle n'atteindrait pas Emily. Elle avait déjà son plan en tête, comme toujours.

— D'accord. Je te suis.

Nous avons marché jusqu'à la marina Wilson en discutant de sa journée. Quelque chose à propos d'une décision injuste de l'instituteur à l'encontre d'un ami à elle.

Les images que j'ai gardées de cette fin d'après-midi sont particulièrement imprécises, parasitées par celles du lendemain matin, que nous avons à nouveau passé au bord du lac, avec Roy et Selkie, à quelques centaines de mètres de la marina. Des morceaux manquent, je le sens, et, bien que le soleil fût encore haut dans le ciel, la scène que je revois est coloriée au pastel et pleine de l'humidité de l'aube.

Arrivée à quelques pas de la marina, Emily s'est arrêtée devant un stand où elle m'a fait acheter des pâtisseries. Nos goûters à la main, je suis allé m'asseoir sur le parapet de pierre, en bordure de l'eau. Emily n'a pas bougé : elle est restée devant le comptoir, les bras croisés et l'air faussement irrité, comme pour me signifier que je venais de faire preuve d'une liberté de décision qu'elle ne m'avait pas octroyée.

— J'ai une autre idée, m'a-t-elle dit après que je l'ai rejointe.

— Le contraire m'aurait étonné.

— D'accord ?

Un peu plus loin sur le quai, il y avait les pontons du port, protégés à leur entrée par une porte grillagée. Emily s'y est dirigée, a attendu un instant en face du grillage et l'a contourné à la manière d'une gymnaste, en s'y accrochant, les pieds à la verticale sur le rebord du ponton, au-dessus de l'eau. Puis elle s'est éloignée entre les bateaux en souriant.

— Qu'est-ce que tu fais ? C'est interdit !

Elle a haussé les épaules.

— Tu as dit que tu étais d'accord.

Elle s'éloignait de plus en plus et il me semble – même si c'est assez improbable, compte tenu de la taille minuscule de la marina – qu'à un certain moment elle a disparu de mon champ de vision. Je me revois déposer les pâtisseries de l'autre côté de la grille, tenter de reproduire l'acrobatie que venait d'effectuer Emily pour la rejoindre, manquer de tomber à l'eau, finir par passer et découvrir ma nièce, une vingtaine de mètres plus loin, assise sur le pont d'un bateau à moteur, les jambes se balançant par-dessus bord.

— Ne t'inquiète pas, je suis déjà venue. Il n'y a aucun risque. Et si le gardien du port nous demande de partir, on partira.

J'ai grimpé à mon tour. J'étais d'accord avec elle, nous ne faisions rien de mal, mais – même si je ne m'en souviens pas distinctement – j'ai dû éprouver un malaise à l'idée d'être sur ce navire avec ma nièce qui se trouvait sous ma responsabilité. Et puis, le bateau tanguait légèrement, ce qui me déplaisait.

Tandis que nous goûtions, Emily m'a parlé de l'album que Roy était en train d'enregistrer.

— J'ai entendu des bouts de chansons, je crois. Il ne veut pas me les jouer en entier, mais je sais reconnaître les nouvelles chansons.

— Il veut que tu aies la surprise. Elles te plaisent ?

Roy avait été guitariste et chanteur pour plusieurs groupes, et en tant qu'interprète il était très demandé, mais ce n'était que le second disque qu'il enregistrait seul. Les morceaux du premier étaient électriques, virtuoses ; un peu froids à mon goût.

— Je crois, oui, a répondu Emily. Je n'ai pas entendu grand-chose. Il y a beaucoup de piano.

— Tiens, c'est un changement.

— Oui. Et il y en a un autre.

— Lequel ?

— À mon avis, il est un peu triste.

— Roy ?

— Le disque. Et Papa, oui.

Elle est restée silencieuse. Ses yeux ont pris une teinte songeuse.

— Je pense que ça ne va pas bien entre Papa et Maman.

— Pourquoi tu dis ça ?

Je n'avais rien remarqué. Je trouvais Roy égal à lui-même, bavard comme à l'accoutumée, plongé dans sa musique, toujours à fredonner quelque chose. Selkie paraissait souriante, détendue, toujours aussi caustique. Mais paraître était son métier, et elle ne rechignait jamais à faire des heures supplémentaires.

— J'ai l'impression qu'il y a une colère.

Ce n'était pas la première fois qu'Emily me parlait de colère. C'était un sentiment qu'elle ne supportait pas. Je l'avais déjà vue se lever pour interrompre la dispute d'un couple dans un restaurant. Je ne sais pas ce qu'elle leur avait dit, mais les deux inconnus s'étaient immédiatement calmés. Quand sa mère interprétait un personnage en colère, même en sachant que c'était du théâtre, Emily se roulait en boule dans son fauteuil.

— Je la vois dans leurs yeux, a-t-elle poursuivi. Parfois c'est une tristesse, et puis ils clignent des paupières, et l'instant suivant, c'est devenu une colère.

Emily percevait ces choses-là. Les sentiments qu'elle prêtait à ses parents étaient certainement véritables.

Notre conversation s'est arrêtée là : la grille de la marina s'est ouverte et une famille s'est dirigée vers nous. Ils étaient quatre : père, mère, fille et fils, tenant à la main sacs divers et glacière en plastique. Emily a sauté sur le ponton. J'ai enjambé à mon tour l'espace qui nous séparait des planches et me suis dirigé vers la sortie d'un pas rapide, le regard rivé à mes chaussures, espérant de toutes mes forces que ce n'était pas leur bateau que nous avions occupé.

Je les ai croisés sans lever les yeux, supposant qu'Emily était derrière moi. Mais, une fois arrivé à la grille refermée et alors que je m'apprêtais à la contourner par le vide, j'ai réalisé qu'elle était restée au bout du quai. Elle était toujours devant le bateau, sur lequel la famille avait déposé ses affaires, et elle discutait avec eux. Son regard allait de l'un à l'autre, des parents aux deux enfants, que je voyais à présent de dos, mais qui me semblaient un peu plus âgés que ma nièce. La mère a fini par lui poser gentiment la main sur l'épaule. Le père a fouillé ses poches et lui a tendu quelque chose. Emily a alors couru vers moi, jusqu'à la barrière. Elle a ouvert la main et dans sa paume j'ai découvert la clé de la grille. Elle l'a insérée dans la serrure.

— C'est mieux comme ça, je pense. Tu m'as fait peur avec tes acrobaties tout à l'heure.

J'ai tenu la porte ouverte tandis qu'elle repartait rendre le trousseau.

Nous avons fini le goûter sur le parapet de pierre, à bonne distance de la marina. Emily jetait des regards pensifs dans la direction de la famille qui s'affairait à préparer sa sortie. Quand je lui ai demandé ce qu'elle leur avait raconté pour s'en tirer à si bon compte, elle n'a pas répondu. En fait, jusqu'à ce que le bateau s'en aille, et même sur la route de chez elle, elle n'a plus parlé du tout.

*

L'appartement de Roy, Selkie et Emily était une petite enclave de couleur et de lumière dans la grisaille de la ville. Les murs bleu clair étaient ornés de dizaines de cadres représentant des musiciens, des œuvres de pop art en tous genres, des affiches de vieux films italiens. De grandes bibliothèques débordant de disques, de films et de livres occupaient un mur entier du salon, et la totalité du couloir menant aux chambres. Rien n'était rangé correctement. Un jour, j'avais proposé à Roy et Selkie d'ordonner tout ça, mais ils avaient levé les yeux au ciel et Roy m'avait tapoté l'épaule, me rappelant une fois de plus tout le bien qu'il pensait de cette manie du rangement que je traînais depuis toujours.

Et puis, il y avait le son. L'appartement n'était jamais silencieux. Y entrer, c'était comme se lover dans du papier à musique. Les notes voletaient autour de vous, ricochaient sur les meubles et les murs, et, même toutes fenêtres ouvertes, elles ne cherchaient pas à quitter les lieux. C'était Roy qui éparpillait ces notes, de sa chambre au salon, du couloir à la cuisine, se baladant la guitare à la main, s'installant au piano pour répéter ses concerts ou fredonner un duo avec Emily, déposant un vinyle sur la platine. Et si la musique s'arrêtait parfois, ce n'était que pour laisser place à la voix de Roy, aux rires d'Emily ou des enfants de passage, aux longues tirades de Selkie.

Toutes les pièces vibraient au son de ces voix. Elles étaient surchargées d'objets, Roy ne rangeait pas les disques après les avoir écoutés, les livres traînaient un peu partout, il y avait toujours une veste ou un gilet laissé sur un dossier de chaise ou sur le canapé. La chambre d'Emily était la seule pièce ordonnée. Un lit à tiroir, un bureau, deux placards beiges fermés par des portes à poignées mauves, un tableau d'un paysage de montagne qu'elle avait peint elle-même et un poster d'un film d'animation japonais. Tout y était bien à sa place.

Quand nous sommes arrivés, Roy était assis sur le tabouret, devant le piano dont le couvercle était tapissé de feuilles volantes. Le bruit du trafic emplissait la pièce par la fenêtre ouverte. Roy a fermé l'instrument en nous voyant entrer, s'est levé et nous a embrassés. Emily lui a raconté sa journée, sans donner de précision sur notre goûter en bord de lac. Roy a placé un album de Led Zeppelin sur la platine.

— T'as fini ton article, Ness ?

— Fini et rendu. Ton enregistrement s'est bien passé ?

Mon frère était debout, caressant les cheveux de sa fille qui s'était assise au piano et examinait le contenu gribouillé sur les feuilles de papier.

— Oui, on a bien avancé. On a enregistré deux morceaux.

Il battait le rythme sur sa cuisse, sans y penser.

J'ai toujours pensé que Roy avait deux cerveaux distincts. Le premier, perché dans le nuage de musique qui tournait autour de son crâne, écoutait en continu les harmonies, les changements de tempos, les séquences d'accords. L'autre, en revanche, restait avec nous. Roy n'était pas quelqu'un de distrait ou de rêveur : même si quelque chose en lui était toujours ailleurs, il avait les pieds absolument sur terre.

— Mais le bassiste, Dawson… Il me rend dingue. C'est un gamin de Portland, a-t-il expliqué en mimant un personnage rappelant un rappeur de la côte Ouest. Tu vois, la casquette de baseball, les grosses baskets blanches, le sweat trop large.

Il est ingérable. Il rajoute des impros partout. De bons solos, il a du talent, mais il met du slap, des rythmes funk, ça ne colle pas du tout avec les compos, qui sont… Tu vois, pas du tout le même style. Et il se croit sur scène alors qu'il est dans un studio et qu'on est trois dans la salle. C'est limite s'il ne se lève pas pour se faire acclamer par l'ingé son à la fin.

Sous l'œil amusé d'Emily, Roy singeait le musicien pinçant les cordes de sa basse, paupières serrées.

Sans s'arrêter de parler, il est allé déposer un disque de Neil Young à la place de celui de Led Zeppelin et a préparé deux cafés. Il ne m'a pas demandé si j'en voulais : il m'a simplement tendu la tasse. Puis il a dégagé un coin de la table du salon et s'y est assis avec Emily pour faire avec elle les devoirs du week-end. La musique tournait toujours à plein régime, comme les bruits de la ville, et je me suis demandé une fois de plus comment ma nièce parvenait à se concentrer au milieu d'un pareil boucan.

Quelqu'un a toqué à la porte du salon, un roulement de tambour suivi de trois coups secs : Selkie annonçait son entrée. Elle a fait irruption dans la pièce comme un chat pointe le museau dans une chambre, gracieuse, l'air altier. Des cheveux mi-longs ondulaient autour de son visage ivoire, de longs cils maquillés rehaussaient son regard. Roy et Emily avaient l'habitude du spectacle : ils ont levé la tête quand elle les a embrassés et se sont replongés dans leur travail. J'ai salué Selkie d'une petite révérence, pour lui faire plaisir.

— Madame.

— Messieurs. Mademoiselle Emi. Cher Neil, a-t-elle ajouté, en hochant la tête en direction des enceintes.

Selkie semblait à sa place partout. Elle était originaire des Alpes, et c'était à ces altitudes qu'elle appartenait en premier lieu, mais on ne pouvait pas la résumer à ça, contrairement à Roy, l'enfant de l'Écosse, ou à moi, le gamin de Genève. Selkie était tout à la fois une fille de la montagne et de la ville, de l'océan ou des bourgs de campagne. Elle s'adaptait à son environnement. Qu'elle marche sur un sentier d'alpage de la neige boueuse collée aux chaussures ou sur les trottoirs d'une capitale vêtue d'une tenue à la mode, l'image semblait naturelle.

Elle ne s'appelait pas Selkie, bien sûr, mais Audrey, un prénom qu'elle n'avait jamais aimé – peut-être parce que c'était un prénom d'actrice. Roy l'avait baptisée le jour de leur rencontre, quinze ans plus tôt, quand elle lui était apparue un soir au bord du lac. C'était le début du printemps, l'eau était froide et elle portait une combinaison de plongée. Roy lui avait raconté le mythe des *selkies*, ces femmes-sirènes vêtues d'une peau de phoque, qui émergent à la tombée de la nuit et que les hommes tentent parfois de s'approprier en dérobant leur peau. Je ne sais pas si Selkie avait aimé son surnom, mais elle avait aimé Roy, Roy et sa voix, alors, elle aussi avait accepté le nouveau nom que cette voix lui avait donné.

Une fois les devoirs terminés, Roy a consulté l'évaluation d'anglais qui se trouvait dans le cartable de sa fille. Emily s'est tournée vers moi et a fait la moue : la note n'était pas très bonne.

— C'est à peine la moyenne ! s'est écrié Roy.

— Du calme, Birdie, a dit Selkie. C'est bien plus que la moyenne.

— I love *the* music ? Emily !

Emily a haussé les épaules.

— … I love music, je sais…

Roy s'est levé et a déambulé dans la pièce en secouant la tête.

— L'anglais, franchement, Emily ! C'est pas possible !

— Arrête ton cinéma, a lâché Selkie.

— Mon cinéma ? C'est toi qui me dis ça ?

— La note n'est pas mauvaise, Roy, a insisté Selkie.

Puis, s'immobilisant devant mon frère, le regard droit :

— Et il n'y a aucune raison qu'Emi ait une note parfaite, après tout.

En temps normal, j'aurais trouvé la phrase anodine. Mais il y avait ce que m'avait dit plus tôt Emily, il y avait le regard que Selkie posait à présent sur mon frère, et la réaction de celui-ci, tout en tension. Selkie faisait allusion à l'incapacité de Roy à transmettre à sa fille sa langue maternelle : il parlait souvent de son pays, mais en des termes assez superficiels, et s'il y avait emmené plusieurs fois Emily, il ne lui avait jamais vraiment parlé anglais. C'était une chose qu'il avait toujours regrettée, et Selkie, qui le savait, venait de se montrer délibérément blessante.

L'atmosphère a changé. Ce n'était pas seulement cette phrase, c'était toutes celles qui m'avaient échappé, toutes celles que j'avais refusé d'entendre, qui soudain obscurcissaient la pièce. C'étaient les corps et les yeux de Selkie et de Roy, et la tristesse aussitôt camouflée de leur fille qui les regardait.

— Si, j'aurais dû mieux faire, c'est vrai, a dit Emily. Je devais être fatiguée pendant le contrôle.

Comprenant qu'Emily cherchait à étouffer la dispute, Roy et Selkie se sont un peu calmés. Ma nièce a poursuivi son œuvre de diplomate.

— Papa ?

— Oui ?

— On pourrait cuisiner ce soir ? Des pâtes fraîches ? Et Ness reste dîner ?

Roy a soupiré et embrassé sa fille. Mais il était tendu, les muscles des bras bandés, les doigts perdant le rythme de la musique qui tournait dans la pièce. Il m'a regardé comme il le faisait parfois, ce fond de colère dans les yeux, cette légère tache sombre que j'avais toujours perçue et qui éveillait chez moi un sentiment similaire. Cette colère-là aussi, Emily l'avait depuis longtemps remarquée, bien que ce fût une colère sourde, presque invisible à l'œil nu, une partie de nous dont je n'avais jamais compris l'origine.

— Très bonne idée, a dit Selkie.

Je n'ai rien répondu – j'ai accepté en silence de dîner avec eux.

Aurais-je dû rentrer chez moi ? Que se serait-il passé, si je l'avais fait ? Je ne me suis pas posé ces questions. Emily et Selkie semblaient vouloir que je reste, peut-être pensaient-elles que ma présence apaiserait les tensions, remettrait les disputes à plus tard, au lendemain. J'aime penser que cette soirée, la dernière que nous avons passée tous ensemble, aurait été plus difficile si je n'avais pas été là, mais au fond de moi une voix me souffle que si j'étais parti, personne ne serait sorti à l'aube sur les rives du lac, et qu'il n'y aurait eu ni drame ni larmes.

Pendant que Roy et Emily commençaient à cuisiner, j'ai proposé d'aller acheter un dessert et du vin. Je n'avais jamais été un amateur, Roy et Selkie connaissaient bien mieux le sujet que moi, mais j'avais acquis quelques connaissances pendant la rédaction de mon dernier article, et j'ai pensé que c'était l'occasion de les partager avec eux.

Quand je suis revenu, j'ai trouvé Emily et Roy dans la cuisine, les mains et la figure couverts de farine.

— Tu nous aides, Ness ? a demandé Emily.

— Non, vous vous en sortirez bien mieux sans moi. Tu me connais…

Selkie était installée sur le canapé, les mollets repliés sous ses cuisses. Elle avait empilé les notes de Roy qui se trouvaient sur le piano et lisait un à un les feuillets.

— Ness, a-t-elle souri en remarquant mon regard désapprobateur, s'il n'avait pas voulu qu'on les lise, il ne les aurait pas laissées traîner.

— Tu crois ?

— Non, mais peu importe : s'il les a laissées là, c'est qu'elles ne contiennent rien d'intéressant. Rien qui compte vraiment. Ce qui compte, ton frère le garde pour lui, bien planqué.

Je me suis assis à la table et j'ai laissé Selkie examiner les papiers. Dans la cuisine, Roy et Emily préparaient la sauce.

La poêle chauffait en crépitant, et bientôt les odeurs de tomates et d'herbes sèches se sont frayé un chemin jusqu'au salon où elles se sont mêlées à la musique. Après avoir parcouru l'ensemble des feuillets, Selkie a fini par hausser les épaules et les a reposés en vrac sur le piano.

Quand nous sommes passés à table, ma ville s'était calmée. Par la fenêtre, les voix des habitants attablés en terrasse remplaçaient peu à peu les moteurs de voitures. Sur la platine tournait un air de Nina Simone. Les bras tremblants, Emily a apporté une marmite en fonte où des tagliatelles coupées à la main fumaient dans une sauce aux parfums du Sud.

Selkie a parlé de la pièce et du rôle qu'elle allait bientôt interpréter. Sous le regard enchanté de sa fille, elle nous a offert quelques tirades, un fragment de monologue, a décrit la scène et ses lumières. Puis elle a changé de sujet pour évoquer un restaurant qui venait d'ouvrir dans le quartier. La conversation est restée fixée un moment sur le sujet culinaire, que la famille appréciait. Roy a remarqué la qualité du vin.

— Excellent, Ness.

— Le cornalin est l'un des plus vieux cépages autochtones du Valais. Il date du XIVe siècle.

— Excellent, oui, a renchéri Selkie. Des arômes de poivre, je dirais.

Le sujet ne m'intéressait pas, mais le vin était bon, alors j'ai vidé mon verre et l'ai rempli à nouveau. L'alcool m'est rapidement monté à la tête.

Emily a demandé des nouvelles de ses grands-parents maternels, qui habitaient dans les Alpes et n'en descendaient presque jamais. Pendant que Selkie répondait, je me suis mis à penser à l'hôtel du lac, et quand elle s'est tue j'ai pris la parole sans réfléchir.

— Je suis allé voir Papa aujourd'hui.

Mon frère s'est resservi du vin.

— Très bien, a dit Roy sans me regarder.

Roy avait cessé de rendre visite à Papa peu de temps après son entrée à l'hôtel. Je me contentais de l'informer quand je m'y rendais, toujours avec le léger espoir qu'il m'accompagne, ce qui ne s'était jamais produit.

— Tout s'est bien passé ? a-t-il ajouté.

C'était une question rhétorique, courtoise ; il voulait écourter la discussion sans créer de vagues.

— Oui, on a discuté de choses et d'autres. Le docteur Seiermann voit des améliorations.

Un mensonge, et un autre : les lèvres de Roy se sont tordues en une espèce de sourire triste. À côté de lui, Emily avait baissé les yeux vers son assiette et enroulait ses tagliatelles autour de sa fourchette.

Emily avait souvent demandé à Roy d'aller à l'hôtel du lac, mais mon frère s'y opposait. Il disait que sa fille avait de beaux souvenirs de son grand-père, et qu'il ne fallait pas risquer de les remplacer par des images de cet endroit, de l'homme qu'était devenu Papa, de ce regard égaré. Je ne savais pas s'il avait raison ou tort. J'avais souvent pensé poser la question à Ana Seiermann : le cerveau fonctionne-t-il de cette manière ? Est-ce qu'un souvenir en fait disparaître un autre ?

Un jour, Emily avait demandé à m'accompagner de manière plus insistante que d'habitude, et j'avais accepté. Mais, arrivé devant le portail, je n'avais pas osé entrer. Elle n'avait vu que la lisière du parc.

Un malaise s'est installé. J'ai baissé les yeux à mon tour. Selkie, tentant d'alléger l'atmosphère, s'est mise à raconter un film qu'elle avait vu, l'histoire d'une femme amnésique, témoin d'un meurtre, qui retrouve la mémoire grâce à des séances d'hypnose. Tandis qu'elle parlait, Roy la dévisageait, sombre, espérant sans doute que son regard la ferait taire, mais Selkie a continué de dérouler le scénario jusqu'à la fin. De mon côté, j'avais entamé la seconde bouteille de vin et je vidais un verre après l'autre. Le regard de Roy s'est fait plus noir, et ne s'est éclairci qu'au moment où Emily a décidé de se lever et d'aller chercher à la cuisine le dessert que j'avais acheté. Nous avons débarrassé les assiettes, servi le gâteau, et l'humeur s'est un peu adoucie.

Mais j'avais bu trop de vin. À la fin du repas, mes paupières se fermaient. C'est peut-être pour cette raison qu'Emily a proposé que je reste, sans même demander l'autorisation à ses parents.

— Tu peux dormir sur le canapé. Et on peut lire une histoire, avant. Ça fait longtemps, non ?

Cela faisait très longtemps. Voilà des années qu'Emily n'avait plus besoin qu'on lui lise des histoires. Et même à l'époque, j'avais rarement tenu ce rôle, qui était celui de Roy.

Mais mon frère n'a pas protesté, et c'est ainsi que la soirée s'est terminée. Nous avons rangé la vaisselle, Selkie est partie se changer et Roy a disparu dans leur chambre, laissant la platine vinyle soupirer les dernières chansons de la soirée. J'ai ouvert le canapé, attendu que le disque se termine, et, une fois le silence revenu, je suis allé dans la chambre d'Emily pour la lecture du soir.

Elle était au lit et tenait dans les mains son exemplaire de l'*Odyssée*, l'une des seules histoires que je lui avais lues.

— Je la connais déjà, a dit Emily, alors choisis le passage que tu veux. D'accord ?

Et sous la lumière bleutée de la lampe de chevet qui donnait aux boucles d'Emily des reflets bruns, tandis que les bruits de la ville s'effaçaient peu à peu, j'ai commencé à lire.

Dans son berceau de brume, à peine avait paru l'Aurore aux doigts de rose, que le cher fils d'Ulysse passait ses vêtements et, s'élançant du lit, mettait son glaive à pointe autour de son épaule, chaussait ses pieds luisants de ses belles sandales et sortait de sa chambre : on l'eût pris, à le voir, pour un des Immortels…

*

Voilà le souvenir qui a dévoré les autres.

En est-ce vraiment un, d'ailleurs ? J'en suis venu à douter. J'ai longtemps cru savoir distinguer les rêves des souvenirs, mais celui-là a pris au fil du temps une consistance étrange. Ses images à la fois nettes et nébuleuses, comme celles d'un rêve. Et puis il y a cette matière fluide, ce contenu changeant, ces détails, presque invisibles, cette lumière qui semble née du sommeil.

Au début, il fait nuit. Je dors sur le canapé du salon. J'ai gardé les fenêtres ouvertes pour évacuer l'air chaud et les odeurs du dîner. Dehors, le ciel est encore noir, à peine blanchi par les lumières de la ville. Une brise légère s'est levée. Elle siffle entre les rideaux, s'insinue dans la pièce, rafraîchit les draps. J'ai froid. Je voudrais me lever, mais dans mon demi-sommeil je n'ai pas le courage, alors je remonte le drap en frissonnant. La ferraille du canapé gémit. Le vent remue l'air du salon, le bruit des voitures traverse la pièce et s'éloigne à nouveau.

Des bruits résonnent dans le couloir. Comme un roulement de tambour étouffé, rapide, léger, tout proche. Quelqu'un court dans l'appartement.

Je ne suis pas inquiet, je sais que ce sont les bruits de pas d'Emily, qui vient nous tirer du lit. Elle commence par ses parents. Je l'entends qui s'approche de leur chambre, entre et les appelle à voix basse. Selkie marmonne quelque chose. Roy pousse un long bâillement. Emily se lève toujours tôt, mais d'habitude elle ne les réveille pas à l'aube.

Je l'entends quitter la chambre. Je sens que c'est mon tour, qu'elle va venir, alors je ferme les paupières pour qu'elle me croie endormi. Mais le bruit cesse. J'attends. Je ne sais pas si elle a déjà parcouru la distance qui sépare le couloir du salon, si elle est déjà là, postée devant le canapé, ou si elle est repartie dans sa chambre. J'entrouvre un œil.

Emily se tient debout dans l'entrée, dissimulée par l'encadrement de la porte. Son visage dépasse à moitié. Une blancheur, qui oscille dans l'ombre. Une blancheur qui me sourit.

— Je savais que tu ne dormais pas, dit-elle.

Elle s'approche du canapé, écarte les rideaux. Dehors, le ciel commence à s'éclaircir. Elle s'installe à mes côtés. Le canapé grince à peine.

— C'est l'heure, Ness. Allons voir l'aurore aux doigts de rose.

Ses paupières sont encore à moitié closes, mais elle est habillée, prête à partir. Elle dépose sur le parquet les sandales qu'elle tenait à la main.

Et cette phrase, qui court comme un fil tout le long du souvenir.

On l'eût pris, à le voir, pour un des Immortels.

Je me redresse péniblement.

— Allons-y, fille du matin.

À l'autre extrémité de l'appartement, Roy et Selkie se préparent. Je m'étire. Je craque mes poignets, mon dos, mes cervicales, et je me lève.

Nous sommes dehors à présent, tous les quatre. Nous sommes sortis sans nous doucher pour profiter du lever de soleil. Nous marchons jusqu'aux rives du lac où nous nous installons sur le parapet de pierre pour boire des cafés achetés en route. La ville est silencieuse. Le lac, désert, expire un air humide. Emily me montre les montagnes, au loin : elle me dit que les doigts de rose se sont posés sur les sommets enneigés des Alpes. Les coulées de neige ont réellement l'apparence de doigts, fins et colorés.

Les cafés terminés, nous continuons notre promenade jusqu'à atteindre le parc en bordure de l'eau. De vastes pelouses apparaissent devant nous, plantées de hauts tilleuls, de cèdres et de grands ormes.

Roy et Selkie sont maintenant allongés sur l'herbe. Selkie s'est assoupie sur l'épaule de son mari. Elle se plaint de ne pas avoir pu rester au lit un samedi matin. Roy la laisse parler. Il sait que ce sont des lamentations de façade : Selkie ferme les yeux, le sourire aux lèvres. Adossée à un tilleul, Emily nous regarde, tous les trois. Elle est calme, fière d'elle. Elle a compris que cette sortie forcée nous rapproche. Elle sait que nos cerveaux sont engourdis, que la colère sommeille encore.

Emily lève les yeux vers l'arbre et contemple les filets de lumière qui s'infiltrent dans les ramures. Ses doigts jouent avec les couleurs de l'aube. Puis elle tourne la tête vers nous une dernière fois, se redresse et part marcher dans le parc.

Roy suit sa fille des yeux tandis qu'elle serpente entre les tilleuls. Quand elle disparaît derrière un bosquet, son père hésite un instant à la suivre. Un mouvement d'épaule imperceptible, aussitôt réprimé. Je revois cette hésitation, ou plutôt je la ressens, car l'image est embrumée, je ne parviens pas à savoir si elle fait partie du souvenir. Je pense, je crois que Roy hésite. Pourquoi ? Il n'y a pas d'inquiétude à avoir. Emily connaît l'endroit. Ce n'est pas la première fois qu'elle se promène dans le parc. Elle est coutumière de ces balades, la ville est sûre, cet endroit encore plus. Pourtant, j'ai l'impression que Roy veut se lever et aller retrouver sa fille.

Mais il reste assis. Est-ce pour ne pas déranger Selkie, qui s'est blottie contre lui ? Ou parce qu'il ne veut pas que je le trouve exagérément angoissé ?

Se serait-il levé, si je n'avais pas été là ?

Peut-être. Peut-être que si je n'avais pas été là, mon frère n'aurait pas retrouvé le corps de sa fille flottant comme une étoffe à la surface du lac.

Comme tout est trop silencieux, Roy se tourne vers moi, me pose quelques questions sur l'article que je viens de rendre et ceux que j'écrirai bientôt. Sous ma paume je sens les racines du tilleul qui plongent sous la pelouse. Un bois plein, sans écorce. Je laisse mes doigts s'enfoncer, sentir la terre encore humide.

La discussion continue. Selkie, les yeux fermés, lance une plaisanterie à intervalles réguliers. Quand il n'a plus de questions à me poser, Roy commence à fredonner un air que je ne reconnais pas.

Le souvenir est paisible. C'est aussi pour cette raison qu'il a l'allure d'un rêve : j'ai beau l'avoir revu cent fois, je ne ressens jamais la présence du drame avant qu'il ne se produise.

Un vieil homme passe. Un marcheur de l'aube aux vêtements de flanelle, tordu comme un vieux pin. Il nous salue en silence et poursuit lentement son chemin dans la direction où est partie Emily, sur le sentier qui suit la berge.

Quelques minutes encore. Quelques minutes où le passé est oublié, où l'avenir dort encore.

Le cri du vieil homme retentit. Son appel à l'aide est rauque, un souffle plus qu'un cri, qui fuse dans l'air humide et grince à la surface de l'eau.

Roy et Selkie se précipitent dans la direction de la voix, qui résonne en continu. Je me lance à leur poursuite. Je ne vois pas leurs visages, mais leurs corps transpirent de terreur, la peur se lit sur leurs dos, leurs épaules, leurs nuques. Ils hurlent le nom de leur fille et leurs voix se mêlent au râle de l'homme. Le parc et le lac s'éveillent violemment.

Le vieil homme s'est immobilisé sur la berge. Il tremble.

— *There's a young girl, there, in the waters.*

Dans mon souvenir, ces derniers mots sont accentués, ils résonnent, plus graves, plus sonores. *The waters*, au pluriel. Le lac n'a plus rien de paisible. Ses eaux grondent. Il rejette l'offrande qui lui a été faite.

Selkie et Roy enjambent le mur et s'enfoncent dans le lac, jusqu'aux hanches, jusqu'à leur fille dont le corps dérive à la surface, visage tourné vers le ciel.

Ils la saisissent. Ils crient son nom.

Ils se taisent.

Les images changent de couleur.

L'aurore a retiré ses doigts des montagnes pour les poser sur Emily. Mais ce sont des doigts rouges, comme le front de l'enfant et l'eau tout autour, comme le rocher sur lequel Emily a glissé et qui lui a fendu le crâne. Comme les mains de ses parents, sur lesquelles les gouttes perlent comme des larmes.

Sa fille dans les bras, mon frère se tourne vers moi.

Le souvenir s'arrête là, sur les yeux de Roy – sur ces yeux dans lesquels, selon la version du souvenir, je reconnais le chagrin, la terreur, ou, parfois, seulement deux billes de colère, noires et silencieuses.

On l'eût pris, à le voir, pour un des Immortels.

3

C'est étrange, quand j'y pense, que le silence soit né ce matin-là. Il y avait tellement de bruit sur la rive : les véhicules et leurs gyrophares, les badauds qui s'étaient agglutinés par petites grappes sans même prendre la peine de chuchoter, le vent qui s'était levé et sifflait à travers les arbres. Mais le son s'est coupé. Le film a gardé ses couleurs – le lac en dégradé bleu-rouge, le vert pâle des tilleuls – mais il est devenu muet. Et le silence s'est étendu autour de nous comme une vapeur d'eau, et quand nous nous sommes mis en mouvement il nous a suivis à travers la ville, au commissariat, à l'hôpital, et jusqu'à l'appartement de Roy et Selkie, où il s'est installé.

Des jours qui ont suivi l'accident, je me rappelle l'appartement, le nuage de silence qui se contracte autour de mon frère. Le piano fermé et la guitare dans son étui, les disques sur les étagères. On n'entendait plus ni Roy ni sa musique. Même ses pas, d'habitude si sonores, étaient devenus inaudibles.

Je me rappelle les papiers qui s'accumulaient sur la table du salon et sur le piano, les feuilles du bloc-notes à petits carreaux sur lesquelles Roy avait noté au crayon à papier, sous la dictée de Selkie, les noms des personnes à avertir et les formalités à effectuer. Je me rappelle comment, un soir où Selkie m'avait proposé de rester dormir – ou peut-être était-ce moi qui avais demandé, pour ne pas rester seul –, j'avais pris le bloc-notes, m'étais installé sur le tabouret du piano et avais voulu gommer un à un tous ces mots dont l'existence me paraissait discutable. Mais le papier avait gardé la forme des lettres, et sous la lumière de la lampe, le tracé était encore visible. J'avais essayé d'effacer un peu plus, en appuyant davantage, mais rien n'y avait fait. Alors j'avais repris le crayon et j'avais repassé le relief de chaque lettre.

C'est Selkie qui a prévenu les gens et affronté les démarches. Au début, je l'ai trouvée méthodique, presque froide. J'avais l'impression qu'elle ne se laissait pas aller, continuait de prendre soin de son apparence, de ses vêtements, de son maquillage, comme avant, comme si elle niait le malheur qui venait d'arriver. Mais je me trompais : elle portait ce malheur sur les épaules et petit à petit elle l'acceptait. Elle cherchait sans arrêt à le partager avec Roy, à lui parler, mais, bien que mon frère se laissât faire quand elle le prenait dans ses bras, il restait silencieux et l'esprit ailleurs.

Je ne veux pas lui jeter la pierre. Je gardais moi-même le monde à bonne distance. Quand Svensson m'a contacté, cette semaine-là, pour me proposer d'écrire un article sur un salon des inventions qui allait bientôt se tenir à Genève, je ne lui ai pas raconté l'accident. Je me suis rendu dans son bureau, où je l'ai écouté parler de l'exposition, et quand il m'a demandé à plusieurs reprises si j'allais bien, je lui ai assuré que oui. Je pouvais lire sur son visage crevassé de rides qu'il en avait vu d'autres, qu'il ne me croyait pas, et je le connaissais depuis si longtemps que je le considérais comme un ami, et pourtant je n'ai pas réussi à parler. Quand je l'ai quitté, il m'a dit qu'il trouverait quelqu'un d'autre pour rédiger l'article, que le sujet n'était pas important. J'ai compris qu'il savait ce qui était arrivé à Emily. Il avait dû apprendre la nouvelle par les journaux locaux. Il m'a serré l'épaule et m'a signifié d'un regard qu'il garderait dans son bureau un peu de ce malheur que je n'avais pas voulu partager avec lui.

Mes souvenirs de ces journées sont toujours enveloppés de couleurs pastel et de particules d'humidité. L'aube de la matinée de l'accident s'est étirée dans le temps, et pendant cette période la ville a changé de forme, ses contours sont devenus indistincts, les visages des passants se sont brouillés. Plus rien ne m'était familier.

Et puis le jour de l'enterrement est arrivé. Je revois une grande pelouse, ombragée de quelques chênes et clairsemée de stèles, et un cortège au sein duquel les adultes avançaient comme des ombres alors que les enfants s'accroupissaient de temps en temps pour caresser de leurs doigts l'herbe encore humide. C'est à ce moment-là, je pense, que la réalité de la mort d'Emily a commencé à prendre forme, pendant que nous marchions tous ensemble, moi, Roy, Selkie et ses parents, descendus des montagnes, et même Svensson, que j'avais dû finir par prévenir et qui trimballait sur les allées ensoleillées son visage de grand sage.

La mémoire choisit ce qu'elle garde, et jusqu'à cet automne-là elle avait toujours effacé les images douloureuses, mais elle n'a rien fait disparaître de cette journée. Autour du cercueil, les parents serraient leurs enfants contre eux, froissant le tissu des chemises qu'ils leur avaient fait porter pour l'occasion. Selkie pleurait, tout doucement, la main autour de la taille de mon frère qui restait là, debout, planté sur la pelouse, sans rien dire. À côté d'eux, la peau des grands-parents d'Emily, cuivrée par le soleil d'altitude, se détendait peu à peu sous la moiteur des larmes.

La plupart des enfants avaient les yeux rivés à leurs chaussures, sauf une gamine dont le visage était tourné vers les branches des arbres et le chuchotement des feuilles. Elle avait les cheveux noirs en bataille et les mains pleines de terre. Il m'a semblé l'avoir déjà vue, mais j'avais sûrement déjà croisé la plupart de ces enfants, à l'école ou ailleurs.

Selkie s'est avancée et a parlé de sa fille. Elle en a fait un portrait dans lequel je n'ai qu'à moitié reconnu Emily. Selkie l'actrice avait disparu. Elle lisait le texte qu'elle avait écrit la voix tremblante, bafouillant parfois, s'arrêtant régulièrement pour reprendre sa respiration. Ses vêtements mal ajustés gonflaient au vent. Mais elle continuait, phrase après phrase, mot après mot. Elle murmurait presque. Qui allait lui demander de hausser la voix ?

Comme Roy avait décidé de ne rien dire, je me suis avancé à mon tour.

J'ai parlé à Emily des forêts du Jura où je l'avais souvent emmenée et où l'on trouve des érables sycomores, de grands arbres au tronc droit dont les branches épaisses ont parfois accueilli nos cabanes. Je lui ai rappelé comment leurs feuilles dorent à l'automne, d'un jaune très pâle. Je lui ai dit qu'elle me rappelait ces arbres, qui sont des essences de lumière – à l'inverse des hêtres ou de certains sapins – et cherchent le soleil. Après avoir construit une cabane, Emily s'obstinait à grimper plus haut, près de la canopée, abandonnant notre édifice pour rejoindre la lumière à la manière des sycomores. J'ai demandé à Emily si elle pensait que toutes ces maisons perchées étaient toujours debout, si leurs planches avaient tenu, si les échelles de fortune étaient restées fixées au tronc, si la mousse couvrant les toitures avait absorbé les tempêtes, si des animaux y avaient trouvé refuge. J'ai voulu savoir si elle leur avait rendu visite en mon absence, lors de leurs derniers séjours en famille.

Je lui ai dit que je pensais qu'elle m'entendait, mais que je savais bien qu'elle n'était déjà plus enfermée dans cette boîte blanche, qu'elle n'avait pas pu rester là bien longtemps, qu'elle l'avait sûrement quittée pour un endroit qui lui ressemble.

Au fur et à mesure que je parlais, j'ai réalisé pour la première fois ce qui venait d'arriver. Jusqu'à ce moment, je crois que je n'en avais pas été convaincu. Les explications de l'accident qui nous avaient été rapportées étaient froides et réalistes : les médecins avaient diagnostiqué à Emily une maladie cardiaque ; selon eux, elle avait dû perdre connaissance alors qu'elle arpentait les rochers en bordure du lac. Mais ces informations ne changeaient rien. Pour moi, l'événement n'appartenait pas au domaine du possible. Mon esprit refusait de lui ôter sa nature de cauchemar.

En parlant, cependant, j'ai accepté qu'Emily n'était plus là. J'ai senti l'environnement changer autour de moi. Quand j'y repense, je revois clairement cette transformation. Comme un rêve qui se transforme en souvenir, ou quelque chose de cette nature-là. L'air a perdu son humidité. Le ciel s'est décoloré. Les visages ont repris forme et les bruits de la ville ont émergé au loin. D'une certaine manière, tout s'est éclairci.

Plus tard, en repensant à ce moment et à la façon dont mon frère l'a traversé, il m'est venu à l'esprit l'idée suivante : les enterrements ne sont pas des hommages. Il ne suffit pas de se planter autour d'un amas de terre et d'un corps refroidi pour en faire le deuil. Le silence est inutile. Ce sont les mots que l'on prononce qui importent. Nous étions là pour ça, uniquement pour ça. Je me suis dit que ce sont les mots qui font vivre, et les mots qui font mourir. Roy, en se taisant, s'y refusait. Son silence gardait la réalité à distance.

Il y a eu encore quelques discours, et puis les gens, un par un, sont venus déposer une fleur ou une poignée de terre. Svensson a coupé une mèche de ses cheveux blancs, qui est restée en l'air un moment avant de se disperser et de retomber sur le bois du cercueil.

Enfin, la gamine aux cheveux en bataille s'est approchée. Elle s'est mise à genoux et a commencé à chuchoter, d'une voix si basse que je ne suis pas parvenu à entendre ce qu'elle disait. Je me suis avancé pour l'écouter.

— … c'est un bel endroit. J'ai vu un écureuil grimper à l'arbre, celui-là, juste ici. Il veille sur toi, tu sais. Et sur les autres gens d'ici. Il y a peut-être d'autres animaux. Des renards, par exemple.

Elle a ôté son sac à dos et en a tiré un paquet, enveloppé dans un mouchoir, qu'elle a fait rouler le long du mur de terre. Puis elle a murmuré :

— Au revoir, mon amie.

Je l'ai regardée partir et disparaître dans la foule. Le vent s'était levé un peu plus, une brise douce et tiède, qui faisait frémir l'herbe et parler les feuilles des chênes. J'ai remarqué qu'il y avait aussi des cèdres, des saules, des lilas. Et en toile de fond, la ligne des montagnes. La gamine avait raison : c'était un bel endroit.

4

Roy est resté ainsi, ramassé dans son nuage de silence.

La musique n'a pas repris, ni autour de lui ni à l'intérieur. Il ne restait qu'un rythme minuscule, presque inaudible, une vibration en sourdine, sèche comme un claquement de doigts.

Il s'est mis à compter. C'est une chose qu'il avait toujours faite, mais pas de cette manière. D'habitude, ses doigts remuaient en permanence, tapotaient ses cuisses, le dossier de la chaise où il était assis, le mur contre lequel il s'était appuyé. Quand il marchait aussi il battait la mesure, ses pas claquaient davantage sur le premier temps, au rythme de la chanson qui tournait dans son crâne. On le remarquait à sa démarche : c'était comme si ses talons appuyaient sur un nerf que lui seul possédait et qui actionnait un léger hochement de tête. Mais à présent il ne marchait plus et ses doigts restaient immobiles. On sentait encore des pulsations, mais elles n'avaient plus rien de musical. Mon frère comptait, simplement. Les chansons s'étaient envolées et le murmure qui les avait remplacées ressemblait au tic-tac d'une horloge. Ou à un compte à rebours.

J'ai fui ce silence presque sans m'en rendre compte. J'ai trouvé refuge à l'hôtel du lac. Les semaines passant, mes visites y sont devenues plus fréquentes.

Peut-être parce que je m'en voulais de ne pas réussir à demeurer auprès de mon frère, sa présence s'est mise à m'accompagner sur le chemin de l'hôtel. Le monde de Papa, peu à peu, s'est peuplé de la musique de Roy. J'ai commencé à y croiser des créatures ressemblant aux personnages des chansons que j'avais entendu mon frère interpréter au fil des années. Non : ce n'était pas une simple ressemblance. Ils avaient réellement pris vie. Derrière la devanture d'une boutique de luxe, j'ai reconnu l'hôtesse de *Hotel California*, le regard mystérieux et le corps paré de joyaux. Au bord du lac, l'homme de Nick Cave, dont le manteau noir et poussiéreux dissimulait la main rouge. Traversant le marché des Eaux-Vives par un jour venteux, j'ai vu la femme décrite par Dylan dans *Girl from the North Country*, ses cheveux tombant en longues boucles sur sa poitrine. Et puis les personnages des Beatles, qui avaient peuplé ma jeunesse, le coiffeur de *Penny Lane*, qui garde chez lui les photos de tous ceux dont il a coupé les cheveux, la fille aux yeux kaléidoscopes de *Lucy in the Sky with Diamonds*, la fanfare de *Sgt. Pepper,* Desmond et Molly Jones... Je marchais vers l'hôtel et tous m'accompagnaient.

J'ai commencé à donner à ces personnages une place dans les histoires que je racontais à Papa. Ana Seiermann, qui en avait peut-être croisé quelques-uns, souriait quand je décrivais comment un homme nommé Major Tom, actuellement en orbite autour de la Terre, m'avait commandé depuis l'espace un théâtre de marionnettes qu'il comptait offrir à ses enfants à son retour.

Si je me rendais plus souvent à l'hôtel du lac, c'est aussi parce que, dans ce monde, Emily était toujours là, bien présente. Je la voyais partout : à la sortie d'une école, devant le portail de l'établissement, dans le parc. Dans mes histoires, les enfants étaient devenus des filles aux yeux verts et aux cheveux orangés.

Sa présence était naturelle, parce que mon père, qui pourtant avait oublié qui j'étais et n'évoquait jamais Roy, prenait régulièrement des nouvelles d'Emily. C'était une chose assez incompréhensible, mais c'était ainsi : il avait oublié ses fils mais se souvenait de sa petite-fille. Plusieurs fois, il avait décrit avec précision des moments passés avec elle.

Qu'était Emily pour lui ? Comment son cerveau parvenait-il à lui donner une existence distincte de la mienne, de celle de Roy ?

Il avait permis à Emily d'être une créature de son monde, et je ne pouvais pas, de mon côté, empêcher ma nièce d'y garder une place. Alors, quand un après-midi Papa m'a demandé comment elle allait, j'ai inventé les journées qu'elle aurait pu vivre, les sorties scolaires où elle aurait pu se rendre, des amis qu'elle aurait pu se faire. Il m'a écouté en hochant la tête, et j'ai pu voir dans ses yeux gris-blanc les images qui se formaient en lui.

Je ne m'en suis pas rendu compte tout de suite, mais je crois que Papa a cessé de croire à certaines de ces histoires. Je me souviens d'un vendredi de mi-octobre où je lui ai rendu visite. Les rues, ce jour-là, étaient désertes. Il avait plu toute la matinée, et la ville était encore ruisselante. Des filets de brume s'attardaient à la surface du lac.

Papa était pâle, blanchâtre jusqu'aux paupières. Ana Seiermann se tenait debout près de la fenêtre, comme à son habitude. Une partie de son visage était dans l'ombre : les nuages épais et la fin d'après-midi qui approchait rendaient la pièce sombre, mais Papa n'avait voulu allumer qu'une lampe, celle qui se trouvait à son chevet et dont la petite ampoule jaune n'éclairait presque rien.

Je ne me souviens pas de l'histoire que je lui ai racontée. Emily en faisait peut-être partie. Mais je me rappelle qu'il a fini par me demander :

— La petite Emily... Va-t-elle bientôt me rendre visite ?

Quand il a posé cette question, ses paupières se sont mises à trembler, comme s'il avait attendu trop longtemps et que la réponse le terrorisait. Il a regardé en direction de la fenêtre et des branches humides des arbres du parc.

— Les châtaignes vont bientôt tomber. On pourra aller les ramasser ensemble. C'est une chose que nous faisions, autrefois.

Il l'avait fait avec moi, à notre arrivée à Genève, avec Roy, mais l'avait-il déjà fait avec Emily ? Quoi qu'il en soit, je ne savais pas quoi répondre. J'avais supposé que cette question n'arriverait jamais, puisque Papa n'avait jamais demandé la présence d'Emily depuis son entrée à l'hôtel.

J'ai pensé que je n'avais pas d'autre choix que lui mentir. J'ai essayé de me convaincre que ce n'était pas différent des histoires que je lui racontais en permanence, mais ce n'était pas le cas. J'ai dit que oui, Emily allait venir, mais pas tout de suite, qu'elle était en voyage, dans les Carpates. Pourquoi les Carpates ? Pourquoi un endroit si inquiétant, à l'approche de l'hiver ? Puis j'ai parlé de cette région, et des châteaux et des monastères qui s'y trouvent, de la neige qui y tomberait bientôt, espérant qu'il en oublierait Emily, et que les semaines suivantes il ne penserait plus à réclamer sa visite.

Je ne sais pas comment Ana a interprété ce mensonge, ni ce qu'elle a compris de la situation. Probablement plus que je ne l'ai supposé sur le moment. Pendant que je parlais à Papa, elle s'est tournée vers la fenêtre et a fait mine de s'intéresser à autre chose.

Mon père n'a pas davantage cru mon histoire. Ses yeux sont restés fixés sur moi, mais son regard s'est effacé et il a fini par fermer les paupières. Les semaines suivantes, il n'a pas évoqué Emily, et il a écouté mes paroles d'un air éteint.

*

Il faisait nuit. Nous étions fin octobre, la température avait baissé en même temps que la grisaille s'épaississait.

Selkie était assise sur le tabouret du piano, le regard posé sur le grand mur du salon et son chapelet d'affiches colorées.

Roy était là aussi, sur le canapé, le corps doré par la lumière d'une lampe.

Les semaines précédentes, je m'étais mis à penser que mon frère partirait, qu'il fuirait cette ville pour quelque temps, irait se réfugier ailleurs, à Londres ou dans un pub de Stockbridge. Roy partait toujours quand la vie ne lui était plus supportable. Mais il était resté là.

— Ness ? a dit Selkie.

Elle avait prononcé mon nom sans me regarder, les yeux rivés au mur.

— Oui ?

Elle s'est tournée vers moi.

— Est-ce que tu penses que les peines se partagent ?

Roy n'a pas bougé et n'a rien dit. Il avait entendu la question, qui lui était aussi adressée, mais le nuage de silence l'enveloppait tout entier.

Selkie avait bien essayé de tirer mon frère de son nuage. Elle venait se blottir sur le canapé quand Roy y était assis, lui prenait la main et chuchotait à son oreille. Elle lui réclamait des chansons. Au début il avait répondu par un geste, une étreinte ou quelques mots, mais peu à peu le nuage l'avait pris et il avait laissé Selkie se débattre seule.

— Ness ? a-t-elle répété.

Selkie ne supportait pas le nuage. Elle m'invitait pour que je l'aide à le faire disparaître. Elle me parlait. Les premiers temps, elle m'avait expliqué les causes de l'accident, avait décrit les termes médicaux dans les moindres détails, énuméré les démarches à effectuer. Plus tard, elle s'était agacée des administrations, des médecins, de la ville et de ses habitants, de la direction du théâtre où elle travaillait. Selkie avait tenté de remuer le silence. L'actrice s'était trouvé un rôle, qui consistait à couvrir le malheur de détails, de mots inutiles. C'était un rôle qui ne lui ressemblait pas, mais c'était le seul qu'elle était parvenue à improviser. Elle faisait semblant, prétendait, donnant tout à la fois l'impression d'accepter ce qui s'était passé et d'en nier la réalité. Mais derrière tout ça, derrière le premier rideau de paroles, les listes et les détails, il y avait une autre voix, qui lui ressemblait davantage et que je pouvais entendre. Je parle, disait cette voix, parce que si je ne parle pas, je cède. Je mens, parce que si je ne mens pas, je m'effondre.

— Oui, ai-je répondu. Oui, bien sûr.

Je me suis approché, j'ai posé mes mains sur ses épaules et j'ai serré, autant que je pouvais le faire.

Il m'est difficile d'expliquer ce que je ressentais durant cette période. En dehors de mes visites à l'hôtel du lac, je flottais – dans une eau froide, lourde et nébuleuse, mais je flottais. Dans cette pièce de théâtre, je ne savais pas quel rôle jouer. Emily n'était pas ma fille ; une voix sans visage me répétait à l'oreille que ma peine devait se mesurer à l'aune de la leur, eux, ses parents, que ma douleur devait posséder une limite, parce que ce drame n'était pas le mien, qu'il fallait épauler, parler, faire. Mais ce n'était pas un costume à ma taille : à peine enfilé, il me tombait des épaules. Ce texte-là, ce rôle-là avaient été écrits pour un autre. Alors, peu à peu, j'ai fui les planches.

Selkie s'est tournée vers moi, a mis ses mains sur les miennes. Des mains tièdes, de longs doigts, un drap de soie.

— Bien sûr, ai-je répété.

Ce que je voulais dire était que sa peine et celle de Roy et la mienne étaient les mêmes, que dans ce sens elles étaient partagées ; que derrière nos visages agités, perdus ou immobiles, se trouvaient le même déluge de glace, les mêmes déferlantes grises, les mêmes convulsions. Que même si Roy se taisait, chaque centimètre de son visage, chaque pli, chaque reflet de son regard hurlaient à sa place. Que son cri silencieux était assourdissant.

Mais j'avais bien conscience que ce n'était pas la question que Selkie m'avait posée. À celle-là, la réponse était négative : non, je le vois comme toi, de toute évidence les peines ne se partagent pas, celle-là encore moins que les autres.

Il m'est arrivé, pendant ces semaines, de me rendre chez Roy et Selkie sans les prévenir. Je ne sonnais pas. J'ouvrais la porte à l'aide de ma clé et me glissais dans l'entrée en espérant qu'ils ne me remarquent pas. En général, Roy était dans le salon, mais un après-midi, j'ai trouvé la pièce vide. J'ai entendu Selkie sangloter dans la chambre d'Emily. Une longue lamentation chevrotante. J'ai écouté, j'ai pleuré moi aussi, sans bruit et sans m'approcher. Je savais que devant moi Selkie sécherait ses larmes. Ce qu'elle n'arrivait pas à vivre avec Roy, elle ne pouvait pas le partager avec moi. J'étais reparti avant qu'elle ne quitte la chambre.

Les choses ont évolué ainsi. Le silence de mon frère, cette brume immobile. Selkie qui voudrait, qui essaie et qui tremble, que je vois frissonner, même si l'hiver n'est pas encore là – le silence et sa brume suffisent. Bientôt, la colère qui pointera de nouveau son nez, se mêlera à tout ça, qui grignotera les regards et achèvera le travail. Selkie qui s'absentera, partira plus tôt le matin et rentrera plus tard le soir.

*

Svensson avait choisi de s'installer en terrasse malgré la température en chute libre de ce début de mois de novembre. Autour du pub, les pavés étaient trempés et les passants y déambulaient avec prudence.

— Il est déjà là, a lancé Svensson, l'œil grave, dirigé vers le ciel, avant d'avaler une gorgée de Guinness.

Il parlait du stratus, le nuage qui élit domicile au-dessus de Genève à cette période, cette gigantesque voûte de coton, épaisse et opaque, qui assombrit la ville pendant plusieurs mois. Chaque année il s'encastrait entre les Alpes et le Jura, à quelques centaines de mètres au-dessus de Genève, et ne bougeait plus.

— En effet, ai-je répondu.

— L'hiver va être long.

Svensson haïssait le stratus de manière déraisonnable. Tous les ans il demandait à ses équipes de rédiger un article à son sujet : phénomène météorologique, mythes et légendes, effets sur la santé, sur l'économie, sur la faune et la flore, sur les relations familiales… Le dossier stratus était sa petite vengeance sur le nuage.

— Si tu veux, ai-je proposé, je t'emmène faire un tour au soleil, plus tard dans la semaine.

C'était un nuage bas, et il suffisait d'une demi-heure de voiture le long des pentes du Jura, au nord de la ville, pour le traverser et prendre un bain de lumière.

— Merci, mais c'est trop tôt. Si on fuit trop vite le stratus, il vous rend fou. Je préfère attendre quelques semaines.

Svensson fronçait les sourcils. Il ne portait pas de manteau. Il avait découvert ses avant-bras en remontant les manches de son pull. Svensson avait le visage allongé, couvert d'une quantité de rides excessive pour son âge – il avait eu soixante ans l'année précédente – et orné d'une longue chevelure blonde, très claire, qui aurait dû être blanche, mais ne l'était pas. Un visage de vieillard surmonté d'une crinière d'adolescent.

J'ai porté la Guinness à ma bouche et j'ai regardé vers la place où une famille passait. L'école venait de se terminer.

— Tu crois la voir, parfois ? m'a demandé Svensson. Une enfant lui ressemble et tu crois la voir ?

— Parfois… Parfois je la vois vraiment, comme une apparition, par exemple quand je regarde une fenêtre dans la lumière du soir, elle apparaît. Même après avoir fermé très fort les paupières, l'image demeure.

L'image d'Emily se formait très souvent devant mes yeux, avec une précision terrifiante. La courbure de ses sourcils et la texture satinée de sa peau, les disques de pigments turquoise autour de ses pupilles, comme un portrait en plan serré.

— Mais comme ça, dans la rue, non, je ne la prends pas pour une autre.

Je n'ai pas parlé de l'hôtel du lac, et de ces moments où, en m'y dirigeant, tous les enfants que je croisais se changeaient en Emily ; c'était différent.

Svensson a hoché la tête.

— Quand Johanna et moi nous sommes séparés, je la voyais partout. Dès qu'une femme mesurait à peu près sa taille, avait des cheveux noirs et raides et une corpulence un tant soit peu similaire, je tombais dans le panneau. Même si le style vestimentaire n'avait rien à voir, j'y croyais. La fille pouvait porter une jupette en latex ou un manteau en vison, du moment que, de dos, ses cheveux ressemblaient à ceux de Johanna, mon cœur bondissait. Et Johanna n'habitait même plus à Genève !

Il a marqué une pause, comme il le faisait souvent avant de reprendre le fil de son récit.

— Et puis... Et puis elle est morte. Et là, les visions ont cessé. Je me souviens qu'un jour j'ai croisé une femme qui était son portrait craché, des cheveux aux oreilles, et jusqu'aux bottines de cuir à lacets, absolument les mêmes. Elle lui ressemblait beaucoup, mais je n'ai pas cru voir Johanna.

Il a fini d'un trait sa Guinness et en a commandé une autre.

— Je me demande si elle me voyait, elle, comme je croyais la voir, a-t-il ajouté.

— Avec ta tignasse, je suis sûr que oui. Si je croise quelqu'un avec tes cheveux, même moi je crois te voir.

Svensson a souri et s'est caressé les cheveux.

— La gamine elle avait de sacrées boucles, aussi.

— Vous avez peut-être des ancêtres communs.

— Ah non, moi, je suis blond polaire. Elle, c'était doré ou vénitien. Comme toi, Ness.

— Comme sa mère, plutôt.

— Sur les reflets roux, oui, mais si tu veux mon avis, elle avait tes cheveux. Je m'y connais. Ces choses-là sautent parfois des générations. Parfois non. C'est mystérieux, la génétique.

Très peu de sujets n'éveillaient pas l'intérêt de Svensson.

— Mes parents, tu les verrais… Ils ont une coupe toute plate, sans âme. Et regarde-moi ! Ça, c'est l'héritage du vieux Öberg, côté maternel. Une vraie torche, celui-là !

— Pour Emily, c'était sa grand-mère.

— Quel côté ?

— Le mien. Ma mère, Isla.

— Joli nom, ça.

Je suis resté silencieux. Svensson a dû comprendre que je ne développerais pas. C'était la première fois que j'évoquais ma mère en sa présence, et Svensson était quelqu'un d'intuitif : il laissait la parole venir mais ne forçait la main de personne.

Isla, c'était le thème qu'on taisait, la douleur qu'on cache. Personne n'en parlait, ni Papa ni Roy, qui pourtant ne rechignait jamais à mentionner l'Écosse. Emily le savait aussi : « l'insatiable curieuse », comme elle se qualifiait elle-même, n'évoquait presque jamais la question. Svensson n'a pas insisté.

— En parlant de cheveux… j'ai dit.

— Oui ?

— C'était quoi, ce geste, au cimetière ? Quand tu as coupé cette mèche ?

— Je n'en sais rien. Je n'ai pas réfléchi.

Ça ne ressemblait pas à Svensson, de ne pas réfléchir. Mais il semblait sincère.

— C'est ce que faisaient les Grecs des temps anciens, tu sais ? Dans l'*Iliade*, on raconte qu'Achille s'est coupé les cheveux à la mort de son ami Patrocle.

— Achille ? a répété Svensson en portant une nouvelle fois le verre à sa bouche. C'est intéressant.

L'*Iliade*. L'*Odyssée*. La phrase est apparue, lentement.

On l'eût pris…

Ses lettres ont tourné autour de moi.

… à le voir…

Elles apportaient des couleurs, des images, des voix.

… pour un des Immortels.

Le pastel de l'aube. Les mots d'Emily.

J'ai une autre idée.

Le visage en plan serré. Un vent de glace.

D'accord ?

J'ai commandé un autre verre.

*

Le nuage de Roy avait fini par traverser les murs de l'appartement et s'étendait à présent sur la ville, qui s'embrumait au fur et à mesure que l'hiver approchait. Selkie travaillait beaucoup, sortait souvent.

Ce soir-là, j'étais dans le salon avec Selkie. Mon frère était sorti faire une course. La pièce était très sombre : la nuit était tombée sans nous laisser le temps de penser à allumer les lampes. Sur le piano se trouvaient quelques partitions manuscrites.

— Il s'est remis à composer ? ai-je demandé.

Elle était assise en tailleur sur le canapé. L'obscurité donnait à sa silhouette un air fantomatique.

— Pas vraiment.

Je me suis assis sur le tabouret, devant l'instrument. Les feuilles étaient raturées dans tous les sens. Des parties entières étaient barrées.

— Écoute, Ness. Ferme les yeux et écoute. Même les voitures se taisent.

La soirée commençait à peine, mais la ville était très calme.

— Je n'ai pas de problème avec le silence, tu sais. Là-haut, tout est très silencieux, mais c'est normal.

Elle disait *là-haut* pour parler de la montagne.

— Mais ici… C'est différent, ici. En ville, dans cette pièce, c'est contre-nature. C'est difficile à supporter.

Elle avait raison : le bruit constant de leur appartement, la musique, les voix m'avaient parfois fatigué, mais c'était un endroit plein de vie et le silence qui en avait pris possession était en effet contre-nature.

— Oui, je sais.

Selkie s'est redressée. La lueur de sa peau dans la pénombre m'a rappelé celle d'Emily quand elle était venue me réveiller ce matin-là.

— Et puis… Et puis il y a différents silences. Il y a celui qu'on ressent quand on est seul, et celui que nous impose quelqu'un qui se tait. Ce ne sont pas les mêmes.

J'ai ouvert le piano. L'enfilade de touches noires et blanches a lévité un instant dans la nuit.

— Oui, c'est difficile. Ça n'a vraiment rien à voir avec le silence de là-haut.

J'ai eu l'impression qu'elle levait les yeux, dans une direction qui devait être celle des Alpes, bien au-delà de la ville.

J'ai pensé aux montagnes de Selkie, à ce silence-là. Je détestais le silence de Roy, mais celui de *là-haut* ne me plaisait pas beaucoup plus. *Là-haut*, contrairement à Selkie, je n'étais pas chez moi.

Le village d'enfance de Selkie se trouvait à deux heures de route de Genève. Elle n'y retournait presque jamais. Elle était partie très jeune et entretenait avec ses parents des relations distantes. Ils considéraient avec mépris le travail de leur fille, comme celui de Roy d'ailleurs, qu'ils surnommaient le troubadour. Roy ne les appréciait guère. Il mimait leur démarche de montagnards et leurs manières de paysans. Il les appelait « les corps sans musique ». Il disait que les parents de Selkie en voulaient à leur fille d'avoir fui les montagnes, alors que c'était eux qu'elle avait voulu laisser derrière elle.

Mais Selkie n'avait jamais vraiment quitté la montagne. Elle avait trop besoin de ces paysages. Tous les étés, durant sa jeunesse, elle avait travaillé dans des refuges perchés dans des zones glaciaires, à accueillir les alpinistes, à entretenir les baraques, à cuisiner. Puis elle avait rencontré Roy, et ensemble ils avaient eu une autre idée.

La famille de Selkie possédait une propriété dans un coin des Alpes beaucoup plus reculé que chez ses parents. De lointains ancêtres avaient dû vivre dans cette région avant de migrer plus à l'ouest, pour une raison que j'ignore. C'était une ancienne bergerie composée d'un bâtiment de pierre tout en longueur et d'une grange. L'endroit tombait en ruine. Certains murs menaçaient de s'effondrer, des ardoises manquaient à la toiture, il n'y avait ni électricité ni eau courante. Selkie et Roy avaient rénové le lieu des années durant. La maison n'était devenue habitable que bien après la naissance d'Emily, et elle était restée rustique : les coupures d'électricité y étaient fréquentes, les hivers longs et rudes.

Roy avait baptisé cette maison « le bothy », en référence aux *bothies* écossais, ces refuges de pierre bâtis dans les profondeurs des Highlands. Ce sont des bicoques de fortune, dont la porte est ouverte à quiconque s'est aventuré jusque-là, pourvu qu'il accepte de dormir avec les fantômes. Les Écossais ont une légende pour chaque bothy. Des histoires qui se ressemblent toutes : un drame s'y est déroulé, une âme damnée y loge depuis et la nuit on la devine qui rôde, on sent sa présence et on entend ses murmures, le bruissement de ses pas. Roy a toujours aimé ces histoires, qu'il avait racontées à Selkie la première fois qu'elle l'avait emmené dans la bergerie. Il les lui avait chuchotées au coin du feu, s'attendant à ce qu'elle tremble. Mais Selkie n'avait pas eu peur. Elle avait joué avec les mots, amplifiant leur noirceur, rendant les fantômes plus terrifiants, essayant de faire peur à son tour à mon frère, sans grand succès j'imagine. Et la maison était devenue « le bothy ». Roy avait posé une plaque à l'entrée de la propriété, un rectangle de sapin sur lequel ce nom était gravé.

Plus tard ce soir-là, un couple d'amis de Selkie nous a rejoints pour le dîner.

Pendant le repas, le regard de Selkie s'absentait, s'assombrissait. Pour quelques instants, elle se laissait partir là-haut, dans le cirque de montagne et les forêts d'altitude, ou bien elle allait se perdre parmi les souvenirs d'Emily qui planaient en permanence dans l'appartement. Quand son regard croisait celui de Roy, la tristesse dans ses yeux s'intensifiait. C'était une tristesse teintée de colère, née de l'absence d'Emily, et aussi de tous les silences de Roy, des silences de cet automne-là et de tous ceux qui les avaient précédés. L'idée m'a traversé que, derrière ses bavardages, derrière ce voile de musique dont il s'enveloppait depuis l'enfance, mon frère avait toujours été silencieux. En l'observant autour de cette table, malgré le malheur qui flottait dans la pièce, j'ai moi aussi ressenti une colère. C'était un sentiment très ancien, enfoui, qui a fait baisser la température autour de moi. J'ai tenté de le repousser en me replongeant dans la conversation avec les invités. Mais le visage de Selkie me ramenait toujours à Roy et à son silence.

J'ai compris, ce soir-là, que Selkie allait partir. L'accident avait creusé l'espace qui la séparait de mon frère, cet espace qui existait déjà auparavant et au-dessus duquel Emily, la funambule, n'était plus en mesure de tendre sa corde. Selkie allait partir, et je savais où elle irait trouver refuge.

*

Deux jours plus tard, un message de Roy sur mon répondeur m'annonçait qu'elle avait quitté l'appartement.

Elle avait préparé ses affaires pendant que mon frère se trouvait dans le salon. Puis elle était sortie de la chambre valise à la main et avait annoncé qu'elle quittait Genève pour quelques jours.

« Elle est au bothy », disait la voix de mon frère.

À la fin du message, j'ai rappelé Roy.

— Elle avait besoin de ça, a-t-il dit. Moi aussi, peut-être. Je lui ai demandé pourquoi elle n'allait pas chez ses parents. Elle m'a dit qu'elle voulait être seule. Seule au bothy… Elle a pris la voiture.

Roy s'est arrêté de parler. Pendant quelques secondes, sa respiration a résonné dans le combiné du téléphone.

— Elle m'a appelé en arrivant. Tout va bien. Maintenant, j'aimerais être avec elle. C'est ridicule, hein ? Après toutes ces semaines à… Mais elle ne veut pas que je vienne.

Plus tard, ce soir-là, j'ai reçu moi-même un appel de Selkie.

— Je sais que tu n'aimes pas la montagne, Ness, mais tu sais, j'avais raison : le silence ici n'est pas le même. Il ne porte aucune douleur.

Elle m'a parlé de Roy avec fatigue et résignation. Avant de raccrocher, elle m'a demandé de passer le voir régulièrement. Comme si mon frère, dans son salon du centre-ville, était plus seul qu'elle, pourtant blottie dans cette bicoque de montagne.

Genève se préparait à accueillir l'hiver. Le stratus s'épaississait, absorbait l'humidité du Léman et s'en dégorgeait sur la ville. La nuit arrivait très tôt.

L'hôtel du lac a pris des allures brumeuses. Papa éprouvait de grandes difficultés à suivre le fil de mes histoires. Derrière la fenêtre, les arbres du parc résistaient en se parant de couleurs vives. Je m'y rendais de plus en plus, parfois plusieurs jours d'affilée. Pour les arbres, et pour nourrir mon père de tant d'histoires qu'il en oublierait Emily. Mais, malgré mes efforts, Papa s'éloignait. Il répondait à peine à mes questions. Même les pensionnaires qui d'habitude venaient tendre l'oreille semblaient éviter la chambre. L'hôtel du lac a changé, ou plutôt il a commencé à ressembler à un monde parallèle à celui de Papa, d'apparence similaire mais dissocié du sien.

Comme je l'avais promis, je me suis rendu à l'appartement pour prendre des nouvelles de Roy. J'avais remarqué au fil de mes visites que Selkie appelait toujours en fin de journée, et j'essayais de venir à ce moment-là pour assister aux conversations. Mon frère se précipitait sur le téléphone dès que la sonnerie retentissait, comme s'il avait passé chaque minute de la journée à attendre ce coup de fil. Mais, après avoir décroché, il ne faisait qu'écouter Selkie, et ses réponses étaient convenues, tendues, presque forcées. Après avoir raconté sa journée au bothy, Selkie s'assurait que j'étais bien aux côtés de mon frère. Il répondait « Il est là, oui ». J'y étais, c'est vrai, mais j'aurais aussi bien pu être ailleurs.

Les jours passant, les appels de Selkie se sont faits plus courts et moins fréquents. Elle a cessé de joindre Roy quotidiennement pour ne téléphoner que tous les deux ou trois jours.

Peu après la mi-novembre, elle n'a plus donné de nouvelles.

Comme cette disparition avait été progressive, je ne m'en suis pas immédiatement inquiété. J'essayais de me remettre au travail, je me rendais à l'hôtel du lac et j'allais écouter Svensson pester contre le stratus. Mais un matin, une semaine environ après le dernier appel de Selkie, je me suis réveillé le corps parcouru d'une angoisse violente, si forte que mon esprit n'est pas tout de suite parvenu à en comprendre l'origine. J'ai couru jusqu'à mon téléphone pour essayer de la joindre au bothy, mais elle n'a pas répondu.

Une pluie continue tombait sur Genève. J'ai rappelé plusieurs fois et, tandis que la sonnerie continuait de résonner dans le vide, j'ai imaginé le bothy qui devait se couvrir de neige et se recroqueviller de froid.

J'ai cherché à me rassurer auprès de Roy. J'ai téléphoné, et comme il ne me répondait pas non plus, j'ai pris le bus jusque chez lui et je l'ai attendu, assis à la table du salon, essayant d'endiguer la panique qui refluait sans cesse au creux de mon ventre. Selkie n'appelait plus, mais elle avait besoin de disparaître, et puis c'était sa maison, ses montagnes, que pouvait-il bien lui arriver ?

La porte d'entrée s'est ouverte en milieu d'après-midi.

— Tu penses qu'il s'agit d'un problème de lignes téléphoniques ? ai-je demandé après lui avoir expliqué la raison de ma présence.

— C'est possible.

Il avait dû essayer d'appeler, lui aussi, et savait donc comme moi que la sonnerie retentissait au bout du fil. La ligne ne semblait pas coupée.

— Il n'a rien pu lui arriver, n'est-ce pas ?

— Bien sûr que si, Ness.

Bien sûr que si, bien sûr que les monstres existent.

En observant Roy et son visage de pierre j'ai compris où se trouvaient les racines de mon angoisse. Je n'étais pas inquiet pour Selkie. Je n'avais pas peur pour elle. J'avais peur pour moi-même. J'avais peur de me retrouver seul avec mon frère. J'avais, en vérité, peur de mon frère.

Plusieurs jours ont passé sans que je parvienne à décider ce que je devais faire. J'ai continué d'essayer de me convaincre de laisser Selkie tranquille, qu'elle désirait être seule et avait toutes les raisons de le vouloir. Mais, au fond, je savais que la seule bonne décision était de se rendre au bothy. Je n'avais aucune envie de monter là-haut, l'hiver, de voir la couronne de sommets, la neige, le lac que le gel enfermait déjà. Genève est une petite ville, mais c'est une ville quand même. Je n'ai jamais aimé la solitude des montagnes.

Et puis, un matin de fin novembre, j'ai reçu un appel de Roy.

— Allons-y. J'ai fait mes affaires. Tu passes me chercher ?

Une injonction plus qu'une demande. Roy avait décidé pour moi.

Je m'y attendais, je l'espérais sans doute. Les jours précédents, je m'étais sans m'en rendre compte préparé à ce départ en redoublant d'efforts pour rendre un article à Svensson. Je pouvais partir quelques jours. Je ne pensais pas être absent davantage.

J'ai fourré dans une valise tout ce que j'avais de vêtements chauds, avec la sensation que ce ne serait pas suffisant. Je suis allé chercher ma vieille Toyota qui reposait depuis des mois dans son parking sous trois centimètres de poussière, et j'ai roulé jusque chez Roy.

Il m'attendait devant son immeuble, adossé au mur, ses bagages éparpillés autour de lui sur le trottoir. Toujours les mêmes affaires : un sac de vêtements, une boîte en plastique remplie de vinyles et son étui à guitare.

Tandis qu'il chargeait le coffre, j'ai sorti de la boîte à gants la carte routière, que j'ai dépliée sur le tableau de bord.

L'itinéraire traversait tout le pays. D'abord la voie rapide, qui contourne le Léman avant de se changer en route ordinaire au fur et à mesure qu'elle remonte la vallée et que les pentes se resserrent autour d'elle. J'ai posé un doigt sur le tracé, et je l'ai suivi jusqu'à la bifurcation, là où la route s'élève, serpente, où les virages se font de plus en plus serrés. Le papier s'est refroidi sous mes doigts.

Roy a ouvert la portière avant que j'aie atteint la région du bothy.

— Pas besoin de carte, a-t-il dit en s'installant sur le siège passager. Je sais où on va.

J'ai continué à suivre le tracé. La route n'en finissait pas de dérouler ses courbes, de s'enfoncer au cœur des Alpes.

Une fois la destination atteinte, j'ai replié la carte et je l'ai tendue à mon frère.

— Moi pas, Roy.

J'ai démarré le moteur et nous avons quitté la ville.

II

ROY

« We would be warm
below the storm
In our little hideaway beneath the waves. »

The Beatles, *Octopus's Garden*

1

Avondale Place était la quatrième rue des Stockbridge Colonies, un lotissement de bâtiments ouvriers situé à un kilomètre au nord du centre d'Édimbourg. Les pavés qui recouvraient la chaussée étaient d'un gris légèrement plus clair que celui des briques des maisons. Sur les toits, les ardoises, elles, étaient presque noires. On accédait à notre appartement par un escalier extérieur menant à l'étage du lot numéro 10. C'est là, sur les dernières marches, que je m'asseyais au retour de l'école.

La vue embrassait l'intégralité de la ruelle : la traverse de pavés, l'enfilade de bâtiments débouchant sur Glenogle Road au sud, la végétation foisonnante de la Water of Leith au nord. En fin d'après-midi, l'endroit était animé, car les gamins du quartier venaient souvent jouer sur Avondale Place, où les riverains ne prêtaient pas attention à eux. Autour de chez nous ne vivaient que quelques célibataires, de jeunes couples de travailleurs qui rentraient tard et une poignée de retraités comme Norah McGill, la vieille qui occupait le rez-de-chaussée du numéro 10 et cognait au plafond avec son balai même quand notre appartement était silencieux. Elle avait la peau très blanche, masquée de rides, et des yeux enfouis dans leurs orbites.

Nous étions la seule famille, et, jusqu'à la naissance de Ness, j'étais le seul enfant de la rue. Quand les parents du quartier autorisaient leurs enfants à venir jouer devant chez nous, ils les laissaient en quelque sorte sous notre surveillance. Ou plutôt sous la mienne : ni mon père ni ma mère ne pouvait veiller sur ces nuées de gosses qui jouaient au foot, aux billes, ou, l'été, à se jeter dans la coulée grise de la rivière au coucher du soleil.

Kenneth ne rentrait qu'à l'heure du dîner, et Isla, à cette époque, était occupée avec Ness. Quant à moi, je n'avais que huit ans, et évidemment je ne veillais sur personne. Je restais assis sur les marches, devant le pas de la porte, parfois je descendais voir les frères Collins de Balmoral Place, qui traînaient du côté de la Leith, mais la plupart du temps je fixais seulement la ruelle. J'imaginais les eaux de la rivière filant vers le port, où mon père travaillait. Je fredonnais les derniers morceaux à la mode, Dylan, Hendrix ou Led Zeppelin, qui n'intéressaient pas grand monde à Stockbridge à part moi et les frères Collins.

Je ne veillais sur personne, parce que je considérais que ce n'était pas mon rôle, et parce que j'étais certain que les enfants ne risquaient rien. Il y avait beaucoup moins de voitures à cette époque, peu de passage dans nos impasses. Tout le monde connaissait tout le monde, ou du moins tout le monde en avait l'impression. Pourtant, ma présence rassurait les parents. Une mère du quartier apparaissait parfois au coin de Glenogle Road, mais son regard ne s'attardait pas sur ses enfants : elle levait les yeux vers l'escalier du numéro 10 pour s'assurer que j'étais bien là. Alors, même si je ne veillais sur personne, je prétendais le contraire et restais assis sur les marches jusqu'à ce que les enfants rentrent chez eux.

La silhouette de mon père se dessinait toujours à la même heure, au même endroit, au bout de la ruelle. La plupart des enfants étaient partis et la ville avait retrouvé son calme. Quand mon esprit était ailleurs, je ne remarquais pas tout de suite Kenneth, mais le rythme de ses pas claquant sur les pavés finissait par percer la bulle dans laquelle je m'étais égaré. Ma vision s'éclaircissait et je le découvrais en train de s'approcher de la maison.

Kenneth marchait vite, avec énergie, pour montrer qu'il était pressé de nous revoir. Mais il n'entrait jamais immédiatement. Il montait les seize marches deux à deux, m'embrassait sur le front, et s'accroupissait sur le palier extérieur. Sa peau était froide et humide, comme l'air marin. Comme un nuage d'embruns qui venait se poser là, à mes côtés. J'aimais cette sensation. Elle me dépaysait, me tirait hors de la ruelle, de la ville, de ses briques et de ses pierres grises. Plus tard, quand nous avons quitté la région, la mer s'est éloignée et Kenneth a perdu son odeur. Sa présence a gardé quelque chose de maritime, mais elle est devenue plus brumeuse. Les embruns se sont changés en nuage de bruine.

Ma mère était différente. Isla était grande et aussi mince que Kenneth, mais son corps était toujours brûlant, comme les terres de ses Highlands d'origine, ces sols qui restent rouges malgré les tempêtes qui les balaient à longueur d'année. Je me souviens de la sensation que j'éprouvais quand nous poussions la porte, Kenneth et moi, et que nous la découvrions dans le salon, Ness dans ses bras, sa peau blanche sur celle de mon frère, cette lumière qui irradiait, une lumière de brasier qui se consume sans jamais s'éteindre. La lumière d'Isla. Et la lumière de Ness, blond comme elle, brûlant comme elle.

Parfois, avant le retour de mon père, quand j'étais assis sur l'escalier extérieur, elle entrebâillait la porte et passait la tête à travers l'embrasure.

— Roy, tu surveilles bien les enfants ?

Je haussais les épaules.

— Très attentivement.

Elle s'approchait alors et murmurait :

— Et moi, qui me surveille ?

Puis elle disparaissait à l'intérieur. Même si je voulais la suivre, la plupart du temps je ne bougeais pas, à cause des autres parents qui comptaient sur ma présence. Mais quelques fois, quand la ruelle était particulièrement calme, il m'est arrivé de suivre Isla.

Je me levais d'un coup et pénétrais à l'intérieur. Je traversais l'entrée jusqu'au salon, balayais du regard la pièce, la table en bois et les chaises vides, les affaires de Ness qui traînaient sur le canapé. Tout était immobile. Un filet d'air se faufilait à travers la fenêtre entrouverte. Je la cherchais dans la chambre parentale, je grimpais l'escalier jusqu'aux combles où se trouvaient ma chambre et celle de Ness. Ness n'y était pas. Isla non plus. Je redescendais, vérifiais la cuisine. Près de la gazinière, une théière expirait lentement sa vapeur. Je prêtais l'oreille.

Des voix me parvenaient de l'extérieur. Celles des enfants du quartier d'abord, puis celle d'Isla, qui parlait à Ness. Je retournais vers la porte d'entrée, passais ma tête comme ma mère l'avait fait quelques minutes auparavant, et je la découvrais là, assise à ma place, expliquant à mon frère les jeux des gamins courant sur les pavés.

Elle se tournait vers moi.

— Où étais-tu ? disait-elle en souriant.

Et elle caressait les cheveux de Ness. Ou plutôt de David, puisque c'était encore son nom.

Pour la plupart, mes souvenirs de nos soirées à Avondale Place se ressemblent. Il m'est difficile de les évoquer avec exactitude, et l'atmosphère que j'imagine aujourd'hui est peut-être altérée par les événements qui se sont déroulés plus tard.

À son retour, Kenneth préparait à dîner. C'est une chose qu'il prenait au sérieux. Il enfilait un tablier et me demandait d'attacher le cordon dans son dos. Selon les jours, je devais faire un nœud de chaise, ou un nœud de huit, ou d'autres encore – toute occasion était bonne pour pratiquer. Mon père connaissait tous les nœuds mais ne naviguait jamais. Puis il sortait les ingrédients et les ordonnait en rangées sur le plan de travail, par ordre d'apparition dans la recette. Isla asseyait Ness sur une chaise et nous écoutions mon père décrire sa préparation. Du haut de ses trois ans, Ness bredouillait quelques mots, quittait sa chaise, remontait dessus, mimait les gestes de mon père en riant.

Mes souvenirs de ces moments sont liés aux jours de pluie. Et je ne parle pas du crachin qui arrosait Édimbourg en permanence. Je parle de la grosse pluie, celle qui faisait gronder les toitures, qui noircissait les rues et vidait Avondale Place des enfants du voisinage. Bien sûr, nous dînions aussi les jours de beau temps, mais quand je revois mon père faire la cuisine, quand je nous revois attablés au salon, le ciel est sombre, la pluie tambourine aux vitres, la pièce est pleine d'humidité. Ness déambule en regardant autour de lui, curieux et inquiet à la fois.

Le dîner préparé, mon père servait le repas. Je demandais :

— Comment vont les bateaux ?

Kenneth attendait un moment avant de répondre, comme s'il rassemblait ses pensées. Il ne mentionnait jamais le quotidien du chantier naval dont il avait la charge. Il ne parlait des navires qu'une fois ceux-ci terminés, quand ils avaient quitté le port. En fait, il ne parlait pas vraiment de son travail. Il piochait un bateau dans sa mémoire et décrivait ses voyages.

— Vous savez, le navire d'exploration polaire, celui que nous avons terminé en avril ?

Isla acquiesçait.

— Où est-il ? demandait-elle.

— Il devrait bientôt atteindre l'Antarctique. Il a passé le soixantième parallèle ! Les îles Orcades du Sud. En ce moment, la température baisse chaque jour. L'équipage approche de la mer de Glace. La banquise est encore fine, mais il faut qu'ils fassent vite. L'étrave est conçue pour la briser mais il ne faut pas attendre le cœur de l'hiver.

Ness détournait son attention de la fenêtre que la pluie inondait sans interruption. Il s'approchait de Kenneth, attrapait d'une main le dossier de sa chaise et attendait que mon père poursuive.

— Vous l'imaginez, notre bateau, progressant dans les mers du Sud ? Le capitaine qui lève la tête et découvre la grande barrière qui s'étend devant eux ? La banquise, blanche et lisse, les reliefs des montagnes à l'horizon. Et puis le navire qui entre lentement en contact avec la glace, et le craquement sous la coque...

Mon père inventait. Un matin d'avril, il avait vu partir le navire qu'ils avaient construit, et il l'avait suivi du regard tandis qu'il quittait le port, jusqu'à ce qu'il disparaisse au large de la baie. Il pouvait être allé au pôle Nord, en Sibérie ou au cap Horn ; mon père n'en savait rien. Mais nous nous prêtions au jeu, moi en premier. Je réclamais des détails, sur le capitaine et l'équipage, à quoi ressemblaient-ils, que faisaient-ils de leurs journées. Je lui posais des questions sur l'itinéraire, les tempêtes et les rencontres.

De son côté, Isla souriait, sa main posée sur le bras de son mari. Tandis que la pluie assombrissait l'atmosphère et que l'écume et la glace des récits de Kenneth refroidissaient la pièce, quelque chose oscillait dans son regard, comme la flamme d'une bougie qui tremble sous la brise. Je ne parvenais pas à savoir si Isla écoutait vraiment.

Parfois, elle intervenait – quelques mots.

— Je suis allée aux Orcades, disait-elle. Les Orcades du Nord, je veux dire. Les nôtres.

Son regard se perdait un instant, mais elle n'en disait pas plus. Elle levait les yeux vers Kenneth, souriait à nouveau.

— Pardon, Kenny, je t'ai interrompu. Continue, parle-nous du navire.

Mon père n'avait pas besoin d'histoires, mais il pensait que nous en avions besoin, nous. Que c'était ce que les enfants aiment, les histoires. C'était sa façon principale de communiquer avec nous ; peut-être aussi avec Isla. Ness l'écoutait avec plaisir, et moi aussi. Nous laissions la présence de notre père nous envelopper. Isla, elle, écoutait, mais je crois que les histoires l'ennuyaient. Elle voulait les vivre, pas en être spectatrice.

À un moment ou un autre du dîner, les coups de balai de Norah McGill finissaient par retentir depuis le rez-de-chaussée. Parfois ils répondaient à une cavalcade de Ness sur le plancher du salon, mais le plus souvent McGill faisait irruption sans raison apparente. Nous étions habitués et pourtant nous sursautions à chaque fois. Nos discussions s'interrompaient brutalement. Surtout les jours de pluie, quand le bruit sourd qui retentissait sous nos pieds faisait penser à un grondement de tonnerre. Mon père pestait contre la vieille femme. Isla quittait sa chaise, s'agenouillait et posait son oreille contre le plancher. Ses longs cheveux blonds s'éparpillaient en cercle sur le sol. J'imitais ma mère et me couchais par terre, bientôt suivi de Ness. Mais nous n'entendions guère ce qui se passait chez Norah McGill. Il y avait quelques bruits de pas ou de vaisselle, parfois une voix étouffée prononçant des paroles incompréhensibles.

— Qu'est-ce qu'elle fait, la dame ? demandait Ness.

— Elle nous appelle, mon chéri, répondait Isla.

Et ma mère, dont le visage s'était légèrement assombri, frappait à son tour quelques coups sur le plancher. L'appartement de Norah McGill redevenait silencieux un instant, puis la vieille grommelait quelque chose et allumait la radio.

Les scènes que je viens de décrire sont un amalgame, un mélange de moments que nous avons vécus à l'époque. Si je les recouvre aujourd'hui d'orage, c'est, je pense, parce que j'ai gardé des souvenirs précis des nuits qui suivaient ces soirées de grosse pluie.

Une fois Ness couché, Isla et Kenneth restaient un moment dans le salon avant de rejoindre à leur tour leur chambre. Moi, j'étais déjà monté dans la mienne, sous les toits. J'y lisais un livre, des histoires courtes, des contes, du folklore local.

La pluie martelait les tuiles sans discontinuer. Quand j'étais certain que toute la famille était endormie, je redescendais au salon, où se trouvait le tourne-disque. Je sortais de mon sac l'un des albums que m'avait prêtés Alvin, qui tenait un magasin de disques sur Henderson Row où je m'arrêtais souvent au retour de l'école – surtout les jours de pluie, quand je savais que je n'aurais à surveiller personne dans les ruelles des Colonies. Je sortais le disque de sa pochette, le disposais sur la platine et l'écoutais à bas volume, l'oreille collée à l'enceinte, pour ne réveiller personne et entendre la musique malgré la pluie.

Puis je remontais. Mais je ne retournais pas dans ma chambre : j'allais dans celle de Ness. Je m'approchais, m'installais sur le tapis, au pied du lit. Il y avait une fenêtre de toit au-dessus de son lit. Elle n'avait pas de store, ce qui donnait l'impression que la pluie tapait plus fort que dans ma chambre. Je prenais la main de Ness et lui racontais une histoire. Comme Kenneth, je les inventais, mais je ne connaissais du monde que ce que j'y avais trouvé dans les quelques livres que j'avais lus : mes histoires étaient toutes les mêmes, à peu de chose près. Quelques créatures magiques plus ou moins maléfiques, des villages enneigés ou couverts de nuages, une poignée de princesses, deux frères qui un jour deviendraient princes, ou rois.

L'histoire terminée, je fredonnais une chanson. L'une de celles que je venais d'écouter, ou une autre.

Je me souviens peu des histoires, mais les chansons sont restées. Je me souviens de *Mr Tambourine Man* et de *Pale Blue Eyes* et de la pluie qui couvrait ma voix. Je me souviens de la peur que j'avais que Ness se réveille, et comment je continuais malgré tout à parler et à chanter. Je me souviens que Ness – ou David – ne se réveillait jamais, mais qu'il m'entendait : il me le montrait en refermant ses doigts sur les miens.

Je me souviens que j'attendais la pluie, à cette époque. Pas le crachin silencieux : la grosse pluie, celle qui cognait sur le toit, vidait la ville. Celle qui nous offrait un refuge.

*

Alvin tenait une boutique toute en longueur, aux murs défraîchis et à l'éclairage criard. Elle était indiquée par une petite pancarte *Alvin's Music* fixée au mur d'un immeuble de Henderson Row, et on devait pénétrer dans le hall du bâtiment pour en trouver la porte. Nous l'avions découverte avec Kenneth en tentant d'échapper à une averse. Nous n'étions pas entrés. J'y étais retourné seul, quelques jours plus tard.

J'avais déambulé dans les rayons, fasciné par le défilé de couleurs et d'images, par la quantité de musique rangée là, dans ces fines lamelles verticales. J'avais imaginé ce qui se passerait si cette musique s'échappait de chacun des disques, si elle s'élevait au-dessus d'Édimbourg et redescendait se poser sur chacun des immeubles, chacune des maisons. J'avais déambulé tandis qu'Alvin parlait à des clients, sans oser toucher les albums, les épiant à distance, ne sachant pas que piocher, par où commencer, si j'avais le droit. Jusqu'à ce que le visage d'Alvin surgisse derrière un rayon comme un clown à ressort bondissant hors d'une boîte de farces et attrapes.

Alvin classait les disques par date de parution. Peu m'importait, puisque j'écoutais tout ce qu'il me déposait dans les bras et allais rarement chercher un album dans les rayonnages. Mais la clientèle s'en plaignait.

— Franchement, Alvin, il faut être musicologue pour s'y retrouver, avait dit un jour un type trapu en costume trois-pièces. Pourquoi tu ne les ranges pas par groupe, comme tout le monde ?

— Pour deux raisons, *my dear*. Primo, si les clients trouvent trop facilement ce qu'ils cherchent, ils ne m'adressent plus la parole. Je tiens un magasin de disques, pas un monastère. Ensuite, honnêtement, c'est logique. Après tout, il y a plus de ressemblance entre les Beatles des *fifties* et Chuck Berry qu'entre les Beatles des *sixties* et les Beatles des *fifties*.

— Je ne suis pas d'accord.

— C'est ton droit. Je ne suis pas toujours d'accord avec moi-même non plus.

— Franchement, Alvin…

— Bon, mais au moins, on discute.

— D'ailleurs, il n'y a pas de Beatles des *fifties*. Les Beatles ont été fondés en 1960.

— Mais si. Enfin avant, ils s'appelaient les Quarrymen. À Ringo Starr près, certes. Tiens, j'ai un album par ici…

— Non merci.

La discussion continuait un moment, le client soupirait, finissait par demander conseil à Alvin, et quelques minutes plus tard il repartait avec une pile de disques dont il n'avait jamais entendu parler. J'écoutais d'une oreille, installé sur le vieux sofa, dans l'arrière-boutique où Alvin me laissait traîner.

Les premières années je m'y rendais les week-ends ou les jours de pluie. Je me plantais au milieu de la boutique et lui demandais :

— Qu'est-ce que tu as de bon aujourd'hui ?

— Voyons, aujourd'hui… À toi de me dire : qui es-tu aujourd'hui ?

— Je suis Roy, comme hier et comme demain.

— Tu es Roy, mais pas comme hier, et encore moins comme demain.

Il s'approchait.

— Voyons voir… Légers cernes… Débarque plus tard que d'habitude… Sourcils tendus… Un peu d'inquiétude, je dirais ?

Alvin lisait l'humeur sur mon visage, parfois il se trompait et je le lui montrais en secouant la tête, mais la plupart du temps il tombait juste. Il sentait quand j'étais en colère après une dispute avec les frères Collins ou une remarque blessante, il percevait mon inquiétude quand je ne pouvais pas moi-même identifier sa source, il remarquait – mais c'était plus facile – l'excitation béate des jours où j'avais reçu un baiser de cette fille de ma classe aux yeux noirs, Callie. Il voyait tout ça, mais ne demandait pas de précisions.

— Mon ami, je pense qu'aujourd'hui il te faut un petit remontant. Je vais te chercher ça.

Je me dirigeais vers l'arrière-boutique, où je l'attendais. Quelques instants après, il m'apportait un ou deux disques.

Quel âge avait Alvin ? Peut-être l'âge de mes parents, peut-être dix ans de moins ou quinze ans de plus. De mon point de vue, c'était simplement un adulte. Ni un jeune ni un vieillard : un adulte. Il portait de longs gilets en laine, un canif à la ceinture, et il tapotait les pochettes avec son index en me présentant les disques. Clac, clac. J'ai écrit une chanson pour lui, sur mon premier album. Un blues folk, à la J.J. Cale : *Alvin's knife plays melodies/clac, clac/Fills his shop with harmonies/clac, clac.*

Il m'a montré un album dont la pochette contenait une image floue représentant des hommes portant des casques de moto, armés de sabres bleus et d'un bouclier rose, debout près d'un arbre, dans la nuit.

— Aujourd'hui, je te propose un petit Black Sabbath. Mais ferme bien la porte, il ne faudrait pas faire fuir ma si nombreuse clientèle.

Je suivais les prescriptions d'Alvin. La musique atténuait la colère, faisait disparaître l'inquiétude, me transportait dans les bras de Callie. Puis je rentrais à Avondale Place, où j'écoutais les histoires de Kenneth, le rire d'Isla et les dernières frasques de Ness. Là-bas, on me demandait à peine des nouvelles ; on supposait que tout allait bien pour moi.

Au début, je me rendais seul chez Alvin. Puis, quand Ness est entré à l'école de Henderson Row et que nous faisions la route ensemble, j'ai commencé à l'emmener à la boutique, à la sortie des classes.

La première fois, c'était un après-midi d'hiver, Ness devait avoir cinq ans et il portait un épais manteau à capuche qu'il a refusé d'ôter une fois à l'intérieur. Je n'ai pas insisté : à cette époque, Ness n'en faisait qu'à sa tête. Alvin discutait avec un client quand il nous a vus arriver. Il m'a signifié d'aller dans l'arrière-boutique. J'y ai entraîné Ness et l'ai installé sur le canapé.

Les enceintes murmuraient *Take a Walk on the Wild Side*, de Lou Reed. Mon frère a examiné la pièce. Les piles de paperasse sur les étagères, les cartons, entassés en vrac, sur lesquels étaient inscrits des noms de groupes ou de maisons de disques, les posters de rock stars épinglés aux murs. Aucune fenêtre, une lumière grise. Dans un coin, posée sur la tranche d'une bibliothèque, il y avait une guitare, une vieille Alvarez qui avait perdu une partie de son vernis et ressemblait à une caisse de bois brut percée de fils de fer. Depuis un moment déjà, j'essayais d'apprendre à m'en servir en écoutant la musique ; en suivant les conseils d'Alvin, j'essayais de plaquer des accords par-dessus les morceaux, de reproduire les riffs ou d'improviser quelques notes. Quand il a vu l'instrument, Ness s'est approché. Il n'avait jamais eu l'occasion de tenir une guitare entre les mains. Il a touché les cordes, le bois, il a parcouru le manche, la courbe de la caisse, le contour de la rosace, mais il n'a pas essayé de produire le moindre son.

La porte a pivoté et Alvin est apparu.

— Tu es le frère de Roy ?

Ness a vaguement hoché la tête.

— Oui, il s'appelle David. Lâche cette guitare !

— Au contraire, a dit Alvin. Prends-la, amuse-toi, essaie. Tu ne veux pas enlever ton manteau ?

Ness n'a pas répondu. Il a saisi la guitare avec beaucoup de précaution, s'est installé par terre et l'a posée sur ses jambes. Puis il a continué de caresser l'instrument, sans toucher les cordes.

Alvin a allumé une cigarette et a soufflé la fumée, qui s'est élevée dans la pièce avant de se stabiliser sous le plafond en ondulant.

— Tu lui as déjà fait écouter des choses ? a demandé Alvin. Ou tes parents ?

— Pas vraiment.

Je n'ai pas mentionné les chansons que je chantais à Ness. Ce n'était que moi, que ma voix, seulement quelques airs qui berçaient son sommeil. Quant à Isla et Kenneth, ils écoutaient très peu de musique.

Alvin s'est approché de mon frère, comme il le faisait d'habitude avec moi.

— Alors David, comment te sens-tu aujourd'hui ?

Ness a levé les yeux. Ses doigts se sont arrêtés au milieu du manche de la guitare.

— Je ne sais pas, a répondu Ness, les yeux écarquillés, comme si c'était la première fois qu'on lui posait cette question. Je ne sais pas.

Alvin s'est assis sur le canapé et a observé mon frère. Ness a continué de le regarder fixement, comme il savait si bien le faire.

— Tu es bien mystérieux, mon bonhomme.

Alvin nous a laissés quelques minutes et a rapporté deux disques, *Revolver* des Beatles et *Little Girl Blue* de Nina Simone.

Une fois seul avec Ness, j'ai déposé un disque sur la platine. Ness est resté par terre, la guitare dans les bras, son manteau remontant jusqu'à son visage. Les chansons ont défilé les unes après les autres. Le premier album, le second. Il m'a d'abord semblé que Ness n'écoutait pas, que la musique ne l'atteignait pas, qu'il était trop absorbé par la guitare. Et puis j'ai remarqué que ses lèvres remuaient sur certains morceaux. *Yellow Submarine*, *Eleanor Rigby*, *My Baby just Cares for Me* : celles que je lui avais chantées dans sa chambre pendant son sommeil. Mais lui ne chantait pas. Il murmurait les paroles. Il en connaissait chaque mot.

— Tu connais ces chansons ? j'ai demandé.

Ness a hoché la tête.

— Elles te plaisent ?

— Parfois.

— Qu'est-ce qui te plaît ? Moi, je ne sais pas encore dire ce que je préfère. Il faut qu'il y ait de la guitare, et puis…

— Non, moi, c'est pas ça.

— Quoi, alors ?

— Les histoires.

Je n'ai pas compris tout de suite ce qu'il voulait dire.

Les disques terminés, j'ai été les rendre à Alvin, et nous avons quitté la boutique.

Il faisait nuit depuis un moment déjà. J'ai remis le manteau de Ness en place, ajusté sa capuche et nous avons coupé par le sentier qui longeait la Leith. Des chiens erraient sur les bords de la rivière. Quelques ivrognes se soulageaient dans les eaux brunes. Ness marmonnait quelque chose, les paroles d'une chanson, mais il ne chantait pas la mélodie, et je ne parvenais pas à la reconnaître.

Nous sommes arrivés à Avondale Place et j'ai commencé à monter notre escalier extérieur. Mais Ness a tiré sur ma main pour me retenir.

— Roy ?

— Oui ?

— C'est elle, n'est-ce pas ? Eleanor Rigby.

— Qui ?

Il a levé le bras en direction de l'appartement de Norah McGill. Le rideau n'était pas complètement tiré. La femme était assise dans un halo de lumière, de profil, devant une table dressée. Elle souriait.

— Elle a mis son autre visage, a dit Ness.

Il a lâché ma main, a escaladé la barrière menant au jardin et s'est posté devant la vitre de McGill. Chez nous, à l'étage, les lampes étaient allumées, mais l'appartement était silencieux. J'ai rejoint Ness.

Norah McGill regardait devant elle, comme si quelqu'un accompagnait son dîner, mais elle était seule. Il y avait deux assiettes, vides. McGill était vêtue d'une longue robe bleue – une robe de sortie – et s'était maquillé le contour des yeux.

Soudain, elle s'est levée. Elle a saisi son balai et s'est mise à décrire de grands cercles dans la pièce en tournant sur elle-même. Elle dansait avec un partenaire invisible.

— Tu vois, a dit Ness. C'est elle.

J'ai pensé aux paroles de la chanson.

Eleanor Rigby
picks up the rice in a church where a wedding has been
Lives in a dream
Waits at the window,
wearing the face that she keeps in a jar by the door
Who is it for ?

L'histoire d'une femme à la vie solitaire, qui se faufile dans les églises après les mariages pour y ramasser le riz laissé par terre. Qui garde chez elle, dans un pot près de la porte, un masque qu'elle enfile le soir quand elle se poste devant sa fenêtre, et attend. Une femme qui vit dans un rêve.

J'aimais la musique, mais pour moi les paroles, les mots, n'avaient pas d'autre importance que le son qu'ils faisaient – c'était un instrument comme un autre. Pour Ness, c'était différent. Il écoutait les mots, tous, un par un. Il les laissait pénétrer en lui, s'y accumuler, y demeurer.

Devant nous, Norah McGill continuait de danser. Elle tournait, ses cheveux détachés mais raides malgré tout, virevoltait à travers le salon, sous le plafonnier qui projetait son ombre sur le parquet, et à un certain moment, alors qu'elle passait près d'une lampe, par un jeu de lumière, une autre ombre est apparue au sol, une ombre que Ness a remarquée comme moi, et peut-être qu'il s'est posé la même question – cette ombre était-elle celle du partenaire inventé par la femme, ou celle de l'autre Norah McGill, celle d'Eleanor Rigby, celle de la personne que nous connaissions quand elle ôtait son masque, ou plutôt quand elle l'enfilait à nouveau, celle qui nous dévisageait d'un regard absent et frappait contre notre plancher à la nuit tombée ?

Norah McGill s'est arrêtée de tourner. Elle s'est approchée de la fenêtre. J'ai tiré le manteau de Ness pour qu'il s'accroupisse le long du mur. Nous avons attendu, puis nous avons longé la barrière jusqu'à l'escalier et nous sommes remontés à la maison.

Kenneth préparait à dîner dans la cuisine. Des odeurs de poisson frais emplissaient l'atmosphère. Le salon n'était éclairé que par la petite lampe, sur la table accolée au canapé. Isla était debout, appuyée sur le mur à côté de la fenêtre, et regardait à l'extérieur, vers l'extrémité de la ruelle, vers les arbres dénudés et la Leith qui coulait en silence. Elle était de dos. Je n'ai pas pu voir le visage qu'elle portait ce soir-là.

*

Nos parents ne se sont pas rencontrés à Édimbourg.

Lors de sa formation d'ingénieur, Kenneth avait passé quelques mois dans une marina des Highlands, au nord du pays, près d'Inverness, à réparer et rajeunir des bateaux de pêche. Je m'y suis rendu, des années plus tard : c'était un endroit tranquille, plus peuplé que le reste des Highlands, aux reliefs doux, couverts de terres agricoles. Mais Kenneth était un enfant de la ville, et c'était la première fois qu'il passait une longue période en dehors d'Édimbourg. Il ne parvenait pas à s'habituer au calme de l'endroit, à cette immobilité que seule la météo troublait : les nuages couraient dans le ciel, le vent soufflait sur l'eau ou l'herbe rase, la pluie coulait sur les voitures, mais le reste, les gens, les navires, les visages semblaient figés. Kenneth venait de la capitale, où sa famille habitait depuis des générations. Il avait besoin d'entendre du bruit, de voir du monde aller et venir.

Le soir, Kenneth retardait le plus possible son retour au studio qu'il occupait à Inverness. Il restait à la marina jusqu'à la nuit tombée et ne partait qu'au moment où le manque d'éclairage du port rendait le travail impossible.

Parmi les histoires que mon père racontait, les seules qui n'étaient pas des inventions étaient celles où il y avait ma mère.

Kenneth nous avait plusieurs fois décrit leur rencontre. La manière dont Isla était apparue dans l'obscurité du ponton, l'absence de bruit quand elle se déplaçait sur les planches, la lumière qu'elle apportait.

Mon père était debout sur le pont du bateau, un vaisseau de pêche ordinaire. En voyant Isla approcher, il avait ôté sa casquette.

— Ça avance ? avait demandé Isla.

— Oui, les réparations sont…

— Je ne parle pas du bateau.

— Quoi donc, alors ?

— Vous. Votre acclimatation.

— Pardon ?

— Vous n'êtes pas d'ici, n'est-ce pas ? Vous sentez la mer, mais vous ressemblez à la ville.

— Vous n'êtes pas d'ici non plus. Je ne vous avais jamais vue, et je suis là depuis plusieurs semaines.

— Bien sûr que je suis d'ici. Vous ne pensez pas ?

Kenneth l'avait détaillée de la tête aux pieds. Pantalon de toile blanc et chemisier flottant mais bien coupé, plutôt à la mode : elle ne ressemblait en rien aux femmes du coin. Et pourtant il ne faisait aucun doute qu'elle était de la région. Elle appartenait à ce paysage.

— Peut-être bien, en effet.

— Et vos bateaux, vous les sortez parfois ?

— Non. Je ne peux pas, vous savez. Ce ne sont pas mes bateaux. Je fais juste un tour dans la rade pour vérifier que tout est en ordre.

Une brise, très légère, appuyait sur la coque du bateau maintenu à quai par son cordage. Isla avait fait un pas de côté et détaché l'amarre, d'un geste.

— Qu'est-ce que vous faites ? avait crié mon père alors que l'avant du bateau pivotait vers le large. Arrêtez !

Isla avait grimpé sur la poupe avant qu'elle ne s'éloigne à son tour du quai, en riant de l'affolement de Kenneth.

— Vous savez, si vous voulez retourner vers la berge, il vous suffit de mettre le moteur en marche.

— Oui, mais…

— Mais ? Mais cette fois, pourquoi ne pas aller faire un tour en mer ?

Elle avait allumé le moteur et s'était mise à la barre.

— Vous… Vous naviguez ?

— Je navigue, oui.

Kenneth l'avait laissée faire. Ils avaient quitté le port, traversé l'estuaire, longé la côte jusqu'à ce que les terres s'écartent et dévoilent la mer du Nord.

Malgré ce métier qu'il était en train d'apprendre, mon père avait peur de la mer. Il pouvait naviguer dans la rade, là où le rivage est visible, presque à portée de main, mais il ne s'aventurait pas plus loin. Mais, cette nuit-là, il n'avait pas eu peur. Le bateau s'était peu à peu enfoncé dans la nuit, et mes parents avaient fait connaissance. Kenneth avait évoqué sa ville, l'animation du port d'Édimbourg et les ruelles sinueuses de la vieille ville, la coulée de la Leith et les gigantesques ponts de métal sur l'embouchure de la Firth. Isla avait écouté et avait parlé des montagnes, des éleveurs et des pêcheurs du coin, de la brume des hauts plateaux et des pierres noires gorgées de pluie. Elle avait parlé de ce décor avec une telle précision que Kenneth avait frissonné, et elle l'avait senti. Elle avait alors changé de sujet et décrit la boutique d'artisanat local dans laquelle elle s'occupait de vendre, selon ses termes, du bric-à-brac – poterie et céramiques, produits à base de cire d'abeille ou artefacts en bois.

Plus loin, ils avaient coupé le moteur. L'air était doux pour la région, sans un souffle de vent. Ils s'étaient enlacés au rythme du balancement du navire, dans le silence de la nuit.

Dire que Kenneth nous a souvent raconté cette histoire n'est qu'à moitié vrai : il l'a beaucoup racontée au début, et, quand, j'ai eu neuf ou dix ans, il a cessé de le faire. Je n'ai pas compris pourquoi, au début. Et puis il y a eu cette nuit d'été où nous avons suivi mes parents à travers la ville.

*

C'était l'année de mes dix ans. Nous venions de terminer de dîner et Ness était parti se coucher. Quelques jours plus tôt, il avait fêté son cinquième anniversaire, et depuis il dormait avec cet énorme mouton en peluche aux grands yeux bleus qu'il avait reçu en cadeau.

J'étais dans ma chambre. Je me souviens qu'il faisait chaud sous le toit et que j'avais ouvert la fenêtre. J'ai entendu les pas de ma mère monter les marches de l'escalier, la porte de la chambre de Ness grincer. Puis ma mère a poussé ma porte et s'est adossée au chambranle.

— Nous sortons, mes chéris.

— Où ça ?

Elle s'est approchée, s'est penchée vers moi, m'a embrassé.

Ce n'était pas la première fois. Plusieurs soirs par semaine, à la tombée de la nuit, mes parents s'absentaient. J'avais d'abord pensé qu'ils allaient retrouver des amis au pub. Au début, j'avais apprécié ces soirées solitaires. J'en profitais pour descendre au salon, mettre un disque, ou rester dans la chambre de Ness.

Au fur et à mesure des sorties, je m'étais habitué à me coucher de plus en plus tard. Et puis, un jour, j'avais remarqué que l'heure de fermeture du pub était passée, mais que mes parents n'étaient pas rentrés. J'avais remarqué que, quelle que soit l'heure à laquelle je me couchais, je ne les voyais jamais revenir.

Alors j'avais essayé de rester éveillé plus longtemps. Jusqu'à une heure du matin, deux heures, parfois davantage. C'était difficile, car la maison et les ruelles des Colonies étaient silencieuses. La musique et les livres m'endormaient. Rien n'y faisait : je sombrais toujours dans le sommeil avant le retour de mes parents. Et, le matin, les fois où je parvenais à me réveiller avant l'aube pour entrouvrir la porte de leur chambre, je les trouvais là, dans leur lit, dormant paisiblement.

Cette nuit-là, quand Isla m'a annoncé qu'ils s'absentaient encore, ma curiosité l'a emporté. Que faisaient-ils, la nuit, dans les rues d'Édimbourg ? Une chasse aux fantômes ? Avaient-ils une double vie ?

Tandis que mes parents se préparaient, j'ai réveillé Ness. Je l'avais prévenu que je risquais de le faire, et il s'en était souvenu : sans faire de bruit, sans rien dire, il a sauté du lit pour s'habiller. J'ai passé la tête dans la cage d'escalier et j'ai vu Kenneth et Isla quitter la maison. Ness a attrapé son mouton et nous sommes descendus dans l'entrée pour enfiler nos manteaux et nos chaussures. J'ai fouillé le tiroir de la commode à la recherche des clés, et nous sommes sortis à notre tour.

Mes parents marchaient sur Avondale Place. En attendant qu'ils s'éloignent, nous nous sommes cachés derrière l'escalier, dans le jardin de Norah McGill. Ness s'est hissé jusqu'à la fenêtre de la vieille femme.

— Roy, regarde !

Norah McGill était debout dans son salon, à demi éclairée par le soleil couchant, devant un chevalet sur lequel était posée une toile. Elle peignait des corps blancs, décharnés, perdus au milieu de paysages sombres. La main qui tenait le pinceau avait le geste assuré, stable. L'autre tremblait.

Elle s'est arrêtée, et j'ai eu peur qu'elle ne se retourne et ne nous découvre, alors j'ai saisi la main de Ness et je l'ai tiré vers la ruelle.

— Qu'est-ce qu'elle faisait ? a demandé Ness en courant à mes côtés.

— Je ne sais pas. Allons-y, ils s'éloignent.

Mes parents avaient bifurqué sur Glenogle Road. Au lieu de partir vers le sud, vers le centre-ville, ils ont contourné les Colonies et emprunté le pont piéton au-dessus de la Leith, en direction du nord.

Le soleil était en train de se coucher, et ce devait être la fin du mois de juin, car j'avais école le lendemain. Il devait donc être près de vingt-deux heures. Isla et Kenneth ont longé la rivière par la promenade qui coupe à travers les arbres. Il y faisait sombre et Ness m'a serré la main, très fort – une étreinte que j'ai sentie si souvent qu'elle est encore présente au creux de ma paume.

Nous n'avons croisé personne, et Ness a semblé s'amuser de la filature. Il m'entraînait derrière un arbre, faisait mine de s'assurer que la voie était libre, laissait un rire s'échapper, et nous reprenions notre route.

Nous avons suivi mes parents à travers le jardin botanique, puis sur les avenues de Trinity bordées d'immeubles à deux étages. Ils marchaient lentement, faisaient de nombreuses pauses qui nous obligeaient à nous dissimuler derrière une voiture ou sous le porche d'un immeuble. Isla menait la marche, Kenneth s'arrêtait quand elle s'arrêtait, la suivait quand elle lui montrait quelque chose (sans s'intéresser à ce qu'elle lui montrait – il la regardait, elle), reprenait la route quand ma mère le décidait.

Les quartiers que nous traversions étaient résidentiels, on n'y trouvait aucun bar ni restaurant, et, à ma connaissance, mes parents n'avaient pas d'amis y habitant. J'étais intrigué par leur destination, mais, surtout, soulagé de traverser des rues paisibles et presque vides, car j'avais conscience qu'un enfant de mon âge traînant dans la ville son petit frère à la nuit tombée pouvait éveiller l'attention.

Nous progressions à bonne distance d'Isla et Kenneth, nous chuchotions, mais aujourd'hui encore je me demande comment nous avons fait pour ne pas nous faire repérer. Ness marchait en zigzag, sa démarche n'était pas tout à fait maîtrisée, et malgré ses efforts il ne parvenait pas à rester silencieux, en partie à cause de cette peluche avec laquelle il discutait sans arrêt. Ses pas rapides claquaient dans la nuit. Pourtant, mes parents ne nous ont pas remarqués. Dans le cas de Kenneth, c'était normal : mon père était tout à Isla, comme d'habitude, et dans ces moments il ne percevait plus rien du monde autour de lui. Mais ma mère aurait dû nous entendre, nous voir, sentir notre présence. Peut-être que c'était le cas, qu'elle nous a vus et nous a laissés les suivre.

Bientôt les immeubles se sont espacés, leur taille a diminué, ils se sont changés en villas entourées de verdure. Nous marchions depuis un moment. C'était une nuit claire, sans nuage, éclairée par une demi-lune et quelques poignées d'étoiles. Un léger vent s'est levé et a apporté l'odeur de la mer. L'air s'est fait plus humide. Ce n'est qu'à ce moment-là que j'ai compris où mes parents se rendaient.

La route a décrit un virage, mais Isla et Kenneth ne l'ont pas emprunté. Ils ont continué tout droit, à travers un sentier pavé qui serpentait en pente douce. Le bout du sentier s'ouvrait sur la baie, immense pour nos yeux d'enfants, avec les longues jetées de Granton Harbour à l'ouest, les lumières du phare de Newhaven, à l'est, et les mâts des bateaux qui se balançaient à l'abri du port.

Ma mère a accéléré le pas, et j'ai eu l'impression que mon père peinait à la suivre. Ils se sont engagés sur le quai où quelques voiliers étaient parqués. J'ai entraîné Ness derrière un véhicule garé à l'entrée du chenal. De là, nous pouvions voir les bateaux, le port et la baie. Kenneth et Isla sont montés sur l'un des voiliers. Ils ont préparé ensemble le bateau. Ou plutôt, Kenneth s'est assuré que tout était en ordre : nous ne pouvions pas voir avec précision ce qu'il faisait, mais il semblait vérifier les instruments, les voiles, le matériel de communication.

— Ils vont aller où ? a demandé Ness.

— Faire une balade, je pense.

Une fois ses vérifications effectuées, Kenneth a embrassé ma mère, longuement, et il a fait quelque chose qui m'a surpris : il est redescendu sur le quai. Mais Isla s'est approchée du bord du voilier, a dit quelques mots que nous n'avons pas pu entendre et, quand elle lui a tendu la main, il est remonté sur le bateau.

Isla s'est mise à la barre, et le voilier est parti à travers le chenal. La voile a glissé le long du mât, s'est tendue, et le triangle blanc s'est peu à peu éloigné.

Nous avons attendu un peu, Ness et moi. La nuit était claire et nous pouvions suivre des yeux la trajectoire du bateau.

Peu après, Ness a commencé à avoir froid : il serrait contre lui son mouton en grelottant. Alors nous sommes repartis en direction des Colonies.

Sur la route du retour, j'ai repensé à l'histoire de la rencontre d'Isla et Kenneth. Comment il nous avait décrit leur première nuit dans les Highlands, et les suivantes, les autres soirs où ils étaient partis ensemble dans les bateaux réparés par mon père. Il nous avait dit qu'ils jouaient toujours la même scène : elle approchait, ils discutaient, lui sur le pont et elle sur le quai, et, soudain, elle s'approchait de l'amarre et entreprenait de défaire le nœud.

— Ha ha ! Je vois que tu as fait un nouveau nœud.

— Absolument. Difficile, n'est-ce pas ?

Et elle répondait :

— Tu sais, Kenny, quels que soient le nœud et le cordage, je saurai toujours les défaire.

Elle l'avait emmené et, comme il l'aimait déjà, il s'était laissé faire. Il en avait oublié, à chaque fois, sa peur de la mer. Quand elle l'avait suivi en ville, quand ils s'étaient mariés à l'église Saint-Stephen, quand ils avaient eu un, puis deux enfants, il avait cru ne plus avoir à y retourner – il avait pensé qu'ils étaient à quai, pour de bon.

Cette nuit-là à Édimbourg, la mer était calme, et la lune éclairait la baie. Si nous étions restés, nous aurions sans doute pu continuer à suivre le bateau des yeux depuis la côte, sans qu'il disparaisse jamais complètement. Nous l'aurions regardé dériver, lentement, jusqu'à ce que le lever du jour approche et qu'Isla décide qu'il était temps de rentrer. Nous les aurions raccompagnés à travers la ville, jusqu'à Avondale Place, et nous les aurions vus rentrer se coucher sans faire de bruit.

Mais cette mer-là n'est pas toujours calme. Et Isla, elle, ne savait pas rester à quai.

2

Nos parents s'approchaient en suivant la courbe de la plage. Kenneth avait gardé ses chaussures. Isla, les pieds nus dans l'eau, marchait sur les galets sans y prêter attention, comme s'ils avaient été faits de mousse. J'étais assis à l'extrémité de la baie, sur les rochers, près de la maison. Ness jouait à quelques mètres de là, de l'eau jusqu'à la taille.

C'était le deuxième été que nous passions au cottage. J'ai oublié le nom de cet endroit. La plage était longue, étirée, faite de pierres grises et tapissée d'algues. Elle formait une baie bordée d'herbe rase et dominée par de hautes collines, pelées près du sommet et couvertes d'arbres en bas des pentes. Une partie de ces forêts descendait jusqu'à la plage. Sous les branches, le sol était spongieux, mais il devenait plus sec à mesure que l'on s'approchait de la mer.

Le ruban d'eau était un détroit de quelques kilomètres de large qui avait l'apparence d'un lac. Pourtant c'était bien la mer : nous nous rincions à l'eau douce après nous y être baignés. Plus loin elle devait s'élargir, mais à l'endroit où nous étions elle ne faisait que s'engouffrer entre la baie et les terres d'en face, où le paysage était rocailleux et beaucoup plus accidenté.

Il n'y avait jamais personne. Seuls quelques moutons descendus des pâturages alentour s'aventuraient parfois jusqu'à la plage. Notre maison était construite à une extrémité de la baie. Il n'y en avait aucune autre à portée de vue. Pas sur notre rive, en tout cas : sur celle d'en face on apercevait une bâtisse qui, de loin, ressemblait à la nôtre. Au coucher du soleil, la nuit l'avalait.

Mes parents se sont arrêtés de marcher. Ma mère avait toujours les pieds dans l'eau et tenait ses chaussures à la main. Elle les a posés sur les galets, a remonté la pente et a enlacé mon père.

C'est une image que j'ai gardée. Je crois que c'est en partie grâce à elle que le paysage m'apparaît si clairement. Sans elle, je ne suis pas certain que je parviendrais à me représenter précisément sa géographie, ses dimensions.

J'ai cherché à retrouver cet endroit par la suite, sans jamais y parvenir.

Au premier plan de l'image, mon frère joue dans la mer. Depuis le début des vacances, il avait passé une grande partie du temps à s'amuser dans l'eau froide. En gardant un œil sur lui, nous le laissions faire : il n'avait que cinq ans mais savait nager. Et il n'allait jamais bien loin. Il faisait des allers-retours sur la rive pour y déposer ses trouvailles – des pierres de différentes tailles, des algues, des branches mortes. Bien alignées, elles séchaient sur les galets.

Mes parents ont repris leur marche. Après quelques mètres, ma mère a remarqué deux moutons qui broutaient en amont de la plage. Elle s'est dirigée vers eux, pieds nus.

Kenneth a continué sa route jusqu'à me rejoindre.

— Ton frère va attraper froid, Roy.

— Si seulement il pouvait… Il passerait moins de temps dans l'eau, et je passerais moins de temps à le surveiller.

Mon père n'a pas relevé le reproche.

— David ! a-t-il crié. Tu ne restes pas trop longtemps, d'accord ?

Ness n'a pas répondu. Il avait peu de respect pour l'autorité, et, quand bien même, mon père n'en avait aucune.

Derrière nous, Isla avait abordé les moutons et leur parlait, les mains posées sur ses genoux. Les deux animaux avaient levé la tête vers ma mère. Ils semblaient attentifs.

— Ils sont drôles, ces moutons, a déclaré Ness en sortant de l'eau pour ajouter une série de coquillages à sa collection.

— Je ne suis pas sûr que ce sont de vrais moutons, ai-je répondu. Ils sont bien trop élégants. Distingués, presque. Plutôt d'anciens princes des montagnes à qui on a jeté un sort.

Ma mère a quitté les moutons, qui l'ont suivie du regard.

Elle est venue s'asseoir entre Kenneth et moi, a saisi l'un des coquillages de Ness et l'a porté à son oreille.

— Tu le remets à sa place après ! a ordonné Ness. Là, entre le bleu et le gris.

— Bien sûr, mon chéri.

Ness s'est à nouveau jeté à l'eau et Isla s'est tournée vers Kenneth.

— Je me demande bien d'où lui vient cette manie du rangement.

— C'est une très bonne habitude, a dit mon père. Demain, s'il le cherche, il le trouvera immédiatement.

— Sauf si la marée l'emporte, a soufflé Isla.

Les moutons avaient toujours les yeux fixés sur ma mère.

— Tu t'es fait de nouveaux amis ? ai-je demandé.

— Pas nouveaux, non. Ils sont là tous les jours, à attendre que la mer se retire.

— Tu es sûre que ce sont les mêmes ? Il y en a des quantités par là-bas.

— Oui. Ce sont les seuls qui m'écoutent. Les autres sont moins sympathiques.

Isla a posé sa main sur l'épaule de Kenneth, s'est approchée de lui et a proposé, très sérieusement :

— On pourrait les inviter à dîner, un soir ?

Kenneth a écarquillé les yeux. Il a ouvert la bouche, mais aucun son n'en est sorti. Isla a attendu un peu, a observé mon père.

— Je plaisante, Kenny, a-t-elle dit enfin.

Mon père a laissé s'échapper un rire nerveux. Isla s'est tournée vers Ness.

— Il fait frisquet. Je rentre, a-t-elle annoncé.

— Ne restez pas trop longtemps, Roy, a ajouté mon père en se levant à son tour, sans me demander si j'avais envie de continuer à surveiller mon frère.

Quand Kenneth et Isla ont refermé derrière eux la porte du cottage, les moutons se sont retournés et sont partis vers l'autre côté de la baie.

La plage était vide, à présent. J'avais envie de rentrer, mais Ness ne semblait pas avoir terminé ses jeux, et nous n'avions rien d'intéressant à faire à l'intérieur.

Un temps a passé. J'ai repensé à la plaisanterie de ma mère. Imaginer ces deux moutons dînant avec nous, confortablement installés autour de la table, ne me paraissait pas si saugrenu. Ils semblaient rechercher la compagnie, et, de notre côté, nous en manquions. À vrai dire, au début, comme Kenneth, j'avais presque cru que la proposition d'Isla était sérieuse.

Les appels de mon frère m'ont tiré de mes pensées.

— Roy ! Regarde !

Ness s'était accroupi dans l'eau. Il a fouillé à ses pieds et en a sorti quelques algues, qu'il a installées sur ses épaules. Puis il a regardé autour de lui, a fait un pas, s'est à nouveau accroupi et a ramassé deux branches qu'il a plantées sur sa tête en guise de cornes. L'eau ruisselait sur ses joues, son cou, ses épaules. Il a fait une grimace, a poussé un rugissement et a éclaté de rire. J'ai pris une mine effrayée, bondi de mon rocher et je me suis mis à courir sur la plage en hurlant.

— À l'aide ! Il est revenu ! Le monstre !

Les rires de Ness ont redoublé d'intensité.

Soudain, il a plongé et a disparu sous la surface. Il a décrit un cercle, a sorti la tête un instant, a replongé. Seuls ses faux bois dépassaient.

J'ai éprouvé une sensation étrange, l'impression que le vent se levait et que la mer s'agitait. J'ai cherché mes parents des yeux, sans les trouver. Alors je me suis précipité dans l'eau à la rencontre de Ness. J'ai trébuché sur les galets, je me suis relevé, j'ai trébuché encore jusqu'à atteindre mon frère qui s'amusait toujours en projetant de l'écume autour de lui.

Quand il m'a découvert, il s'est redressé et a rugi à nouveau.

— Il faut rentrer maintenant, tu vas geler ici !

— Je ne crains pas le froid ! Je suis Nessie, le monstre des profondeurs !

Je m'étais jeté à la mer entièrement habillé. L'eau pénétrait mes vêtements. Le vent soufflait sous mon tee-shirt.

— Viens. S'il te plaît. Sortons de là, David.

— Ness ! a-t-il crié en pointant ses bois vers les nuages qui filaient au-dessus de nous.

Je me suis mis à genoux. J'étais frigorifié.

— D'accord : Nessie, viens, il faut sortir. Il fait froid.

— Je suis le monstre, je ne peux pas avoir froid !

— Ness… Et si… et s'il y avait vraiment un monstre, Ness ? Là, dans le détroit. S'il y avait vraiment une créature dans les profondeurs ?

Ness a balayé la baie du regard.

— Mais ça n'existe pas, les monstres, Roy !

— Bien sûr que si, ça existe.

J'ai vu le visage de mon frère changer. Sans perdre son sourire, il a froncé les sourcils, ses pupilles se sont assombries. J'ai immédiatement regretté de l'avoir inquiété pour rien. Alors j'ai ajouté :

— Mais il ne faut pas avoir peur : les monstres sont là, mais moi aussi je suis là.

Ses yeux se sont éclaircis. Son sourire s'est allongé.

— Oui ! Et puis, si je suis Ness, je ne crains rien ! Qui m'attaquerait ?

Il a examiné un moment ses bois, les a secoués pour en ôter l'eau et les algues qui y étaient accrochées. Puis il est allé les déposer sur la plage, à côté des autres objets.

Il avait dit : « Si je suis Ness, je ne crains rien. » Craint-on moins les monstres, quand on en est un soi-même ?

Le prénom s'est installé. Ness. Ce qui n'était qu'un jeu de gamin pendant des vacances d'été est devenu une habitude, et, progressivement, mes parents ont commencé à l'utiliser. Il est sans doute difficile d'imaginer qu'ils aient pu renoncer au prénom qu'ils avaient choisi pour leur fils. Au début, ce n'était qu'un surnom, une marque d'intimité, d'affection. Ma mère disait Nessie comme d'autres auraient dit Sunshine ou Honey. Mais Ness a gagné du terrain, et bientôt David s'est retrouvé cantonné aux papiers d'identité, aux documents administratifs. À notre retour à Édimbourg, le prénom fut adopté par les enfants du quartier, par les camarades de classe de Ness, par les habitants d'Avondale Place. Quelques instituteurs se sont obstinés à utiliser David, mais ils ont fini par renoncer, lassés de ne recevoir aucune réponse de mon frère lors de l'appel.

Ce jour-là, mon frère était devenu Ness.

Peut-être l'avait-il toujours été. C'est ce que j'ai toujours pensé, en tout cas.

3

À bien y regarder, c'est vrai qu'ils étaient différents des autres. Plus petits, plus foncés, leur toison tirant sur le gris. Ces deux moutons restaient ensemble, à l'écart du reste du troupeau. Chaque jour, mais jamais exactement à la même heure, on les voyait apparaître sur une crête surplombant la baie et descendre vers la plage d'un pas de seigneur.

— Courons les accueillir, a proposé Isla un après-midi, alors que les moutons approchaient du bas de la pente.

— On va leur faire peur ! ai-je répondu.

— Tu trouves qu'ils ont l'air peureux ?

Nous avons traversé la baie en courant et nous nous sommes assis sur des rochers en bordure de la plage, à proximité du chemin habituellement emprunté par les moutons. Quand ils sont passés devant nous, ils se sont arrêtés. Ils nous ont regardés à tour de rôle, Isla, Ness et moi. Puis ils ont poursuivi leur route jusqu'à la plage, où leurs sabots se sont enfoncés dans le sable que la mer venait de quitter.

— Regardez, a dit ma mère.

— Quoi ? a demandé Ness.

Les moutons ont avancé encore de quelques mètres et ont entamé leur repas.

— Ils mangent, a dit Ness.

— Comme tous les moutons, ai-je ajouté.

— Non, pas du tout comme les autres, a corrigé Isla en pointant du doigt l'endroit où se trouvaient les animaux. Regardez ce qu'ils mangent.

Il n'y avait pas d'herbe à cet endroit, juste du sable et un tapis d'algues brunes déposé par la marée.

— Beurk, a fait Ness.

— Ça mange des algues, les moutons ?

— Ceux d'ici, normalement non. Mais j'en connais qui le font.

Mon père nous a rejoints, s'est installé sur le rocher avec nous. Je ne l'avais pas senti arriver : sur cette plage, l'odeur des embruns emplissait déjà l'atmosphère. Mon père n'apportait rien de nouveau avec lui.

— Étrange, en effet, a dit Kenneth.

— Ce sont des orkneys, a expliqué Isla. Des moutons des îles Orcades. Là-haut, tout au bout, tout au nord des Highlands.

— C'est loin, non ? ai-je demandé. Que font-ils ici ?

J'ai à nouveau observé les deux animaux. Ils m'ont semblé bien étrangers au paysage, et bien seuls. Un peu comme Isla à Édimbourg.

— Très loin, a confirmé Isla.

Je ne savais pas d'où venait ma mère. Je ne l'ai jamais su. Des Highlands, mais précisément ? Sans doute quelque part au nord de ces terres du Nord, elle aussi, à proximité des Orcades. Je ne l'ai jamais entendue parler de ses origines avec précision. Après tout, ce n'était pas nécessaire : elle était une femme des Highlands ; cette définition suffisait. Partout dans ces paysages pelés, gorgés d'eau, elle était chez elle. Quand elle redescendait au sud, en ville, elle perdait quelque chose.

— Je ne sais pas ce qu'ils font ici, dans cette région, a-t-elle poursuivi, mais je sais ce qu'ils font ici, sur cette plage. Ils viennent manger. J'ai vu ce genre de moutons dans les Orcades. Ils se nourrissent sur la plage quand l'eau s'est retirée, et remontent en même temps que la mer, pour dormir et ruminer.

— Des animaux des marées… a dit Kenneth. Les moutons de la lune.

Ma mère a souri. *Sheep of the moon* – je me suis dit que ça aurait pu être le titre d'un album ou d'une chanson des Pink Floyd. D'ailleurs, des années plus tard, comme le groupe ne l'avait pas écrite, j'ai moi-même composé un morceau portant ce nom.

— Les moutons de la lune, a répété Ness.

Kenneth a demandé :

— Mais pourquoi mangent-ils des algues ?

— Parce qu'ils y sont habitués, a répondu Isla. Sur leur île d'origine, il y a longtemps, les hommes ont construit des clôtures pour les empêcher de pénétrer dans les terres. On les a confinés à la côte, et pour survivre ils ont mangé ce qu'ils y ont trouvé : les algues, le varech.

Les deux animaux relevaient parfois la tête, jetaient un œil dans notre direction ou vers le large.

— On s'adapte à tout, a conclu Kenneth.

— Mais on reste soi-même, a dit Isla. Même loin de chez soi.

Elle s'est levée et a fait quelques pas dans la direction des moutons.

La mer ne s'était pas totalement retirée. Devant le cottage, une petite partie des rochers restait immergée.

— Papa, la marée basse, c'est aussi la nuit, non ?

— Absolument. Vers trois heures du matin, la nuit prochaine, je pense.

J'ai imaginé le couple de moutons venant paître sur la plage, près du cottage, au cœur de la nuit. Je me suis demandé si ma mère se levait pour aller s'asseoir auprès d'eux au clair de lune.

Les moutons attrapaient d'énormes bouchées d'algues, qui pendaient de chaque côté de leur museau tandis qu'ils les mâchaient petit à petit. Même à distance, on entendait le craquement de la plante sous leurs dents.

— En tout cas, ai-je dit, avec un menu pareil, inutile de les inviter à dîner.

Ness a pouffé, et mon père m'a ébouriffé les cheveux.

Mon frère s'est pris de passion pour ces bêtes. Il m'en a reparlé le soir, dans notre chambre. Ça lui plaisait, ces moutons de la lune. Les moutons et lui, Ness le monstre des eaux. Il leur déposerait des algues bien choisies, le lendemain matin, de toutes les tailles, il disposerait les plantes en ligne sur le sable, et il avait hâte de voir lesquelles seraient leurs préférées. Il m'a demandé d'improviser une chanson. La première version de *Sheep of the Moon* était née.

Sheep of the Moon
Beasts of the empty seas
Sheep from the dunes
Seek leaves from the marine trees

Puis nous avons inventé une histoire – celle d'un enfant-monstre vivant dans la mer et ne s'approchant de la rive qu'à marée haute, et d'un mouton de la lune qui, lui, ne vient qu'à marée basse.

Un orage s'est abattu sur le cottage cette nuit-là. Dès son réveil, Ness s'est inquiété pour les moutons. Quand la pluie a cessé en fin de la matinée, je me suis rendu avec lui sur la plage. Ness a cherché des algues, les a organisées sur la rive. Puis il a tendu le regard vers la colline, espérant l'apparition des moutons sur la crête, qui n'a pas tardé à se produire. Ils sont descendus. Quand ils ont atteint la plage, nous avons réalisé qu'ils étaient trempés. Leur laine dégoulinait encore de l'orage qui s'était abattu sur la baie.

Ness, en les voyant, s'est affolé.

— Ils n'ont pas d'abri ! Ils ne vivent pas avec les autres, ils sont seuls sur la montagne…

— Ness, avec cette fourrure ils ne doivent même pas sentir la pluie.

— Mais ils doivent avoir peur !

Il a couru vers la maison pour partager son inquiétude avec nos parents.

— Maman, Papa ! Les moutons ! Il faut leur construire un abri !

Ness et sa folie des cabanes, qui est peut-être née cet été-là.

— Je ne pense pas qu'ils en aient besoin, a rétorqué mon père. Ils n'ont...

— Mais si, a coupé Isla. Tu as raison, mon chéri. On a toujours besoin d'un refuge.

C'est ainsi que nous nous sommes mis à bâtir des abris pour les moutons de la lune, des cabanes de bois faites de planches découpées par ma mère dans les troncs des arbres morts et de branches trouvées sur le parterre mousseux de la forêt sous les crêtes.

Le lendemain matin, Isla a proposé d'aller chercher l'endroit où ils allaient se reposer à marée haute. Mon père, qui avait fini par s'incliner devant l'insistance de ma mère, est allé préparer les sacs de randonnée. Sous le regard perplexe d'Isla, il les a chargés d'eau, de nourriture, d'imperméables et d'une quantité excessive de matériel de premier secours.

— J'espère que tu as pris la boussole, a ironisé ma mère.

— Non ! Tu as raison.

Et mon père a fouillé dans une armoire d'où il a sorti une boussole et une carte de la région, qu'il a ajoutées au reste des provisions.

Nous avons longé la plage et remonté la pente, bottes aux pieds. Il a d'abord fallu traverser la forêt, puis les arbres ont disparu et la terre est devenue meuble. Pour éviter de nous y enfoncer nous sautions de pierre en pierre sur la roche couverte de lichen. Je tenais la main de Ness, qui glissait régulièrement et s'amusait à tremper ses pieds dans la boue. Mon père avait le nez dans sa carte de la région et répétait qu'il fallait encore continuer avant d'arriver à la crête, ce qu'il aurait pu remarquer en levant la tête.

La pente s'est raidie. Derrière nous, la baie rapetissait à vue d'œil. Le bras de mer s'étirait à travers le paysage, et il ne restait de la plage qu'un fin croissant de sable pris entre les eaux et les versants des collines.

Le terrain s'est aplani. Nous étions arrivés. Devant nous un plateau s'étendait à perte de vue, une vaste plaine brune, presque rouge, parsemée d'étangs creusés dans la terre et de rochers qui semblaient avoir été jetés à travers le paysage comme on fait rouler une poignée de dés.

Isla a pris Ness dans ses bras. Elle a inspiré l'air. Elle a respiré le paysage tout entier.

— Où sont-ils passés ? a demandé Ness.

Kenneth a extrait de son sac de grosses jumelles avec lesquelles il a balayé l'horizon.

— Pas de trace des moutons, les enfants.

Nous les avons cherchés toute la matinée. Nous avons croisé un troupeau de bêtes ordinaires, couvertes de boue, plus blanches et plus massives que celles que nous cherchions. Un chien les surveillait à distance.

Quand l'heure du déjeuner est arrivée, mon père a tiré de son sac le casse-croûte qu'il avait préparé.

— Mangeons et rentrons. Le temps peut changer brusquement.

— Mais on n'a pas trouvé les moutons, Papa ! a crié Ness.

— De quoi as-tu peur, encore, Kenny ? a demandé Isla. La maison est là, derrière cette crête.

Mon père est resté silencieux. C'était trop grand pour lui, ce paysage. Il en cherchait les limites mais ne les trouvait pas. Il aimait imaginer la mer sans y naviguer, il préférait regarder les montagnes de loin, penser aux hautes plaines sans jamais y poser le pied. Le seul territoire inconnu qu'il prenait plaisir à explorer était celui des quelques ruelles de la capitale qu'il ne connaissait pas encore.

À la fin du repas, nous sommes redescendus vers le cottage.

À mi-chemin de la pente, avant de s'enfoncer dans la forêt, ma mère, qui était restée en arrière, nous a fait signe.

— Les enfants, regardez !

Les deux moutons étaient là, sur la crête, s'apprêtant à descendre à leur tour. C'était comme s'ils s'étaient soudain matérialisés à cet endroit, comme si deux minuscules nuages gris étaient venus se poser là.

Nous sommes remontés, le lendemain et le surlendemain, toujours tous les quatre malgré les plaintes de plus en plus sonores de mon père. Pour comprendre d'où les animaux arrivaient, nous avons attendu plus longtemps en haut de la pente, jusqu'à l'heure de la marée basse, mais la même scène se reproduisait invariablement : le couple apparaissait sur la crête, à une centaine de mètres de nous, sur notre gauche ou notre droite, sans que nous puissions comprendre d'où ils étaient sortis.

— Ils ne veulent pas que l'on voie d'où ils viennent, a dit ma mère.

— Alors on ne peut pas savoir s'ils ont un abri, a pleurniché Ness.

— Non.

— Je veux quand même leur en construire un.

À partir de ce jour-là, nous avons monté des cabanes. Isla avait une énergie sans limites. Avec ses outils, elle descendait jusqu'à la lisière de la forêt, y découpait de vieux troncs à la scie et remontait avec des planches et des branches. Des bicoques branlantes ont poussé partout sur les hautes plaines. Des abris étroits et sombres, au sol et à la toiture tapissés de mousse, faits pour accueillir deux bêtes. À l'entrée de chacun d'entre eux, sur la poutre qui soutenait l'avant du toit, Isla clouait une plaque sur laquelle deux moutons étaient représentés, sculptés dans le bois.

Ness était obnubilé par l'idée de ces refuges, et Isla l'y confortait. Kenneth a bientôt cessé de nous accompagner, et même si j'ai de mon côté continué à suivre Ness et ma mère, je me sentais de moins en moins à ma place. Il y avait une légère jalousie, aussi, un sentiment que je ressens encore aujourd'hui en repensant à ces moments, qu'Isla a surtout passés avec Ness, et que Ness a certainement oubliés.

Je me souviens d'avoir éprouvé une sensation étrange, à la fin des vacances, en contemplant une dernière fois le spectacle de ces constructions vides, échouées aux quatre coins du paysage. On aurait dit des personnages bruns, assis sur l'herbe ou appuyés contre les pierres des hautes plaines. Il y avait, dans le bois, dans la matière, quelque chose qui ressemblait à Isla, qui ressemblait à Ness. Quelque chose qui rendait ces abris presque vivants.

*

Je replace difficilement ces souvenirs dans l'ordre. Nous avons passé trois étés successifs au cottage, et même si Ness grandissait chaque année, sa présence sur ces images ne me suffit pas à déterminer si un événement est antérieur à un autre. Mais j'ai la certitude que cette journée-là s'est déroulée pendant les dernières vacances que nous avons passées tous ensemble, l'année de ses six ans.

À courte distance du cottage, sous les falaises qui marquaient la fin de la plage, il y avait un ponton sur lequel était arrimée une petite barque à moteur. Kenneth la qualifiait de coque de noix et refusait de l'utiliser pour nous emmener visiter la baie, ce dont Ness et moi nous plaignions sans cesse. Quand la mer était calme, nous insistions, moi le premier.

— Papa, juste une fois ! Pas pour aller loin. Juste de l'autre côté du détroit. La plage a l'air belle, là-bas. Regarde, il n'y a pas une vague.

— La mer ici peut changer en cinq minutes, Roy. Tu le sais comme moi. Il n'y a rien qui protège le détroit d'un coup de brise, ni au nord ni au sud.

— Toi, tu nous protégeras ! disait Ness.

— Je ne peux rien faire contre le vent qui se lève, Ness.

Mais un soir, à la suite de l'une de ces conversations, après que mon père s'était éloigné, Isla s'est approchée de moi.

— Roy ? Tu sais ce que je pense ?

— Je ne sais jamais ce que tu penses, Maman.

— Je pense qu'il faudrait surveiller le ponton, au lever du soleil. Quelqu'un pourrait faire une bêtise. S'y faufiler en douce.

Je me suis approché à mon tour, j'ai écarté ses cheveux et je lui ai dit à l'oreille :

— Je serai là pour l'en empêcher.

Ma mère a acquiescé. Elle m'a pris la main.

— Me voilà rassurée.

Les nuits d'été sont courtes dans les Highlands. L'aube se dessine aux alentours de quatre heures du matin. Kenneth se réveillait à sept heures, tous les jours de l'année, même en vacances. Isla, elle, se levait avec le soleil, quelle que soit la saison – ce qui m'obligeait d'ailleurs, l'hiver, à tirer Ness du lit les jours d'école et à l'y emmener si mon père était déjà parti au chantier naval.

J'ai toujours eu le sommeil léger. Cette nuit-là, avant de me coucher, j'ai rouvert les volets du cottage que Kenneth avait fermés. J'ai été réveillé aux aurores par les premiers rayons de lumière. J'ai ôté mes draps, saisi les vêtements que j'avais déposés au pied du lit, et je suis sorti de la chambre sans faire de bruit pour ne pas réveiller Ness. Je me suis rendu dans la cuisine afin d'y enfiler pantalon, pull, bottes et manteau. Je me suis passé un peu d'eau sur le visage et j'ai avalé un muffin.

Quand j'ai quitté le cottage, je ne crois pas avoir ressenti une quelconque culpabilité vis-à-vis de Kenneth, qui nous faisait confiance et pensait, à raison, que ces sorties pouvaient être dangereuses. Je savais qu'Isla se souciait peu des risques, mais je lui faisais confiance, comme un enfant fait confiance à sa mère. Je n'ai pas réfléchi. Isla me demandait de la suivre, c'était suffisant.

La mer était calme et la plage déserte – ni plus ni moins que d'habitude. Ma mère se trouvait sur le ponton, enveloppée d'un imperméable. Elle avait remonté sa capuche. Ses cheveux s'en échappaient en désordre.

J'ai grimpé sur la barque, qui m'a semblé bien plus robuste que dans les descriptions de mon père. À l'intérieur du bateau un sac, contenant un peu de nourriture et de l'eau, une couverture, des pelles et un seau.

— Il n'y a pas de château dans les environs, a dit ma mère. Nous allons y remédier.

— Allons-y !

Ma mère a commencé à défaire l'amarre, avant de s'immobiliser.

— Je pense que nous devrions attendre ton frère.

— Il dort ! ai-je protesté. Et il est trop petit !

— Trop petit pour tenir sur le bateau ? Mais non, nous allons lui faire une place.

Je ne voulais pas que Ness vienne. Je pourrais dire que c'était pour ne pas le mettre en danger, mais ce serait faux. Je voulais être avec ma mère, profiter de sa présence, vivre cette aventure avec elle, seul. Je ne voulais pas partager. Et puis, nous n'allions pas aller tirer Ness du lit et risquer de réveiller mon père.

Sauf que Ness n'était plus dans sa chambre. C'était pour cette raison qu'Isla n'avait pas libéré la barque. Elle l'avait vu, comme je le voyais à présent moi-même, courant dans notre direction, vêtu de vêtements chauds qu'il avait enfilés tant bien que mal, affublé d'un bonnet qu'il avait mis à l'envers. Il tenait à la main un morceau de bois qu'il avait dû ramasser près du cottage.

— Capitaine Ness, présent ! a-t-il dit en atteignant le ponton.

Isla l'a pris dans ses bras, l'a embrassé, et l'a déposé près de moi. Puis elle a actionné le moteur, dénoué l'amarre et a pris place à la barre. Le bateau a démarré. Le moteur n'était pas puissant. Étant donné la distance qui nous séparait de la maison, la manœuvre n'avait pas pu réveiller Kenneth.

Isla nous a d'abord conduits le long de la baie, sans s'éloigner de la côte.

— N'allons pas trop vite. Avant d'aller découvrir de nouvelles terres, saluons une dernière fois les nôtres.

Vu de l'eau, le paysage n'était plus le même. Derrière les collines boisées, en surplomb du cottage, des reliefs plus escarpés sont apparus, des montagnes imposantes, lourdes et sombres, qui enserraient la baie. Elles n'étaient pas visibles de la maison, qui sous leur ombre paraissait minuscule. L'endroit m'a semblé différent de celui que je connaissais, et aujourd'hui encore, je ne parviens pas à connecter les deux images.

À l'extrémité de la baie, ma mère a viré en travers du détroit en direction de la côte opposée. La mer restait calme, mais l'air devenait plus froid à mesure que nous nous éloignions de la baie. Ness s'est approché.

— Tu chantes une chanson, Roy ?

Ma mère ne nous regardait pas. Elle était tournée vers sa destination. Sa capuche était retombée et ses cheveux volaient autour de son visage.

J'ai chanté. Je ne me rappelle pas quelle chanson. J'associe *Riders on the Storm* à ce souvenir, mais à ce moment de la journée, j'imagine que j'ai plutôt choisi un morceau paisible, quelque chose comme *Sittin' On the Dock of the Bay*.

Sur la rive opposée qui s'approchait, le paysage était désertique. Ce devait être une île, puisqu'un détroit nous séparait d'elle, mais, de là où nous étions, elle aurait pu être un continent entier, car il était impossible d'en voir les limites. Les terres étaient brunes, abruptes, elles s'enfonçaient dans la mer en cueillant d'énormes rochers au passage. De nombreuses criques de sable découpaient la côte, mais on n'y trouvait aucune plate-forme où amarrer le bateau. Sur les falaises qui séparaient les criques, des colonies d'oiseaux marins, aux ventres blancs et aux têtes entièrement noires, des yeux aux becs, nous suivaient du regard tandis que nous passions près d'eux.

Isla a fini par décider que nous n'avions pas besoin de ponton pour accoster et que se mouiller un peu les jambes ne nous ferait pas de mal. Elle a approché la barque d'une plage et l'a menée le plus près possible du rivage. L'ancre à peine jetée, Ness a sauté dans l'eau.

— Ness ! ai-je crié. Tu es encore habillé !

Ma mère a éclaté de rire. J'ai ôté mon pantalon et rejoint mon frère. Il était cinq heures du matin, la température extérieure ne devait pas dépasser dix degrés, celle de l'eau, à peine davantage – il n'y avait guère que Ness pour s'y trouver à son aise. Je l'ai attrapé par le col et l'ai traîné jusqu'à la plage malgré ses protestations. Isla a remonté son pantalon et nous a rejoints, sac sur le dos. Elle a déshabillé Ness et l'a enveloppé de la couverture. Les oiseaux noir et blanc nous regardaient toujours.

— Bien, a dit Isla, maintenant que nous avons découvert un nouveau monde, que faisons-nous ?

— On le protège ! a lancé Ness, pelle à la main.

La construction du château a débuté. J'ai rapidement compris qu'Isla n'avait pas l'intention d'ériger un fort de pacotille. Elle a délimité un rectangle de plusieurs mètres, est allée chercher des pierres, des coquillages et de grosses branches, qu'elle a déposés autour du rectangle. Elle a sorti un couteau, a taillé l'une des branches pour en faire un pont-levis, s'est servie des autres pour planter une forêt à proximité du château.

J'ai aussi compris qu'elle n'avait pas prévu de retourner au cottage avant que mon père ne se lève. Mais à ce moment-là non plus, je ne crois pas m'être senti coupable ou avoir eu le sentiment de faire une bêtise.

Le château, tel que ma mémoire le reconstruit aujourd'hui, était gigantesque. Ses tours dominaient la crique. Il possédait des parois solides qui défendraient l'île contre quiconque voudrait y poser le pied après nous. Une porte en bois faisait face au pont-levis, devant lequel Isla avait aménagé une grande dalle de pierre. Une fois le château terminé, nous nous y sommes assis. Isla a sorti un encas du sac.

Le ciel était encore dégagé – autant qu'il peut l'être dans ces régions : il était traversé de nuages qui filaient à toute vitesse au-dessus de nos têtes, mais ces nuages étaient peu nombreux.

— Pensez-vous que l'île est bien gardée, à présent ? a demandé Isla.

J'ai acquiescé. J'ai pris le bras de Ness, qui tenait un morceau de bois, et je l'ai pointé vers le ciel.

— Contre les vents rugissants et les neiges de l'hiver, les navires grinçants et les monstres marins, contre les *kelpies* rôdant sous les eaux froides : le fort te protégera !

Isla a feint une mine inquiète.

— Oui, le château est tourné vers la mer. Mais le danger est partout. Sommes-nous assurés qu'il ne sera pas attaqué par l'intérieur des terres ?

— Par qui ? j'ai demandé. Il n'y a personne ici.

Isla s'est levée et nous a tendu la main. Elle nous a guidés jusqu'en haut de la crique, où se trouvait une petite falaise, qu'elle a escaladée. Elle s'est postée dessus et nous a demandé de l'y rejoindre. J'ai fait passer Ness devant moi et l'ai aidé à grimper à son tour.

De ce petit promontoire on pouvait voir la côte se dérouler – une succession de criques et de falaises, et de taches noir et blanc là où se trouvaient les colonies d'oiseaux. Mais ce n'était pas la côte qu'Isla voulait nous montrer. C'était la maison construite sur les pentes, à une centaine de mètres en amont : cette même maison que l'on voyait depuis le cottage, mais qui m'avait échappé pendant le trajet en bateau. Elle semblait plus que jamais abandonnée.

Isla s'est accroupie, nous a regardés l'un et l'autre, nous a pris la main et dit :

— Qui me suit ?

Je me souviens d'avoir vu ses cheveux gonfler sous l'effet du vent. Je me souviens d'avoir levé les yeux vers le ciel, où des nuages de plus en plus denses se rassemblaient peu à peu. Je me souviens d'avoir senti, dans mon dos, la mer qui s'agitait.

Isla n'y a pas prêté attention. Elle s'est mise en route vers la maison, et Ness l'a aussitôt suivie.

En approchant, j'ai réalisé que le bâtiment ne ressemblait pas à notre cottage. C'était une maison de pierre de petite taille, d'où partait un chemin de terre qui serpentait le long des pentes, jusqu'à un col, bien plus haut. Il y avait une porte et deux fenêtres, une de chaque côté. Sur le toit, les ardoises étaient mal alignées. La bâtisse était très ancienne.

— C'est un bothy, a dit Isla. Un refuge pour voyageurs de passage.

— Comme ceux des moutons ? a demandé Ness.

— Exactement. Mais pour les hommes.

J'ai montré l'entrée.

— Alors il est ouvert ?

Isla a tourné la poignée et poussé la porte.

— Toujours, a-t-elle répondu en pénétrant dans le bâtiment.

L'intérieur était sombre et rustique. On y trouvait une cheminée, du bois déposé en vrac, et, de l'autre côté de la pièce, des couchettes, surélevées pour éviter aux visiteurs de dormir trop près du sol de pierre. L'endroit était mal isolé. Le vent sifflait entre les ardoises.

— On va rester la nuit ici ? a demandé Ness.

— Non, ai-je dit. Le temps se couvre, nous allons rentrer.

Je me suis tourné vers Isla.

— N'est-ce pas ?

— Ne t'inquiète pas, Roy. Nous n'avons qu'à traverser le détroit. Nous partirons quand le vent sera retombé. Ce n'est pas loin. Allumons la cheminée, terminons de sécher les habits de Ness, et nous partirons ensuite.

J'ai aidé ma mère à préparer le feu et à pendre les vêtements à proximité. Peu à peu, les murs se sont réchauffés. Ness s'est blotti contre moi. Isla était à distance, assise sur un rebord de pierre, mais nous n'avions pas besoin d'être dans ses bras pour sentir sa présence. Elle enveloppait la pièce tout entière.

Son visage était éclairé par la lumière tremblante du foyer et changeait d'expression selon l'intensité du feu. Il s'assombrissait, et s'illuminait à nouveau. Son regard s'embrasait et plongeait aussitôt après dans l'obscurité. Aujourd'hui, je prête à cette obscurité un sens différent, j'y vois un danger, un abîme, mais à l'époque je n'ai vu que quelques flammes s'amusant à danser sur la peau blanche de ma mère.

Le vent n'est pas retombé. Les vêtements de Ness ont séché sans que personne y prête attention. Le temps a passé, au rythme des bûches qui se consumaient, jusqu'à ce que mon estomac me rappelle que j'avais faim.

Je me suis levé. Par la fenêtre, j'ai vu le détroit, la baie, le cottage où mon père devait nous attendre, et, entre nous, les filets d'écume qui sillonnaient les eaux grises.

— Papa doit être en colère.

— Ce n'est pas son genre, a dit ma mère.

— Non, mais il doit être inquiet. Il faudrait qu'on rentre. J'ai l'impression qu'il y a moins de vent.

Isla s'est approchée à son tour de la fenêtre et a posé sa main sur la vitre. Elle s'est tournée vers moi.

— Tu es sûr ?

Bien sûr, ce n'était pas une question à poser à un enfant de onze ans. Je n'avais aucune idée du vent, de la mer, je ne savais pas s'il était imprudent ou non de l'affronter maintenant. Je supposais qu'Isla, elle, le savait. J'avais aimé ce moment au coin du feu, la matinée tout entière, le voyage en bateau, mais à présent je n'y pensais plus, je songeais à Kenneth et j'avais le sentiment qu'il fallait le rejoindre, que notre place était de l'autre côté du détroit, avec lui. Je me disais aussi – mais c'était une excuse pour justifier notre départ – que nous n'avions pas de nourriture, que Ness avait besoin de manger, et qu'il était plus raisonnable de rentrer déjeuner au cottage.

— Les vagues ne semblent pas très grosses, j'ai dit. Non ?

Isla a vaguement regardé dehors.

— Je pense que tu as raison, Roy.

— On ne reste pas ? a demandé Ness. C'est bien, ici. On pourrait dormir sur les lits suspendus.

J'ai saisi le bonnet de Ness et l'ai déposé sur sa tête. Il y avait mille choses à répondre, toutes différentes des mots que j'ai prononcés.

— Ness, tu sais, pour passer la nuit ici, il faut accepter de dormir avec les fantômes.

Mon frère a jeté un coup d'œil autour de lui, comme il l'avait fait dans la baie. Il a fini par hausser les épaules.

— C'est comme les monstres, Roy. Ça n'existe pas.

Nous nous sommes mis en route. Nous avons suivi Isla à travers la pente qui menait à la plage. Le vent était léger, et je crois même que des éclats de ciel bleu découpaient les nuages. Ou peut-être est-ce encore une création de mon esprit pour me pardonner d'avoir quitté l'île.

Nous avons pris place dans la barque. Elle était protégée par la crique et tanguait à peine. Isla a mis le moteur en route, remonté nos capuches, enveloppé Ness dans la couverture, par-dessus son manteau.

— Au revoir ! a crié Ness en direction du château fort.

La plage s'est peu à peu éloignée.

Je ne sais pas si le temps a changé ou si nous avions jusque-là été abrités par les falaises qui entouraient la crique. Une bourrasque a secoué la barque, qui a pivoté. Isla a tiré sur la barre pour la redresser. La mer s'est creusée et le ciel s'est assombri. Ness s'est blotti contre moi.

Isla s'est attaché les cheveux et s'est tournée vers nous, mais je n'arrive pas à revoir son expression : au même moment, une pluie lourde, oblique, s'est abattue sur le détroit et a embrumé ma vision. J'ai regardé en arrière une dernière fois, en direction de l'île. Les nuages avaient englouti le bothy. Les oiseaux marins, eux, n'avaient pas bougé. Plantés sur les falaises, ils encerclaient à distance le château fort, déjà à moitié effondré. La tempête allait bientôt balayer ce qu'il en restait. J'ai pris Ness dans mes bras pour lui cacher cette vision.

— Roy, attachez-vous, a dit ma mère. Et couchez-vous.

J'ai attaché la corde au poignet de mon frère. La mer s'est déformée un peu plus, les vagues ont enflé. C'était comme si le vent venait du ventre de la mer. Ramassé au fond du bateau, je ne pouvais plus déterminer si nous avancions ou faisions du sur-place. Il n'y avait plus que ces trombes d'eau, au-dessus, en dessous, tout autour, il y avait seulement le gris et le froid.

Non : il y avait aussi Isla, le corps d'Isla, qui crevait le gris, qui le perforait de chaleur et de lumière.

La barque tanguait. Le vacarme de la mer était assourdissant. Nous étions trempés. Ness était certainement terrorisé. Il était dans mes bras, je ne voyais pas son visage et je ne me souviens pas qu'il ait parlé. Qu'a-t-il gardé de cette journée ? S'en souvient-il seulement ?

Il devait avoir peur, et moi aussi, sans aucun doute. Alors pourquoi ce souvenir ne me terrorise-t-il pas ? Pourquoi, quand je m'y replonge, la mer se tait, le vent souffle en silence, la barque chancelle mais le danger reste à distance ? Est-ce parce que je sais que le voyage se finit bien ? Ou parce qu'elle est là, elle, Isla, pour l'une des dernières fois ?

Pourtant, à un moment du souvenir, la peur est présente.

Quand nous avons enfin atteint la baie du cottage, sans que je puisse dire combien de temps nous avions mis, ou combien de fois la barque avait manqué de chavirer, Isla a dirigé l'embarcation vers le ponton. La baie ne nous protégeait pas : la mer était aussi agitée qu'au milieu du détroit. Le bateau a percuté le ponton, qui l'a rejeté en arrière. Isla l'a ramené à proximité, a saisi la corde et a sauté à terre pour l'amarrer au plot. Elle ne s'était éloignée que d'un ou deux mètres, pas davantage, mais à ce moment-là je me suis retrouvé seul avec Ness sur le bateau. Et je me souviens que, pendant ces courts instants où Isla amarrait la barque, où nous ne courions plus aucun risque, j'ai eu peur.

L'amarrage terminé, ma mère s'est agenouillée et a tendu les bras vers nous. J'ai aidé Ness à la rejoindre. Je suis sorti à mon tour du bateau et nous avons couru vers la maison.

Derrière la vitre du salon ruisselante de pluie, j'ai vu mon père, debout. Il nous a suivis du regard tandis que nous contournions le cottage jusqu'à la porte.

Quand nous sommes entrés, Kenneth s'est retourné. Ness s'est précipité vers lui. Mon père l'a pris dans ses bras, a essuyé ses cheveux trempés. Il a levé les yeux vers Isla et l'a dévisagée, d'un regard sans colère, mais infiniment triste.

III

NESS

« Little darling, it's been a long, cold, lonely winter. »

The Beatles, *Here Comes the Sun*

1

Nous avons quitté Genève par le nord, et pendant plus d'une heure nous avons longé le Léman, qui s'est élargi jusqu'à se changer en petite mer intérieure. Sur les rives, les pentes se sont redressées et les collines de vignobles se sont élevées en terrasse. Quand le stratus a disparu, à l'extrémité du lac, les eaux sont devenues bleues et tout le paysage s'est coloré. Nous avons pénétré dans la gueule de la vallée du Rhône, parsemée de villages à flanc de montagne. L'hiver n'était pas encore arrivé jusqu'ici : les reliefs étaient tapissés de vert et les vignes s'accrochaient à leurs feuilles, entièrement rouges.

L'autoroute a continué vers le sud et la vallée s'est encaissée.

Depuis notre départ, les enceintes du véhicule soufflaient la playlist de Roy. Les Pink Floyd, Hendrix, Joy Division. Les yeux accrochés au paysage, mon frère fredonnait par moments, puis il cessait, et à la place il battait le rythme sur le plastique de la portière. Le bruit qu'il produisait a fini par me crisper.

— Tu as des concerts, cet hiver ? ai-je demandé.

— Non, je n'ai pas fini d'enregistrer l'album, a répondu Roy sans tourner la tête.

— Je sais… Je veux dire, avec le groupe ?

— Quelques dates. Pas grand-chose. Et je ne suis pas irremplaçable.

— J'ai repensé l'autre jour au concert de l'an dernier. Tu sais, aux usines ? C'était un beau moment, non ?

D'ordinaire, ce genre de phrase déclenchait une description de la scène, du son, des réactions du public, quelques anecdotes au sujet d'une improvisation ou d'une innovation qu'il avait apportée au spectacle. Cette fois, Roy a seulement répondu :

— Oui, c'était bien.

Nous avons croisé un panneau indiquant une maison de retraite, ce qui m'a fait penser à Papa. J'ai eu envie de confier à Roy que son père avait demandé à voir Emily. J'ai eu envie de parler de la mémoire de Papa, de ce qu'il avait oublié et de ce dont il se souvenait encore. Mais Roy ne voulait pas faire partie de ce monde-là. Il avait fait mourir Kenneth longtemps auparavant.

Nous nous sommes arrêtés sur une aire d'autoroute pour faire le plein d'essence et acheter à déjeuner. Ce n'était que le début de l'après-midi, mais le fond de vallée était déjà dans l'ombre des montagnes. Au-dessus de nous, sur les hauteurs des pentes que le soleil accrochait encore, il y avait des mélèzes aux aiguilles orangées. Mais je savais que là où nous allions, derrière les cols blanchis par la neige, les caducs auraient perdu leurs feuillages. L'hiver arrive plus vite, là-haut. Autour du bothy, il ne resterait plus que les épicéas et leurs aiguilles presque noires.

Nous avons avalé nos sandwichs sur l'aire aménagée avant de repartir. Roy n'a pas remis de musique.

Bientôt, l'autoroute a pris fin et la route s'est mise à serpenter entre les flancs de la vallée qui se rapprochaient l'un de l'autre. La carrosserie de la Toyota grinçait dans les virages. Son vieux moteur toussait. Très vite, j'ai dû rétrograder en seconde, puis en première.

Nous avons passé un premier col, et la route est redescendue en lacets jusqu'à un bourg de maisons grises éparpillées sur un plateau de moyenne montagne. Il nous restait au moins une heure de route, peut-être deux, mais c'était le dernier village digne de ce nom avant le bothy. Autour de nous les pentes étaient douces et les alpages verdoyants. Je me sentais encore à l'aise. À ces hauteurs, on croise des gens, il y a de l'activité, quelques champs, des exploitations forestières. Ce paysage paisible ressemble à la campagne d'en bas. La vraie montagne n'est pas encore tout à fait là. Alors, quand Roy a proposé une escale pour faire quelques courses, j'ai accepté avec soulagement.

J'ai garé la voiture devant une supérette et j'ai suivi mon frère à l'intérieur. Il s'est mis à déambuler entre les rayons, en prenant tout son temps, attrapant parfois quelques conserves, une ou deux boissons, étudiant les produits et leurs prix, lui qui d'habitude n'y accordait pas la moindre importance. J'ai compris qu'il retardait l'échéance.

Mais nous avions quitté Genève pour nous assurer qu'il n'était rien arrivé à Selkie, pas pour faire des provisions dont le bothy était probablement déjà plein. À bien y réfléchir, nous n'avions aucune bonne raison de nous être arrêtés. J'ai essayé d'accélérer les choses en déposant aléatoirement des vivres dans le panier, avant de faire signe à Roy que je me dirigeais vers la caisse. Il a fini par m'y rejoindre pendant que le caissier scannait un à un les codes-barres de mes articles. Mon frère a ajouté une dizaine de conserves, de la viande et du pain. Ses gestes étaient si lents que j'ai perdu patience.

— Roy, dépêche-toi. Montons au bothy.

Nous avons chargé les courses dans le coffre de la voiture, mais nous ne sommes pas repartis immédiatement : Roy s'était adossé à la portière pour fumer une cigarette. La lumière déclinait et je n'avais aucune envie d'arriver dans l'obscurité. La nuit tombe vite au cœur des montagnes. Dès que le soleil disparaît derrière les cimes, tout devient noir, il n'y a pas de crépuscule, il n'y a que le jour et la nuit. Je me suis installé au volant et j'ai mis le contact pour signifier à mon frère de ne pas traîner. Comme il m'ignorait, j'ai consulté une nouvelle fois la carte. Roy connaissait le chemin, mais pas moi : lors de mon unique visite au bothy, cinq ou six ans auparavant, je m'étais laissé conduire sans prêter attention à l'itinéraire. Cette fois, je ne voulais pas me contenter de suivre les instructions de mon frère ; je voulais m'assurer qu'il ne nous ferait pas emprunter un détour.

La portière s'est enfin ouverte et nous sommes repartis. À la sortie du village, la route a parcouru le plateau, est remontée jusqu'à un col où le soleil a une dernière fois inondé le pare-brise de la voiture, avant de plonger vers une nouvelle vallée, extrêmement étroite et sombre comme une gorge. Nous devions rouler jusqu'à l'extrémité de cette vallée, rencontrer un nouveau col, et continuer ainsi, passer d'autres cols et longer d'autres vallées, monter chaque fois un peu plus, s'enfoncer chaque fois plus loin dans les montagnes, plus près du cœur, jusqu'à atteindre le bothy.

J'ai ressenti une douleur à la poitrine, comme si quelqu'un s'y était assis et m'écrasait de tout son poids. J'avais déjà éprouvé cette sensation la première fois. Cette impression étouffante de s'enfoncer au cœur des Alpes. Genève, c'est la périphérie de la chaîne, les reliefs sont doux, la haute montagne est à bonne distance. On sait comment fuir, on voit de ses yeux l'échappatoire. Au bothy, c'est différent. Ce n'est pas seulement que la montagne encercle la maison. C'est la sensation qu'elle s'étend au-delà, tentaculaire, que derrière les sommets il n'y a que d'autres sommets, d'autres abîmes, à perte de vue. Aucune autre issue que celle de redescendre se terrer dans un fond de vallée brumeux ou de grimper jusqu'aux arêtes et d'y cheminer au bord du vide.

La Toyota avalait la distance petit à petit, en gémissant. Les derniers échos de la vallée se sont estompés. Il n'y avait plus que nous à présent, moi, Roy et la pénombre environnante. J'ai allumé les phares. C'était maintenant une certitude : la nuit serait là-bas avant nous.

L'obscurité progressait rapidement et la température chutait encore plus vite. J'ai tendu la main vers la manette du chauffage, que j'ai tenté d'actionner en vain avant de me souvenir qu'il ne fonctionnait plus depuis l'année précédente.

— Merde, c'est vrai.

— Je ne sais pas comment tu fais pour rouler dans une poubelle pareille, a dit Roy.

— Je ne pensais pas avoir à monter au pôle Nord cet hiver, tu sais. Tu n'as qu'à remettre ton manteau, je suis sûr que tu vas survivre.

J'ai voulu lui lancer un regard signifiant que je n'avais rien à faire ici, que c'était son histoire et celle de sa femme, que j'aurais préféré rester en ville, là où c'était encore l'automne, là où l'hiver ne fait que passer, plutôt que de l'accompagner dans ce sombre cul-de-sac. Mais la route était trop serrée, trop sinueuse pour la quitter des yeux.

Le trajet semblait ne jamais devoir s'arrêter. Les premières neiges étaient tombées sur les sommets, mais le reste du paysage était sec, et il n'a pas été nécessaire de mettre les chaînes.

Quand la nuit nous a avalés, il est devenu impossible de distinguer quoi que ce soit d'autre autour de nous que, par moments, les lisières des bois éclairées par les phares de la voiture. Ce qu'il y avait au-delà, je pouvais l'imaginer : les alpages pelés et les cimes enneigées, les falaises abyssales et les parterres spongieux des forêts de conifères. Parfois, nous croisions une lumière, celle des rares constructions qui s'enfonçaient si profond dans la montagne, quelques anciens chalets ou corps de ferme. Même ces bâtisses semblaient trembler de froid.

Alors que nous approchions du bothy, j'ai essayé de reconstituer mentalement le paysage. Je ne voulais pas avoir l'impression, une fois là-bas, d'être entouré d'un vide sans contours. Mais mon esprit avait le plus grand mal à imaginer la maison et ses environs. L'année où j'y étais allé, c'était l'été, et je savais que tout serait très différent en cette saison. Il y avait le bâtiment principal, et la grange un peu plus loin. Tous deux étaient érigés au creux d'un vallon couvert d'herbe rase, bordé d'une forêt où Emily et moi avions construit une cabane, sous les premières branches d'un grand épicéa. Et aussi un petit lac à proximité, un plan d'eau resserré, une sorte de crevasse comblée d'eaux glaciaires, froides même en été.

Le goudron s'est changé en graviers sur les derniers kilomètres. La carrosserie et les amortisseurs de la Toyota ont grincé un peu plus. Rien n'éclairait plus le visage et le corps de Roy – j'ai dû ralentir et me tourner vers lui pour m'assurer que mon frère était bien là. La route fendait la forêt en deux, jusqu'à ce que les arbres disparaissent d'un coup, en même temps que la pancarte marquant l'entrée de la propriété surgissait du néant.

Le bothy, indiquait le bois jauni par la lumière des phares.

Rien de ce qui s'était déroulé jusque-là dans ma vie ne justifiait cet optimisme, mais j'étais persuadé que nous allions trouver la maison toutes lampes allumées, Selkie nous attendant au coin du feu, un livre à la main. Je m'étais convaincu qu'elle avait décidé d'elle-même de cesser de donner des nouvelles. Elle avait voulu inciter Roy à la rejoindre et avait orchestré sa propre disparition pour tirer mon frère hors de son nuage, le remettre en mouvement, lui faire retrouver sa nature première.

Mais, quand les phares ont dévoilé les murs de pierre de la bâtisse, j'ai dû me rendre à l'évidence : je m'étais trompé.

*

Le bothy était éteint.

J'ai garé le véhicule en laissant le moteur et les phares allumés. La portière s'est ouverte dans un crissement de métal. Il faisait si froid dans la voiture qu'une fois à l'extérieur je n'ai pas senti de différence.

J'ai attendu un instant que Roy me rejoigne, mais il est resté tapi dans l'habitacle comme un animal attendant l'orage.

— Qu'est-ce que tu fais ? ai-je crié en frappant sur le pare-brise.

— Il y a une seconde clé... Sous la dalle, près de la porte.

— Et ?

Roy s'est redressé sur son siège, mais il n'est pas sorti.

— Bon. Laisse les feux de route, d'accord ? On n'y voit rien ici.

Je me suis avancé vers la façade, qui s'étendait en largeur devant moi. Ses contours se perdaient dans la nuit. J'ai longé le mur jusqu'à trouver la porte d'entrée et me suis agenouillé pour chercher la dalle. Le sol était glacé. J'ai tâtonné un long moment. Quand j'ai fini par rencontrer la pierre, j'ai glissé ma main en dessous et parcouru du bout des doigts la terre suintante d'humidité. J'ai touché une matière cotonneuse qui m'a fait sursauter. C'était le tissu dans lequel le trousseau était enroulé. J'ai marché jusqu'à la porte et j'ai enfoncé la clé dans la serrure.

J'ai appelé :

— Selkie !

Une bouffée de silence a englouti ma voix. J'ai entrouvert la porte et trouvé l'interrupteur, mais, quand je l'ai actionné, aucune lumière ne s'est allumée. L'intérieur du bothy ressemblait à un corridor sans fond, à peine éclairci par la lumière des phares. L'air ondulait, semblable à un voile de glace.

J'ai laissé la porte de la maison entrouverte et me suis dirigé vers la voiture.

— Roy, tu comptes passer la nuit ici ? Qu'est-ce que tu fous ?

— Pourquoi t'as pas allumé ?

— Tu le fais exprès ? Vas-y, toi ! C'est ta baraque, pas la mienne !

Roy a fini par sortir.

— L'interrupteur dans l'entrée ne fonctionne pas, ai-je expliqué en pointant la maison du doigt. Je ne sais pas où sont les autres.

Mon frère a poussé la porte jusqu'à ce qu'elle cogne le mur intérieur. Son corps a disparu dans l'enceinte du bothy. J'ai entendu le cliquetis d'un premier interrupteur, puis d'un second, suivi d'un long silence. Et la voix de mon frère :

— Elle n'est plus là, Ness.

La nuit n'est pas parvenue à avaler ces mots-là, qui ont plané un moment dans l'atmosphère.

— Elle n'est plus là, a répété mon frère, d'une voix plus faible.

— Oui, je vois bien…

La phrase était particulièrement inadéquate : on n'y voyait rien du tout. J'ai fait quelques pas dans le néant du bothy, manquant de trébucher sur une série d'objets éparpillés par terre, qui sont partis rouler dans la pièce à mon contact. Je me suis demandé ce que c'était – des livres, peut-être. Certains semblaient faits de bois. Leurs silhouettes flottaient sur le sol.

— Le tableau électrique est dans la grange, a dit Roy.

— Bien, allons-y, alors.

Je me suis approché de lui et l'ai saisi par le bras pour qu'il ne me laisse pas y aller seul. D'un geste sec, il s'est libéré de mon étreinte.

— Attends. Il y a une lampe de poche dans l'un de ces tiroirs.

Une fois à l'extérieur, Roy a voulu couper le contact de la voiture. Je lui ai demandé d'attendre ; le ronronnement du moteur était le seul bruit à des kilomètres à la ronde. Nous avons cheminé vers la grange par le sentier de pierre. Derrière le halo de la lampe, la nuit était totale. Même si j'avais essayé de m'y préparer dans la voiture, je me trouvais incapable de me représenter le paysage au-delà du bothy. Où était la forêt ? Jusqu'où s'élevait le cirque ? Dans quelle direction était le lac ? J'ai chassé ces pensées de mon esprit en focalisant mon attention sur les graviers que la lampe éclairait.

Le bois dont la grange était faite avait été rendu rugueux par les années et le climat. Roy m'a tendu la lampe, que j'ai orientée vers le tableau électrique.

— Plusieurs fusibles ont fondu. Je remets celui de la cuisine pour pouvoir préparer à manger. Pour le reste, on verra demain. Il doit en rester quelque part.

Il a remis en marche le disjoncteur. Derrière nous, une fenêtre du bothy – une seule – s'est allumée. Une lumière minuscule dans l'immensité des montagnes, mais une lumière tout de même. Nous sommes repartis vers la maison. J'ai été obligé d'éteindre le moteur de la Toyota et de laisser le silence reprendre sa place.

La phrase de Roy a enflé au fond de mon crâne.

Elle n'est plus là, Ness.

Dans la cuisine, la bonbonne contenait encore du gaz et nous avons pu faire chauffer des conserves de lentilles, que nous avons avalées assis sur une petite table en sapin. Nous n'avions allumé qu'une seule lampe, très faible, de peur de voir sauter le dernier fusible.

— Elle est peut-être allée chez ses parents, ai-je hasardé.

— Elle me l'aurait dit.

— Il faudrait quand même vérifier.

— Oui. Demain.

J'étais du même avis que Roy : il était peu probable que Selkie soit allée chez ses parents. Elle cherchait la tranquillité et, de ce que j'avais compris, elle ne pouvait pas rester une demi-journée en leur compagnie sans qu'ils se disputent. Elle était partie parce qu'elle avait besoin des montagnes, pas de ses parents.

Nous avons terminé de manger, débarrassé la table, puis Roy a fait le tour de la maison avec sa lampe torche pendant que j'attendais dans la cuisine. Quand il est revenu, il a répété :

— Elle n'est plus là.

Puis il est de nouveau sorti. Il est resté devant la maison, debout face au néant, la lampe de poche éteinte à la main et le visage dissimulé sous la capuche de son manteau.

Je me suis dirigé vers la chambre que j'avais occupée lors de mon unique visite au bothy. La lumière de la cuisine ne parvenait pas jusque-là, mais je n'ai pas osé demander la lampe à Roy. J'ai trouvé la porte, le cadre du lit, et me suis enfoui sous les couvertures sans même avoir ôté mes vêtements.

Je ne suis pas parvenu à m'endormir. À l'évidence, Selkie n'était pas là, mais je n'arrivais pas à en être certain. Nous l'avions à peine appelée. Nous n'avions pas fait le tour de la propriété. Peut-être n'avions-nous pas vu sa voiture, peut-être lui était-il arrivé quelque chose, peut-être était-elle étendue quelque part, le corps inerte et la peau rigidifiée par l'hiver. Je n'avais pas le courage d'aller voir. Il faisait trop nuit, la montagne et la forêt et le bothy étaient trop silencieux. J'ai tendu l'oreille et j'ai frissonné. J'avais besoin de bruit. Je ne suis pas à l'aise dans la nature, dans ces endroits sauvages, mais quand il y a du bruit, je peux m'y confronter. L'été où j'étais venu, l'eau ruisselait depuis les sommets, depuis le ventre des montagnes, les torrents gorgés d'eau plongeaient dans le creux du lac, les oiseaux piaillaient sans interruption ; je m'étais même surpris à reconnaître leur chant en me rappelant d'un documentaire que m'avait prêté Svensson quelque temps auparavant.

Mais cette nuit-là, le silence était total.

J'ai touché le cadre du lit pour tenter de faire renaître l'ambiance de l'été que j'avais passé au bothy, les moments que j'avais vécus dans cette chambre à jouer avec Emily, mais je n'y suis pas parvenu. Alors j'ai fait une chose que je n'avais pas faite depuis des années : je me suis mis à fredonner une chanson à voix basse. Des paroles, sans mélodie. C'était une vieille habitude qui ressurgissait. À l'adolescence, quand le sommeil ne venait pas, je murmurais les chansons que Roy m'avait chantées, enfant, à Édimbourg et à Genève. Des ballades folks, des airs de blues. Roy a un jour cessé de me déposer ces paroles à l'oreille. Plus tard, il les a chantées à Selkie, puis à Emily. Alors j'ai commencé à me les chanter à moi-même. Et quand je le faisais, les décors des chansons se matérialisaient autour de moi, les personnages prenaient vie, peuplaient la chambre à coucher.

Mais pas ce soir-là. Ce soir-là, malgré mes incantations, aucun personnage coloré n'est venu s'asseoir à mes côtés. Et les fantômes, un à un, ont pris leur place.

2

Elle n'est plus là, Ness.

C'est cette phrase, que Roy avait répétée en arrivant, qui m'a tiré du sommeil au milieu de la nuit.

Quelle heure était-il ? Le bothy et ses alentours étaient aussi silencieux qu'au moment où je m'étais endormi. Derrière la fenêtre, tout était noir. J'avais pu dormir dix minutes ou plusieurs heures.

Elle n'est plus là, Ness. C'était une phrase que Roy avait déjà prononcée, longtemps auparavant. La voix avait à peine changé et les mots étaient les mêmes. Ils résonnaient en moi, roulaient dans ma tête.

Ce n'était pas surprenant. À dire vrai, cette phrase me revenait à l'esprit, en toutes circonstances, depuis bien longtemps. *Elle n'est plus là, Ness.* Comme certaines paroles de chansons qui vous attrapent quand elles le décident, c'était devenu une rengaine, qui se manifestait souvent sans raison apparente, ou plus rarement à l'occasion d'une scène à laquelle j'assistais par hasard – Ana Seiermann quittant l'enceinte de l'hôtel du lac, une inconnue disparaissant derrière un immeuble. La rengaine était née le jour où mon frère l'avait prononcée pour la première fois – comment aurait-il pu en être autrement ? Mais c'était une chose de se souvenir des mots, de sentir mon esprit me les murmurer de temps de temps ; c'en était une autre d'entendre

Roy les prononcer à nouveau, de sa voix pleine, grave, que je connaissais si bien.

La première fois que mon frère avait dit cette phrase, c'était quelques semaines après notre installation à Genève.

À notre départ d'Écosse, sur le pont du ferry, il n'y avait que Papa, Roy et moi, et une poignée d'inconnus affrontant la bruine. Maman n'était pas là, mais je ne m'en étais pas vraiment inquiété. Elle s'était souvent absentée les années précédentes, et de mon côté j'étais soulagé de partir, sans trop savoir pourquoi. J'avais supposé que Maman nous rejoindrait plus tard, là où nous allions. Je n'avais pas conscience que nous quittions le pays précipitamment, comme on détale devant un monstre.

À notre arrivée, nous avions passé quelques jours chez l'oncle Clyde avant de déménager dans le quartier des Eaux-Vives. Les jours passaient et Maman ne réapparaissait pas. J'avais alors questionné Roy – j'avais cherché la voix de mon frère, comme d'habitude. Je n'avais que six ans, mais j'avais compris que Papa ne souhaitait pas parler de sa vie passée, au contraire de Roy qui évoquait l'Écosse dès qu'il en avait l'occasion.

Au début, il n'avait pas répondu à mes questions. Il trouvait toujours une manière de détourner la conversation ou une excuse pour disparaître à ce moment-là. Parfois, il me parlait d'Isla, me racontait une anecdote, un moment vécu avec elle, et, tout heureux de voir mon frère recréer la présence de Maman dans notre appartement genevois, je ne cherchais plus à en savoir davantage. Mais, jour après jour, j'avais insisté. Et un soir, alors qu'il était dans sa chambre et qu'un trait de lumière sous sa porte indiquait qu'il ne dormait pas, j'étais allé lui demander une fois de plus.

— Roy ?

— Oui ?

— Dis-moi quand Maman va revenir. S'il te plaît.

— Je suis en train de lire, Ness.

— Tu n'es pas en train de lire. Tu viens d'ouvrir ce livre.

— Je n'ai pas le temps. Et je suis fatigué.

— Bon. Je vais aller demander à Papa alors.

J'avais fait mine de quitter la chambre. Roy m'avait rappelé avant que je n'atteigne le couloir.

— D'accord, Ness. Viens.

Roy s'était levé et m'avait accompagné dans ma chambre. Je m'étais couché, et il s'était assis sur mon lit.

— Allez, endors-toi. Tu veux une chanson ? J'écoutais le dernier Bowie, et…

— Je ne veux pas de chanson, Roy. Je veux savoir quand Maman va revenir.

Il y avait eu un long silence.

— Tu te souviens de la vieille McGill, au rez-de-chaussée ? Il y a quelques années, avec Maman, nous étions descendus la voir, une fois où elle avait encore tapé avec son balai sur le plafond. C'était un matin, il était très tôt et…

— Roy, je ne veux pas non plus une histoire. Dis-moi où est Maman, s'il te plaît.

Mon frère avait fait quelques pas vers la fenêtre. Mes doigts avaient serré le cadre du lit. De la même manière que j'étais en train de le faire, cette nuit-là, au bothy.

— Pourquoi tu fais ça, Ness ?

— Je fais quoi ?

— Pourquoi tu poses ces questions ?

— Parce que je veux savoir…

— Et je ne veux pas en parler.

— Roy, dis-moi !

— Arrête !

— Dis-moi ! Dis-moi !

— Elle n'est plus là, Ness !

C'était une évidence, qu'elle n'était plus là, mais j'avais compris que cette phrase signifiait autre chose.

— Oui, j'ai remarqué.

— Non… Ce que je veux dire… Ness, tu sais ce que je veux dire, non ? Tu as compris. Tu es assez grand.

— Non.

Peut-être que je savais mais que je voulais l'entendre de la bouche de mon frère. Ou peut-être que je n'étais pas assez grand, que la vie que nous avions vécue jusque-là ne m'avait pas préparé à imaginer ces mots que Roy ne parvenait pas à prononcer.

Il s'était rassis sur le lit, m'avait pris la main.

— Alors répète-toi ça, Ness : elle n'est plus là. Maman est morte. Répète-toi cette phrase. Elle est morte. Elle n'est plus là, Ness.

Et Roy avait continué de parler, non plus de Maman mais de notre nouvelle vie, dans cette ville, dans cet appartement. Il m'avait promis que cette vie allait être calme et heureuse. L'espace d'une nuit, il avait fait semblant d'aimer la Suisse, ce pays où nous nous étions réfugiés, les balades à vélo, les parcs aux arbres centenaires, il avait évoqué le lac où nous pourrions nous baigner, les places de la vieille ville où déguster des glaces, les enfants de toutes origines que j'allais rencontrer à l'école. Il m'avait rassuré, peu à peu, avant d'éteindre les lampes, sauf celle du couloir dont la lumière se glissait dans la chambre à travers la porte entrouverte, et il était resté là, assis sur le lit, jusqu'à ce que la fatigue me saisisse et que je finisse par m'endormir.

Et le lendemain, et les jours suivants, quand l'absence de ma mère se faisait ressentir, je m'étais répété ces mots, *elle n'est plus là, Ness*, et j'étais allé voir Roy chaque fois que ces mots ne suffisaient pas, et chaque fois il m'avait dit les mêmes choses, il m'avait rassuré sur notre nouvelle vie. Et, progressivement, je m'y étais habitué.

*

La nuit n'en finissait pas. J'avais la sensation qu'elle s'étendait, qu'elle repoussait les lumières de l'aube loin du bothy. Ce n'était pas une mauvaise chose. Il me fallait de la lumière, mais l'aube me rappelait Emily, et ensuite il faudrait se remettre en quête de Selkie, avec Roy et sa voix qui répéteraient cette même phrase, inlassablement. J'étais aussi bien ici, tapi dans l'obscurité, invisible.

Elle n'est plus là, Ness. J'en voulais à Roy d'avoir répété ces mots. Il leur avait redonné vie. Au fil des années, ils avaient perdu de leur substance, ils avaient cessé de me rappeler Maman, mais à présent ils changeaient de forme, ils évoquaient Isla mais aussi Selkie et bien sûr Emily.

Des scènes me sont apparues. Dans la plupart d'entre elles, Emily était présente. Mais les images avaient une forme étrange. Elles ressemblaient à des souvenirs altérés. Il y avait toujours quelque chose qui n'allait pas, un détail qui ne correspondait pas à la réalité.

Dans l'une de ces scènes, Emily doit avoir sept ou huit ans et porte un manteau vert aux coutures élimées que j'ai reconnu tout de suite. Nous marchons dans une ville qui ressemble à Genève, sous un ciel sombre, mais sans pluie. Arrivés au centre d'une petite esplanade, une sorte de placette au bout de laquelle des escaliers grimpent en pente raide ; Emily s'arrête et va s'asseoir sur les marches, près d'un merisier. Je la rejoins. Devant nous une longue ruelle étroite, et tout au fond le Rhône qui coule, bleu et agité.

Ce décor n'existait pas. C'était comme si on avait collé des morceaux de la ville ensemble pour créer une nouvelle perspective, une géographie impossible. Mais, si le décor semblait inventé, la scène m'était familière.

— Ness… dit Emily.

— Oui ?

— Est-ce que l'Écosse te manque ?

Le visage d'Emily est d'une netteté parfaite, un gros plan de cinéma où l'on peut voir chaque boucle de ses cheveux, le minuscule écartement de ses incisives, le très léger tremblement de ses sourcils.

— Non. Je ne crois pas qu'elle me manque.

Ce n'était pas tout à fait vrai. Je n'avais pas la nostalgie de l'Écosse, mais ce pays me manquait d'une certaine manière, il était à l'origine d'un léger vide, d'un petit espace inoccupé qui m'accompagnait en permanence.

— Mais c'est ton pays, non ? Papa dit que c'est votre pays à tous les deux.

— C'est le pays de ton père, pas le mien.

— Et ton pays à toi, c'est quoi ?

— C'est ici, je crois.

Ces mots ont résonné étrangement, parce que, même si je pouvais identifier chaque partie du décor de la scène, dans sa totalité il m'était inconnu.

— Pourquoi vous êtes partis d'Écosse ? Papa me dit que Papi voulait voir un autre pays, mais je ne comprends pas. Parce que Papi n'a jamais aimé son nouveau pays.

— Nous sommes partis parce que l'Écosse était devenue trop triste quand ta mamie est morte.

Emily prend un air réprobateur.

— Vous l'avez laissée là-bas, toute seule ?

— Elle était morte, ma chérie.

— Oui, mais quand même.

Elle se lève et fait quelques pas, les mains dans ses poches. Ses doigts poussent sur les coutures et je comprends pourquoi son manteau est dans cet état.

— Ness…

— Oui ?

— Pourquoi vous êtes fâchés, Papa et toi ?

— Fâchés ? Pourquoi penses-tu que nous sommes fâchés ?

— Je le sens.

— Qu'est-ce que tu sens ?

— La colère. Je la sens même quand vous souriez, ou quand vous plaisantez ensemble. Je ne la vois pas, mais je la sens. C'est comme…

Emily fait une courte pause.

— … comme un fantôme. Ou un serpent invisible. Maman la sent aussi. Elle me l'a dit.

Emily me regarde, de ses yeux profonds, clairs, calmes. Ces yeux-là sont différents des miens et de ceux de Roy – ils n'ont jamais été en colère.

— Tu as raison. Enfin, je ne sais pas si c'est vraiment de la colère, mais peut-être. Je ne sais pas d'où ça vient. Je crois que ça a toujours été là.

— Il faut que ça parte, maintenant.

— Tu en as parlé à ton père ?

Elle soupire.

— Il dit que j'imagine des choses.

— Non, tu as raison. Tu as vu juste. Et moi aussi j'aimerais que cette colère parte. J'aimerais beaucoup.

— Alors elle partira.

Les images se sont dissipées dans la nuit et les montagnes, mais les mots d'Emily ont continué de résonner, s'ajoutant aux autres qui me tournaient dans la tête.

Alors elle partira, la colère. Les voix de Roy et d'Emily, Isla et Selkie, les rêves et les souvenirs se sont mélangés.

Elle n'est plus là, Ness. Maman est morte.

Emily avait raison : il y avait toujours eu une colère. Était-elle née cette nuit-là, quand Roy m'avait annoncé la mort de Maman ? Je lui en avais voulu d'avoir prononcé ces mots, et de les avoir dits de cette manière-là, si brutale et franche. Depuis, oui, il y avait bien une colère, une rancœur sourde, un serpent invisible, comme l'avait appelé Emily, un animal filiforme, froid comme la nuit, lové dans nos tripes, qui distillait son venin goutte à goutte. Mais comment en vouloir à mon frère de m'avoir dit ce que même mon père n'avait pas eu le courage de m'annoncer ? Ma colère venait sûrement d'autre part. D'ailleurs, ce n'était pas seulement la mienne : elle était réciproque. *Alors elle partira,* avait dit Emily. Mais nos colères ne partent que par le chemin d'où elles sont venues. C'était un chemin que je n'avais jamais trouvé – à supposer que je l'aie cherché un jour.

*

Le froid m'a poussé à me lever dès les premières lueurs. J'ai été me passer de l'eau sur le visage à la cuisine. Le bothy était plongé dans une atmosphère vaporeuse. J'ai déambulé à travers le désordre du salon jusqu'à la chambre de Roy, dont la porte était entrouverte. Mon frère n'y était plus. Dans la chambre attenante – celle d'Emily –, les draps étaient défaits : Selkie devait y avoir dormi. Le matelas portait encore l'empreinte de son corps.

J'ai appelé Roy, qui n'a pas répondu. J'ai enfilé une écharpe, un bonnet et je suis sorti à mon tour.

L'endroit ne me rappelait en rien celui que j'avais connu. L'aube pénétrait lentement dans la propriété, solennelle, comme le cortège se rend à un enterrement. Les clôtures en rondins délimitant le terrain projetaient de longues ombres grises sur l'herbe broussailleuse. Le sol craquait sous le gel. Sur les premières pentes, là où le soleil se levait, la forêt était épaisse, ombreuse. Un léger vent s'était levé et sifflait entre les planches de la vieille grange, au nord de la maison. De l'autre côté on apercevait les rives du lac, dont les eaux turquoise étaient en partie gelées. Et, plus loin, tout autour, les flancs des montagnes s'élevaient, verticaux, jusqu'aux lames des arêtes.

« Elles protègent le bothy », m'avait dit Emily quand je les avais vues pour la première fois. C'était l'été. L'hiver, ces montagnes ne protégeaient rien, au contraire. Elles devenaient des monstres de glace, enserraient la maison, la forêt, le lac.

Je ne voyais pas Roy, mais l'herbe était rabattue dans la direction de la grange. Il devait être en train de réparer le système électrique. Je suis retourné à l'intérieur en attendant qu'il revienne.

Le bothy était à tel point silencieux que j'ai gardé la porte ouverte malgré le froid pour laisser entrer le bruit du vent. J'ai fait le tour des différentes pièces, chambres et cuisine, débarras et placards. Les portes grinçaient, et en grinçant elles aussi brisaient le silence, alors je me suis mis à les ouvrir, à les fermer, à les claquer, à les verrouiller et les déverrouiller, toutes, plusieurs fois.

J'ai observé les meubles et les objets éparpillés dans la maison. Le salon était très désordonné, ce qui n'avait rien d'étonnant. Des livres pour tous les âges recouvraient le canapé. Des romans, de la poésie, des livres pour enfants. J'en ai reconnu certains, que j'avais apportés à Emily l'été où j'étais venu au bothy.

Dispersés sur le plancher du salon se trouvaient des morceaux de bois. Pas de simples morceaux, à bien y regarder. Plutôt de petites sculptures, comme des figurines. Chacune représentait une forme animale ou humaine. Un écureuil, un loup, une chouette. La plus grande mesurait une vingtaine de centimètres. Un aigle, quelques poupées articulées laissées dans la dernière position qu'on leur avait donnée. Une femme vêtue d'une tunique et d'une couronne. Un homme, debout, hache à la main. Des enfants assises, les jambes croisées.

Les figurines étaient taillées dans de l'épicéa. Les reliefs étaient fins, le coup de couteau assuré. Certaines avaient été polies et vernies, d'autres avaient été laissées brutes et leur bois était râpeux.

Roy est entré sans que je l'entende, et j'ai sursauté quand il s'est accroupi à côté de moi pour ramasser l'une des sculptures – la chouette, dont les plumes étaient taillées en pointes, hérissées et coupantes.

— Tu m'as fait peur. C'est Selkie qui a fait ça ?

Les doigts de Roy ont caressé le bois en crissant comme un ongle sur un tableau noir. Un autre que lui se serait entaillé la peau, mais celle de Roy était épaisse et cornée par les cordes de guitare.

— Roy, Selkie sculptait ? Je ne l'ai jamais vue faire ça.

— Non… Je ne crois pas…

J'ai attendu qu'il poursuive, mais il n'a rien dit de plus.

— Tu as pu changer les fusibles ?

Il s'est redressé.

— Oui, je pense que c'est bon. Allons vérifier.

Nous avons allumé les interrupteurs un par un. Mis à part quelques ampoules en fin de vie, tout fonctionnait.

— Je vais appeler les parents de Selkie, a dit Roy.

Il s'est approché du téléphone et a composé leur numéro. Sa main serrait la figurine, fort, comme s'il voulait la briser ou percer sa paume avec.

— Sandra ? C'est Roy. Désolé de vous déranger si tôt.

Il a resserré un peu plus l'étreinte autour du bois. Un copeau s'est détaché, avant de tomber au sol.

— Je voudrais savoir si Selkie est chez vous.

Le visage de Roy s'est assombri : la réponse était négative.

— Bien. Si vous la voyez, pourriez-vous lui dire de m'appeler ? Merci. Non, au bothy. Pardon, à la bergerie. Non. Oui, c'est possible, Sandra. Au revoir.

Cet appel n'avait servi qu'à inquiéter les parents de Selkie, qui avait dû comprendre que leur fille était introuvable. J'ai espéré qu'ils ne débarqueraient pas au bothy le soir même pour pister Selkie dans la montagne.

Pour moi, il ne faisait aucun doute qu'elle était partie. Sa voiture n'était plus là, la maison était fermée à notre arrivée, l'électricité coupée, le placard à provisions presque vide.

— Peut-être que nous nous sommes croisés. Qu'elle est rentrée à Genève. Pourquoi veux-tu rester ici, Roy ?

Elle aurait certainement téléphoné au bothy, mais dans le doute, j'ai tout de même composé le numéro de l'appartement de Genève, où personne n'a répondu.

— Tout de même, je ne vois pas pourquoi on reste. On pourrait aller voir la police ?

Roy a souri.

— Ness, je ne sais même pas s'il y a une police ici.

Puis il a jeté la figurine sur le canapé et il s'est dirigé vers la porte d'entrée.

— Allons faire un tour.

Je l'ai suivi à l'extérieur. Le soleil s'était déplacé. Il était monté vers l'ouest ; les montagnes, plus élevées à cet endroit, retenaient sa lumière. En parcourant des yeux le cirque et en imaginant la courbe du soleil, si basse en hiver, j'ai réalisé que le bothy ne devait pas recevoir beaucoup de lumière en cette saison.

Nous avons marché jusqu'au panneau indiquant l'entrée de la propriété, puis vers la forêt de conifères, que nous avons longée sans y pénétrer. La lisière était dense, et il était difficile de voir à plus de quelques mètres à l'intérieur du bois. Roy jetait des regards inquiets autour de lui, cherchait en vain des traces au sol, des signes de la présence de Selkie. Mais même si nous avions trouvé des traces, qu'en aurions-nous fait ? Selkie pouvait s'être promenée à cet endroit, c'était même probable, et après ?

D'un côté les arbres remontaient en pente douce sur le flanc du vallon ; de l'autre ils s'étiraient jusqu'aux rives du lac, dont la périphérie était couverte d'un anneau de glace. Sur la rive opposée il y avait une maison, plus petite que le bothy, mais à l'architecture similaire. Je ne l'avais pas vue à cause de la forêt. Les volets étaient fermés.

— Je ne me souvenais pas qu'il y avait d'autres habitants ici.

— C'est la maison des Koller. Ils ne viennent pas l'hiver. Personne ne vient ici l'hiver.

La maison était construite en bas d'une pente assez abrupte et devait rester perpétuellement dans l'ombre en cette saison.

— Je ne vois pas de route.

— Si, il y en a une. Deux ou trois kilomètres en contrebas du bothy, un embranchement et une piste remontent derrière la forêt. On la voit qui ressort, là-bas.

Un bout de piste se détachait des arbres, assez haut sur la pente, et descendait, rectiligne, vers la maison, sans l'atteindre : le chemin s'arrêtait à une centaine de mètres en amont. Du bothy, en longeant les rives du lac, on pouvait s'y rendre à pied aussi rapidement.

— Il n'y a personne là-bas, Ness, a dit Roy. J'ai téléphoné de Genève pour vérifier.

Nous avons continué à explorer la propriété et les environs. Roy comptait en marchant, je voyais remuer ses lèvres. En fin de matinée les nuages se sont accumulés au-dessus du bothy et quelques flocons sont tombés. Après le déjeuner, nous avons décidé de sortir séparément, pour qu'il y ait toujours quelqu'un au bothy prêt à répondre au téléphone. J'ai plusieurs fois proposé à Roy de joindre la police ou de nous rendre au village le plus proche – peu importait la distance – mais il a refusé.

Je n'ai pas senti arriver le crépuscule. Les nuages obstruaient le ciel. Le paysage s'est assombri, et une minute plus tard il faisait nuit et le silence engloutissait la maison. Dès que la nuit tombait, tout se figeait, comme si la montagne attendait que vienne le jour suivant.

Après le dîner, j'ai ouvert le sac contenant les vinyles que Roy avait apportés et j'en ai saisi un au hasard – un album du Velvet Underground. Comme je n'arrivais pas à faire fonctionner la platine, Roy s'est approché et a réglé l'appareil. Il a soulevé le bras du lecteur et j'ai déposé le disque. Les haut-parleurs ont crépité.

Tandis que s'échappaient les premières notes, mon frère a posé une main sur mon épaule. Il l'a laissée là un moment. C'est un geste qu'il faisait souvent, avec sa fille, avec Selkie, et avec moi quand j'étais plus jeune, et la sensation de sa paume posée sur moi a provoqué un sentiment tiède de vieux souvenir qui m'a accompagné un moment. Puis Roy a ôté lentement sa main et est allé s'asseoir sur le canapé.

À côté de la cheminée il y avait de vieux magazines de bricolage au papier raidi par le froid. J'ai arraché quelques pages que j'ai placées dans la cheminée et recouvertes de petit bois. J'ai placé deux bûches au centre.

Une fois le feu lancé, je me suis installé à mon tour dans un fauteuil.

Nous sommes restés là. J'ai tiré les rideaux pour masquer la montagne, et nous avons passé la soirée entière à écouter un album après l'autre, ne nous levant que pour changer de disque ou ajouter une bûche. Roy a parlé une ou deux fois du groupe que l'on écoutait, livrant une anecdote ou un détail.

Et, pour un moment, dans la chaleur du salon plein des émanations du feu, du crépitement des vinyles et de la présence de mon frère, j'ai oublié le bothy, l'hiver, et le reste.

*

J'ai fini par m'endormir sur le fauteuil. Quand je me suis réveillé, Roy était parti se coucher. Il avait éteint les lampes, en dehors de celle de la commode, à côté de moi. Il était minuit passé et le silence était revenu. J'ai hésité à remettre la platine en marche. Derrière la fenêtre tombaient d'épais flocons de neige. Au-delà, la nuit était trop noire pour voir ce qui s'y passait. Je me suis dirigé vers ma chambre, mais à peine avais-je ouvert la porte que j'ai frissonné au souvenir de la nuit précédente. Alors j'ai fait volte-face jusqu'à la cuisine où je me suis préparé un café, surtout pour entendre les borborygmes de la machine, et j'ai rallumé les lumières, une par une, à l'exception de celle de la chambre de Roy.

Le bothy comportait trois chambres : celle où dormaient Roy et Selkie, attenante à celle d'Emily, et une chambre pour les visiteurs, où j'avais passé la nuit. Les trois se ressemblaient : de vieux lits en bois, aux cadres grinçants, et trop petits pour Roy ou moi, qui devions y dormir en biais ou les jambes recroquevillées pour ne pas heurter le pied de lit ; et une table de nuit, une lampe à l'abat-jour jauni, et une commode faisant office de rangement pour les vêtements. Dans la chambre d'Emily il y avait un meuble supplémentaire, que j'avais apporté lors de mon premier séjour : une petite bibliothèque sur pieds en sycomore, aux angles arrondis et au bois clair – le seul meuble de la maison qui ne semblait pas sorti d'une ferme du Moyen Âge.

Je me suis assis sur le lit, dans l'empreinte que le corps de Selkie y avait laissé.

Sur la bibliothèque se trouvaient des figurines de bois du même genre que celles que nous avions trouvées dans le salon. Des livres étaient empilés sur la table de chevet. En haut de la pile, une ancienne édition du *Vieil Homme et la Mer*. Puis des livres de montagne, *Premier de cordée,* et des récits de Walter Bonatti, que j'ai feuilletés en frissonnant.

Le carnet était là, glissé en bas de la pile. Il était plus petit que les livres et ce n'est qu'après avoir ôté les ouvrages qui le recouvraient qu'il est apparu. C'était un carnet en cuir bleu aux feuillets jaune pâle. La couverture ne portait aucune inscription, mais j'ai senti qu'il s'agissait d'un journal.

J'ai hésité à pénétrer ainsi dans l'intimité de Selkie. J'ai pensé attendre le lendemain pour confier le carnet à Roy et lui laisser la responsabilité de l'ouvrir. C'était sa compagne, pas la mienne, sa vie, pas la mienne.

Mais j'ai fini par l'ouvrir. C'était bien un journal, qui de toute évidence avait été écrit au bothy pendant la période que Selkie y avait passée. Je l'ai imaginée rédigeant ces lignes dans la pénombre de cette chambre, dans le froid de cette maison, dans la solitude de ces montagnes. Chaque page contenait un texte, très court. Les premiers mots ne m'ont pas interpellé. Mais au fur et à mesure que je tournais les pages, le récit devenait plus troublant.

J'ai relu le texte plusieurs fois, jusqu'à le connaître par cœur. À chaque lecture je sentais la nuit se glacer, la neige s'accumuler autour de la maison, la montagne craquer. À chaque lecture, l'environnement, la chambre, la maison me semblaient un peu plus étrangers, et sous mes yeux la courbe des lettres tremblait, menaçait de disparaître. À chaque lecture, je regrettais un peu plus d'avoir trouvé et lu ce carnet, parce qu'il me faudrait le montrer à mon frère, et alors il découvrirait, ligne après ligne, mot après mot, comment Selkie s'était perdue, comment elle avait sombré dans la folie, comment la solitude avait fini par l'engloutir.

C'était ça, que j'avais lu dans le journal et que j'ai continué de lire jusqu'à ce que le soleil se lève : le récit de la naissance d'une démence. Cette nuit-là, je la prenais encore pour celle de Selkie. Je ne me doutais pas qu'elle gagnerait bientôt mon frère, et deviendrait aussi la mienne.

3

C'était, semblait-il, une nuit que les nuages avaient longtemps attendue. Des semaines durant, ils s'étaient chargés de flocons, avaient grossi, jusqu'à ce qu'ils décident que la quantité accumulée suffirait à envelopper entièrement les montagnes, et alors ils s'étaient peu à peu délestés de leur charge. Depuis le début de la nuit, la neige n'en finissait plus de tomber sur le vallon, les branches des épicéas devaient déjà se tordre sous son poids, et quand le soleil s'est levé rien n'a changé, le paysage s'est légèrement éclairci mais le rideau était si dense, les flocons si épais, que par la fenêtre on ne voyait que cette cascade gris-blanc, et rien au-delà.

Je n'ai pas dormi ou presque, et quand j'ai quitté la chambre, Roy était encore dans la sienne. À cause de la fatigue et de ce que j'avais lu dans le carnet, le bothy avait gardé cette apparence étrange, comme si on l'avait enveloppé dans une nappe de coton gelée. Rien n'y faisait : malgré les radiateurs poussés au maximum, la surface des meubles était glacée, comme les lames du plancher, les murs et leur vieux papier peint.

J'ai poussé la porte d'entrée. Dehors, la température m'a semblé être la même qu'à l'intérieur. La neige n'était qu'un autre nuage de silence, neutre, sans matière. Je n'ai rien senti en y passant la main.

Roy s'est levé sans que je l'entende. Sa main s'est posée sur mon épaule, a appuyé très doucement dessus et m'a tiré en arrière.

— Toujours à rêvasser, hein ?

Il est allé déjeuner dans la cuisine tandis que je restais au milieu du salon, perdu dans mes pensées.

Fallait-il lui montrer le carnet ? Qu'y trouverait-il ? Rien de ce qui y était écrit ne permettait de comprendre où Selkie était partie, ni même ne donnait un quelconque indice. Il n'y avait rien non plus dans ces pages qui aurait pu aider Roy ou le rassurer. La soirée de la veille avait été, peut-être pas normale, peut-être pas comme celles d'avant l'accident, mais tout de même un peu plus apaisée : nous n'avions pas vraiment parlé, mais nous avions écouté de la musique ensemble, ce qui pour Roy revenait au même. À son réveil, il m'avait semblé avoir retrouvé une partie de lui-même. Pour toutes ces raisons, je ne voulais pas lui montrer le carnet.

J'ai pourtant décidé de le faire. Parce que je les avais lues, moi, ces pages. Je savais à présent des choses sur Selkie qu'il ignorait, et cette pensée me déplaisait. Je n'ai jamais su cacher quoi que ce soit à mon frère – rien qu'il n'aurait voulu que je lui dise, en tout cas.

Quand Roy est revenu s'asseoir dans le salon après sa douche, il m'a semblé qu'il était temps. J'ai remis une bûche dans le foyer et j'ai ravivé le feu de la veille, dont il restait un peu de bois.

— Il manque des bûches, a dit Roy. Je vais aller en chercher à l'extérieur.

— Il y a encore celles-là, ai-je répondu en soulevant une couverture posée contre le mur. On peut y aller plus tard, quand la neige aura cessé.

Je suis allé chercher le carnet, que j'avais replacé sous la pile de livres où je l'avais trouvé. Je me suis installé en face de Roy, comme la veille, sur le fauteuil tapissé de velours. Je lui ai tendu l'objet.

Il a hésité.

— Qu'est-ce que c'est ?

— Je l'ai trouvé dans la chambre d'Emily. Selkie y avait dormi.

— Tu l'as lu ?

— Oui, tu dormais. J'ai pensé que je pourrais y trouver quelque chose d'utile, des indices…

Il a examiné le carnet. Ses doigts ont caressé la couverture de cuir, qu'il a gardée fermée.

— C'est celui de Selkie ?

— Oui.

— Et… Tu en as trouvé ?

— Quoi ?

— Des indices.

— Je ne pense pas, non… Vois toi-même.

Ses ongles ont tapoté le carnet, son regard s'est perdu dans le foyer où le bois se consumait en crépitant. Un moment a passé, si lentement que j'ai jeté un œil par la fenêtre pour vérifier que les flocons ne s'étaient pas immobilisés dans leur chute sous l'effet d'une distorsion du temps. Enfin, Roy m'a dit :

— Non, je ne peux pas. Je préfère que tu me le lises. D'accord ?

La requête m'a surpris. Il y avait là une inversion de rôles. Sa demande, l'atmosphère autour de nous, tout ça faisait étrangement écho à ces moments d'enfance où Roy me lisait des histoires, en Écosse ou en Suisse. Ici au bothy, ce n'était pas de la pluie qui tambourinait sur le toit mais la neige qui venait s'y déposer, et derrière les fenêtres c'était la montagne et pas les ruelles de Stockbridge, mais il y avait une ressemblance. Sauf que, pour la première fois, je n'étais pas celui qui demandait à entendre la voix de l'autre.

J'ai repris le carnet.

— Bien sûr.

Je n'avais aucune envie de lire ces pages à haute voix, mais je ne trouvais pas de bonne raison de refuser.

Je suis resté un moment assis, le carnet dans les mains, pensant à ces mots que j'avais encore en tête. Autour de moi, la lumière tamisée, la neige s'accumulant en silence, le crépitement du feu et les fauteuils de velours. L'ambiance se prêtait aux histoires. On se serait crus dans l'un de ces vieux clubs anglais où les hommes se retrouvent, la nuit, pour jouer à se faire peur. Mais je n'avais aucune envie de me faire peur, ou de faire peur à Roy. Je ne voulais pas replonger dans ces pages. Cette histoire que mon frère souhaitait entendre, je n'avais pas envie de la raconter.

Alors, malgré l'heure matinale, je suis allé chercher la bouteille de Bowmore et me suis servi un verre. Roy a consulté le cadran de sa montre.

— Un scotch à neuf heures trente… Je ne suis plus très sûr de vouloir savoir ce qu'il y a écrit là-dedans.

— Si tu préfères écouter un disque ou faire une partie de cartes, c'est avec plaisir.

Roy a attendu que j'avale ma première gorgée. Son visage a pâli.

— Bien. Allons-y… L'écriture est un peu vacillante. On dirait qu'elle a lutté pour écrire. Il devait faire froid.

— Vas-y, Ness.

— J'y vais, j'y vais. Bon… C'est un journal, et même s'il n'y a pas de date on comprend que Selkie a commencé à l'écrire à l'automne et que l'hiver était déjà arrivé quand elle s'est arrêtée.

— Lis, Ness !

J'ai ouvert le carnet, j'ai pris une nouvelle gorgée de whisky, et j'ai inspiré – une longue inspiration ; une bouffée de glace.

— Voilà… *Quel soulagement d'être ici. La maison est agréable. J'ai l'impression de ne l'avoir jamais quittée. La montagne change de couleurs chaque jour. Elle est si calme. Les oiseaux qui viennent l'été autour du lac sont partis. La plupart des animaux sont partis.*

Roy a sans doute imaginé sa femme assise au bord du lac, déambulant dans la propriété – ces mêmes images qui s'étaient formées dans mon esprit à ma première lecture. Mais à présent que j'avais lu le reste, la photographie n'était plus la même.

— *J'ai trouvé des blocs de bois et les outils dans la remise. Beaucoup d'idées déjà. Et j'ai fini par dénicher dans le placard du fond le magazine qui contient tous les modèles. Au travail !*

Roy a cherché des yeux le magazine en question. J'ai haussé les épaules.

— *Beaucoup de travail effectué aujourd'hui. Un magicien et trois animaux. Un raton laveur, un hibou, et un aigle. Ou est-ce un faucon ?*

Roy s'est tourné vers la commode où nous avions disposé les figurines. Il a pris dans ses mains le rapace et l'a examiné.

— C'est un faucon, a-t-il dit. Selkie n'a jamais su faire la différence. Emily non plus, d'ailleurs. C'est simple, pourtant… Des plumes plus courtes, des yeux plus ronds. Et puis, la forme des ailes : rien à voir.

Ne sachant quoi répondre, j'ai tourné la page.

— *Je passe de plus en plus souvent dans la forêt. J'ai appris à y retrouver mon chemin. Parfois, j'y reste un peu. L'automne le tracé des sentiers est difficile à trouver, mais il y a d'autres repères jusqu'à la cabane. Le bois est humide ici. Il faut l'emmener à l'intérieur pour le faire sécher près de la cheminée.*

Roy écoutait sans réagir. Page suivante.

— *Une autre journée paisible. Plusieurs nouveaux jouets. Ils sont nombreux maintenant. Ils sont éparpillés un peu partout sur le sol. Nous allons finir par manquer de place.*

— Nous ? a demandé Roy.

— Oui. Attends.

J'ai posé un doigt sur le papier pour vérifier l'existence des mots que je m'apprêtais à lire.

— *Quand je l'ai vue, aujourd'hui, elle m'a d'abord fait peur. Mais je n'ai aucune raison d'avoir peur d'elle, bien sûr. Nous avons continué à faire des animaux. Elle m'a montré comment elle se sert du couteau et du petit burin pour sculpter dans la paume de sa main.*

— Elle ?

J'ai fait un signe de la main à Roy pour lui demander d'écouter la suite. Sans le regarder – je ne voulais pas le regarder.

— *Chaque nuit qui passe est plus froide que la précédente. Mais le bothy reste accueillant. Je sens sa présence ; elle est proche et loin à la fois. J'aimerais jouer avec elle, lire des livres. Est-ce que c'est trop tôt ? La nuit est encore noire. Le reflet sur la fenêtre lui ressemble, mais ce n'est que moi. Quand j'y pose la main, le verre est froid.*

Roy a baissé les yeux vers la table, vers ses paumes serrées.

— Selkie était seule, ai-je dit. Elle avait probablement besoin de se construire une présence pour avancer.

L'une des bûches s'est brisée et des braises ont roulé dans le foyer. J'ai tout rassemblé, remis du bois, et soufflé dessus.

— *La neige a recouvert le haut des pentes, tout autour. Dehors, le vent hurle de plus en plus fort et quelques flocons commencent à tomber. C'est magnifique. Aujourd'hui, au coucher du soleil, j'étais là-bas dans la cuisine quand une tasse pleine de tisane est tombée sur le sol. Mais ce n'était pas moi. Je n'ai rien touché. Ce devait être elle. Pourquoi n'a-t-elle rien dit ?*

J'ai senti que Roy tremblait ; j'ai marqué une pause. Oui, il tremblait : son corps ne bougeait pas, mais il tremblait.

— Tu veux que j'arrête ?

Mon frère a légèrement bougé la tête, ce que j'ai interprété comme une invitation à continuer, mais signifiait peut-être le contraire.

— *Nous nous rapprochons un peu plus chaque jour l'une de l'autre. Je lui ai montré les jouets du bothy, comment je joue avec eux. Je ne sais pas si elle se rend compte que je la vois, la nuit. Si proche et si loin. Je la regarde tout le temps. Je voudrais qu'elle reste près de moi. J'ai peur qu'elle disparaisse encore.*

J'ai marqué une pause. J'avais la sensation que la pièce se réchauffait ; pas seulement grâce au feu de cheminée mais parce que j'étais en train de lire cette histoire à Roy. Comme si, en la partageant, elle perdait de sa portée et cessait de refroidir la pièce.

— *J'ai fait quelque chose, aujourd'hui. Nous étions dans notre maison, qui était très sombre à cause des nuages si gris. J'avais allumé la bougie et je l'avais posée devant moi. J'ai soufflé la petite flamme, et tout est devenu noir. J'ai écouté sa respiration. Je crois qu'elle a pleuré. Mais de quoi avait-elle peur ?*

Ma voix a commencé à trembler, j'ai avalé le reste du Bowmore d'une traite et me suis servi un autre verre. Oui, l'air se réchauffait.

— *Alors je me suis approchée d'elle, tout doucement. Je pouvais sentir la chaleur de son corps. Et tout autour de nous, de la forêt au lac, tout bruissait, tout frémissait, tout chuchotait… Je me suis approchée encore et j'ai murmuré cette phrase, des paroles qui me trottent toujours dans la tête : « Little darling, it's been a long, cold, lonely winter. » J'ai toujours aimé ces paroles. Depuis que je suis toute petite. Elle m'a entendue et elle a souri.*

— Qu'est-ce que tu as dit ? a demandé Roy, les sourcils froncés.

Il était immobile, mais il ne tremblait plus.

— Rien, je n'ai rien dit, j'ai juste lu le carnet.

— Oui, mais qu'est-ce que tu as lu ? Tu peux répéter le dernier passage ?

J'ai répété.

— *… et j'ai murmuré cette phrase, des paroles qui me trottent toujours dans la tête : « Little darling, it's been a long, cold, lonely winter. » J'ai toujours aimé ces paroles. Depuis que je suis toute petite. Elle m'a entendue et elle a souri.*

— C'est bizarre.

— Qu'est-ce qui est bizarre ? Ce sont des paroles des Beatles, non ? *Here Comes the Sun* ?

— Montre-moi le journal.

Je lui ai tendu le carnet. Il a passé les doigts sur chacun des feuillets, sur chaque ligne, chaque mot.

— Roy ?

— Ce n'est pas l'écriture de Selkie.

— Comment ?

— C'est celle d'Emily.

Les murs du salon et les flammes dans la cheminée, le tissu du canapé et le corps de mon frère : tout s'est gondolé, avant de réapparaître sous une forme légèrement différente.

— Qu'est-ce que tu veux dire ? Que c'est un vieux carnet ?

— Non. Tu l'as dit toi-même…

— Mais enfin, Roy, qu'est-ce que tu insinues ?

Il a tendu une main vers la cheminée, en direction du feu, qui soudain avait perdu sa chaleur.

— Je n'insinue rien, Ness. C'est assez clair.

Mon frère a tourné les pages du carnet et a repris la lecture depuis le début.

Que voulait-il me dire ?

J'ai fermé les yeux et j'ai pris une bouffée d'air qui a tourné au fond de ma gorge sans parvenir à aller plus loin. Le whisky, lui, a trouvé son chemin.

Merde, Roy, c'est moi qui la racontais, cette histoire, elle était assez inquiétante comme ça, pourquoi a-t-il fallu que tu te l'appropries pour y ajouter de vrais fantômes ?

Je me suis levé, tandis que mon frère restait plongé dans sa lecture, tout à coup éveillé, alerte.

Je suis sorti et j'ai refermé la porte derrière moi.

Que la neige était froide. Roy avait chassé d'une phrase toutes les images que j'avais visualisées à la lecture du carnet. On n'y voyait plus seulement Selkie, le regard perdu, cherchant des yeux et des mains une personne invisible ; on y trouvait aussi Emily. J'ai imaginé l'aube pénétrant le bothy, projetant ses reflets laiteux sur les animaux de bois et sur les murs refroidis par l'hiver, et, au milieu, debout devant la fenêtre, Selkie, tasse à la main, et à proximité, sa fille, à la peau si claire, si blanche, qui lui tend la main, et le froid qui les enveloppe, et puis, enfin, les deux corps qui disparaissent, d'un coup, qui s'évaporent dans la montagne.

Le whisky me brûlait la gorge.

Little darling, it's been a long cold lonely winter.

Cette chanson, *Here Comes the Sun,* Roy l'avait souvent chantée à Emily, comme il me l'avait chantée des décennies plus tôt. Mais Selkie aussi connaissait les paroles – tout le monde les connaissait, n'est-ce pas ? – et elle aurait pu écrire ces mots. Certes, l'écriture paraissait peu assurée, mais de là…

C'est assez clair, avait dit mon frère. Qu'est-ce qui te paraissait clair, Roy ? Que ta gamine de onze ans, dont le corps se décomposait sous deux mètres de terre fraîche, ait réussi à noircir les pages d'un carnet dans une ferme de montagne à une journée de route de là ?

La neige tombait tout autour de moi. Je l'ai laissée m'envelopper. Du bothy, je devais être invisible.

Assis dans le salon, Roy avait les yeux rivés au carnet. Quelque chose en lui avait changé, une oscillation dans les yeux, quelque chose qui s'était réveillé et scintillait à la surface de son corps. Je connaissais les lignes qu'il était en train de lire – les dernières pages du journal.

Nous étions toutes les deux assises, dans l'obscurité, le regard plongé vers la pénombre de la forêt. J'ai gratté une allumette pour rallumer la bougie. Je l'ai regardée, elle. Sa peau lisse et ses cheveux décoiffés qui tombaient sur ses épaules. Elle m'a souri et a soufflé sur la flamme.

Et puis venait cette fin étrange.

Il fait de plus en plus froid. L'hiver est-il déjà là ? Aujourd'hui, j'ai décidé de faire le premier pas. J'ai approché ma main de la sienne. Lentement. J'ai touché sa peau. Elle était comme le verre de la vitre, humide et glacée. Elle a levé la tête vers moi et s'est approchée. J'ai eu peur. Je ne sais pas si elle était prête. Ou si moi, je l'étais.

Le reste de la page était vide. Quand j'avais lu le carnet pour la première fois, j'avais cru qu'il se terminait là. Mais deux pages plus loin, il y avait une dernière phrase, écrite en travers du feuillet.

Je n'aurais pas dû.

*

Roy a lu le carnet, une fois puis une autre, comme je l'avais fait la nuit précédente, mais, alors qu'en le lisant j'avais eu l'impression de plonger dans un abîme, mon frère semblait à chaque lecture sortir un peu plus la tête du trou dans lequel il s'était blotti depuis l'accident d'Emily. La fatigue sur son visage disparaissait, le nuage de silence se dispersait autour de lui tandis qu'il grommelait des paroles incompréhensibles à chaque page tournée.

Il a déposé un disque sur la platine.

— Bon… Il s'est passé quelque chose, c'est évident. Elle était là, et puis…

— Qui était là ?

— Emily… Emily était là, et…

— Mais, Roy…

— Où sont-elles allées ? Voilà la question… Il doit y avoir…

— Roy !

— Laisse-moi réfléchir, Ness.

Il tournait les pages, revenait en arrière, suivait les lignes manuscrites du bout des doigts, lisait à haute voix des passages dans le désordre.

— *Je n'ai aucune raison d'avoir peur d'elle… Le reflet sur la fenêtre… le tracé des sentiers… j'ai peur qu'elle disparaisse encore… j'ai touché sa peau… a long cold lonely winter…*

Roy s'est levé et parmi les vinyles il a trouvé *Abbey Road*, l'album des Beatles où figure *Here Comes the Sun*, qu'il a placé sur l'appareil. Tout en continuant de lire, il a murmuré les paroles.

Little darling, it's been a long, cold, lonely winter.

Et moi, j'ai fait les cent pas dans le bothy. J'étais persuadé que Roy délirait, et en même temps j'étais incapable de ne pas le croire.

Little darling, the smiles returning to their faces.

La voix de mon frère.

And I say, it's alright.

Aussi loin que j'étais capable de suivre le fil de ma mémoire, même quand les images s'obscurcissaient et les visages disparaissaient, il restait la voix de mon frère.

— Oui, elle est vivante. Elles sont vivantes, toutes les deux.

Here comes the sun, doo-doo-doo-doo.

La voix de Roy, cette saloperie profonde, pleine et droite, cette voix qui ne tremble jamais, n'hésite jamais. La bande-son de mon existence, ni plus ni moins. Elle avait été mise en pause pendant quelques mois, mais le carnet l'avait réactivée. Mon frère parlait à nouveau. Il avait décrété que l'histoire que je lui racontais était fausse et l'avait remplacée par une autre. « Elle est vivante » : si Roy le disait, c'était forcément vrai.

Le feu se consumait à toute vitesse. J'ai ajouté des bûches et un bouquet d'étincelles a tournoyé à l'extérieur du foyer. J'ai espéré voir l'une des braises atteindre le carnet et le réduire en cendres, d'un coup, sans que mon frère puisse rien faire. Mais l'air du bothy les a refroidies en plein vol.

Roy lisait, ressassait les paroles de la chanson, et quelque chose à propos des sculptures que je ne comprenais pas. Puis il a posé le carnet, s'est levé et a disposé l'ensemble des figurines sur la commode.

— Animaux : écureuil, loup, chouette, faucon. Tous des bestioles du coin, il me semble… Enfin, je ne suis pas sûr qu'on trouve beaucoup d'écureuils à ces altitudes. Je n'en ai jamais vu, en tout cas… Mais ces personnages… la femme…

Roy débordait d'énergie, ses lèvres palabraient sans interruption, mais il se parlait à lui-même sans faire attention à ma présence, jusqu'à ce que quelque chose lui rappelle que je me trouvais dans la pièce. Il a alors levé sur moi un regard brûlant.

— Tu devrais m'aider, Ness, a-t-il dit en tapotant le bois de la commode.

— T'aider à quoi ?

— Le bois, tu connais. C'est quel bois, ça, dis-moi ? C'est quel bois ?

Comme il avait la main sur le meuble, j'ai répondu :

— La commode ? Du chêne.

— Je m'en fous de la commode ! Les trucs, là, les sculptures, c'est quoi ?

— Qu'est-ce que ça peut foutre ?

— Du chêne aussi ? Non, c'est pas la même couleur… C'est quoi, bon sang ?

— De l'épicéa, Roy. Comme les arbres, là-bas.

Je me suis tourné vers la fenêtre. Dehors, la neige tombait à gros flocons et on ne distinguait aucun arbre. Tout était blanc crème.

— C'est vieux ? Récent ? a-t-il demandé en prenant le faucon dans ses mains.

— C'est du bois sec, pas du bois vert, mais…

— Vieux alors.

— Non, pas nécessairement, juste sec…

— C'est bien fait, hein ? Elle n'était pas seule, une gamine n'aurait pas pu faire ça, c'est sûr.

— Une gamine morte, certainement pas.

— Ta gueule, Ness.

Sa voix a continué de poser des questions, à dire *elles étaient là, ici, toutes les deux,* à répéter ces trois mots, *toutes les deux,* et par moments il se figeait, semblait se perdre quelque part et se ravivait aussitôt, et son délire reprenait. Je faisais tout pour rester raisonnable, mais j'étais trop habitué à écouter cette voix. Et puis, après tout, il était mieux informé que moi, c'était lui, le père d'Emily, il savait reconnaître l'écriture de sa fille et il savait quand le carnet avait pu être écrit. Roy n'était pas un adepte de l'occulte, il avait les pieds sur terre, bien enracinés.

Je me suis éloigné. Après tous ces mois à maudire le silence de mon frère, voilà que je voulais qu'il se taise. Je suis retourné dans ma chambre, j'ai voulu m'enfermer à double tour mais il n'y avait pas de serrure. La distance a un peu étouffé la voix.

Je me suis assis sur le lit et j'ai mis la couverture sur mes épaules.

And I say, it's alright.

Est-ce qu'il jouait à me faire peur ?

Il l'avait déjà fait : je m'en souvenais. Il l'avait fait dans notre appartement d'Édimbourg, avec ses histoires, les jours de pluie.

J'ai resserré la couverture autour de moi. La neige continuait de tomber. Elle s'accumulait sur le rebord de la fenêtre. Roy m'a appelé.

— Ness ! Viens, il faut sortir !

Ce devait être ça : il jouait à me faire peur. Comme ce jour-là, quand il m'avait donné mon nom.

J'ai posé mes mains sur mes oreilles et j'ai appuyé.

La voix de Roy, qui m'appelait pour sortir du bothy, pour aller déambuler sous la neige, là où l'on ne verrait rien, là où l'on chercherait je ne sais quoi. Là où on n'entendrait rien d'autre qu'elle – la voix.

Cette voix qui m'avait fait naître, grandir, qui m'avait fait oublier d'où je viens et m'avait habitué à un autre chez-moi. Qui m'avait donné un nom, qui m'avait rassuré, et terrorisé. Cette voix qui, à mon oreille, avait fait mourir ma mère. Cette voix qui à présent ressuscitait son enfant.

J'ai enlevé la couverture et je me suis levé.

*

Ce n'était pas des flocons ; c'était un brouillard, une brume de silence froid, qui enveloppait tout. Mes vêtements absorbaient l'humidité comme du buvard, et quelques secondes après être sorti j'avais déjà l'impression de sentir la neige couler le long de mon torse. J'ai suivi Roy qui traçait à travers le voile, hésitant à lui prendre la main pour ne pas le perdre. Par moments, mes pieds rencontraient un bloc de neige durcie et je trébuchais. Mon frère s'éloignait alors et je me dépêchais de le rejoindre en haletant.

Il a marché jusqu'à ce que la grange se dresse devant nous. Il a dégagé la porte, obstruée par la neige, et nous sommes entrés.

C'était un haut bâtiment, cubique, sans fenêtre, encombré d'outils pendus à des cordelettes, elles-mêmes nouées aux poutres. Malgré les monceaux de neige qui s'y appuyaient chaque hiver, la toiture tenait bon. Le centre de la pièce était dégagé et devant chaque mur il y avait des établis. Des filets blanchâtres fendaient par endroits les murs à travers le bois fissuré. Roy a allumé l'ampoule qui se balançait à mi-hauteur. Il a examiné l'endroit, calmement.

J'ai l'impression que c'est à ce moment-là, en regardant mon frère, que je l'ai vue s'étendre pour la première fois. Ses yeux étaient grands ouverts, et au fond d'eux il y avait la tache sombre, cette obscurité, cette sorte de pigment brun foncé, presque noir. Les jours suivants, cette tache allait grandir ; le regard de Roy allait changer.

Il s'est approché de l'un des établis, sur lequel étaient entassés de la quincaillerie et des matériaux en tous genres. Il a déplacé les objets, fouillé sous les plaques de métal et les chevrons de bois. Puis il est passé à l'établi suivant. En cherchant il fredonnait toujours, *Here Comes the Sun,* puis une autre chanson des Beatles, *Blackbird.* Essayait-il de dire quelque chose ? C'était tout Roy : il savait chanter, parler, raconter, mais au fond il ne disait jamais rien.

— Ah ! s'est-il écrié.

Il avait trouvé, caché sous une pile de vieilles poignées de porte, un tissu de laine : un bonnet d'enfant bleu clair, parcouru d'étoiles blanches.

— Elle était bien ici.

— Roy, ce bonnet doit être là-dessous depuis des années.

— Non, il y aurait plus de poussière. La laine serait rongée.

— C'est peut-être Selkie qui l'a mis là.

— Pourquoi aurait-elle fait ça ?

Roy a continué ses recherches, le torse gonflé, le geste rapide, habité, comme si toute l'énergie qui l'avait abandonné les mois précédents était revenue.

Dehors, le vent s'était levé et avait percé le rideau de neige. Le paysage se découvrait peu à peu.

— Regarde, Ness.

Il m'a montré des traces sur le sol de terre. Un entrelacs d'empreintes, de tailles et de formes différentes.

— Je reconnais ses empreintes. Celles-ci, un peu plus petites que celles de Selkie.

— Roy…

Il s'est accroupi, a tracé un cercle du doigt autour de l'une des empreintes. Puis il s'est dirigé vers la sortie.

Il a remonté la pente face au vent, jusqu'à la lisière de la forêt. La neige se brisait sous ses pas. Il creusait des tranchées dans son sillage. Je m'en suis servi pour le rejoindre avant qu'il ne disparaisse sous les arbres.

— Elle a parlé de la forêt. Des sentiers, du chemin…

La neige pesait sur les branches des épicéas. Certaines s'étaient brisées, d'autres avaient réussi, en se courbant, à se délester de leur poids. Le sous-bois était dense et la lumière avait toutes les peines du monde à y pénétrer, malgré la blancheur des arbres et les tas de neige fraîche dispersés au sol. Mais Roy ne voulait pas rebrousser chemin. Il s'enfonçait sous la voûte, droit devant.

Au-dessus de nous, le vent poussait sur la cime des arbres, causant une multitude de petites avalanches.

— Où vas-tu ?

C'était une forêt à flanc de montagne, et la pente se raidissait, mais Roy n'y prêtait pas attention. Il continuait, ne s'arrêtant que pour jeter un regard circulaire autour de lui avant de reprendre sa route. Il gagnait du terrain, je le voyais s'éloigner tandis que je devais m'arrêter pour reprendre mon souffle ou que je glissais sur les racines détrempées.

— Qu'est-ce que tu cherches ?

Il a formulé une réponse mais j'étais trop loin pour comprendre. J'ai rassemblé mes forces, accéléré le pas et me suis rapproché de lui.

— Qu'est-ce que tu cherches, bon sang ?

Il s'est arrêté et s'est retourné vers moi. Il semblait gigantesque, en amont de la pente, dans l'ombre des arbres.

— La cabane, Ness ! La cabane que vous aviez construite.

— Mais ça fait des années ! Elle doit être en miettes !

Roy est reparti de plus belle. Où était cette cabane ? Si haut dans la forêt ? Quand nous marchions avec Emily, c'était l'été, la forêt était tachetée de lumière, une mousse claire tapissait le sol, des fleurs poussaient ici et là. Nous avions pu monter haut sans même nous en rendre compte. Rien ne ressemblait plus à cet été-là. La forêt n'était pas immense, mais elle était suffisamment grande pour s'y perdre, surtout en hiver.

Nous avons continué de grimper un long moment, jusqu'à ce que la forêt s'éclaircisse. Des taches de ciel gris sont apparues à l'approche de l'extrémité du bois, et soudain la montagne a ressurgi devant nous. Roy a poursuivi jusqu'à un promontoire abrupt, couvert d'une fine couche de glace. Je l'ai rejoint à quatre pattes.

Plus d'arbres. Au-dessus de nos têtes, la pente devenait presque verticale, jusqu'à un col. Plus haut se trouvaient les arêtes, la couronne de sommets, les aiguilles noires et les barres rocheuses, et en contrebas la forêt qui paraissait minuscule, et une plaine blanche, couverte de neige, avec en son centre un cercle d'eau grise, l'infime partie du lac qui n'avait pas été avalée par la glace. J'ai remonté ma capuche pour me protéger du vent qui soufflait de plus en plus fort. En bas des pentes, là où le terrain s'aplanissait, les flancs de la montagne se creusaient en combes où se formaient des congères. À chaque rafale le vent décrochait des sommets des masses de neige qui se dispersaient autour du lac.

J'ai sursauté quand Roy a crié le nom de sa fille. Il avait le corps tendu, le manteau à moitié ouvert, ballotté par le vent. Ses yeux s'étaient encore assombris. Il a crié et autour de nous la montagne et la terre engloutie sous la glace ont craqué. J'ai pensé lui attraper le bras pour lui dire d'arrêter, le secouer, le pousser au sol et le traîner jusqu'au bothy, mais je n'ai rien fait, et quand il s'est remis en route je n'ai pas bougé.

Il s'est éloigné le long du versant, enfonçant dans la neige ses chaussures et ses mollets trempés jusqu'à atteindre une vire bordée de vide, qu'il a empruntée. La montagne et le vent continuaient de gronder, et Roy poursuivait sa marche, seul, pierre noire roulant lentement à l'horizontale de la pente. La vire, étroite, semblait plier sous son poids, se cambrer avec le reste de la montagne, mais Roy avançait sur ce fil de neige. Les dimensions du paysage m'étourdissaient. J'ai regardé mon frère s'éloigner : si je l'avais suivi, je serais tombé, ou je me serais effondré de fatigue ou de froid. Même sans y aller, en restant sur le promontoire balayé par les rafales, j'étais pris de vertiges.

Roy a disparu de mon champ de vision. Il devait avoir basculé dans un renfoncement du versant. Autour de moi, le cirque était vide. Le vent ne faiblissait pas. J'ai attendu un moment pour m'assurer que Roy réapparaissait bien plus loin sur la pente, mais le froid mordait trop fort : je n'ai pas tenu longtemps.

La montagne était toujours vide quand j'ai rebroussé chemin. Après être descendu du promontoire en titubant, j'ai suivi les empreintes que nous avions creusées dans la neige et sur le sol terreux de la forêt, en chutant à intervalles réguliers. Avant de rejoindre le bothy j'ai fait un détour par le lac, où la vue était dégagée, en espérant apercevoir quelque chose. Il n'y avait personne.

Alors je me suis retourné vers la maison et ses lampes encore allumées et je suis rentré. J'ai remis du bois dans l'âtre et j'ai attendu, fébrile, que mon frère revienne.

*

La porte s'est ouverte à la nuit tombée. Quand je l'ai entendue grincer, une pensée stupide m'a saisi : j'ai espéré que Roy réapparaisse avec Emily, se tenant derrière elle, les mains posées sur le manteau de sa fille comme je l'avais vu faire tant de fois. J'ai même entrevu l'image d'Emily couverte d'une écharpe, frissonnante mais souriante. Mais quand Roy a ouvert la porte en tapant ses chaussures dans l'embrasure, il était seul, bien entendu. Seul, drapé de glace, le souffle coupé. Il a ôté ses chaussures, ses chaussettes, a troqué son pantalon pour un autre. Une flaque de neige fondue s'est formée près de la porte, là où il avait laissé ses vêtements. Je suis allé mettre en marche le chauffe-eau et lui ai proposé de prendre une douche chaude.

— Mets de la musique, a-t-il murmuré en se dirigeant vers la salle de bains.

— Laquelle ?

— Peu importe.

J'ai cherché un disque sans trop de paroles. J'ai trouvé un album instrumental, quelque chose avec de la guitare et des sons dissonants.

La porte de la salle de bains s'est ouverte dans un nuage de vapeur. Roy est sorti, vêtu d'un jean et d'un tee-shirt à l'effigie d'un groupe de rock. Il s'est assis sur le canapé. Je suis allé chercher à manger et à boire dans la cuisine – du pain, du saucisson et du fromage, de l'eau et la bouteille de Bowmore. J'ai tout déposé sur une chaise, entre le canapé et la cheminée.

Roy a dirigé sa main vers la bouteille de scotch.

— Je te sers, ai-je dit en lui écartant la main. Mais mange un peu d'abord.

Roy a lentement avalé quelques bouchées. Malgré la douche, sa peau était encore froide. Tout son corps était blanc, fantomatique, sauf ses pupilles qui étaient restées sombres. Il avait la respiration irrégulière et appuyait sur sa poitrine comme s'il voulait en faire sortir une créature visqueuse qui serait venue s'y loger.

J'ai ranimé le feu qui était en train de faiblir, ajouté une bûche, et j'ai jeté un coup d'œil par la fenêtre. Dans la nuit, le vent poursuivait sa ronde. Le paysage éclairé par la lampe extérieure changeait à toute allure. Le vent avait nettoyé les arbres et créé des vaguelettes sur le sol, à la surface de la neige. Il pliait la cime des pins, rabattait les branches vers le bas en leur arrachant leurs aiguilles, creusait des ornières. Puis il remontait et s'engouffrait dans la cheminée de la maison en hurlant.

J'ai attendu que la nourriture et l'alcool fassent leur effet. Roy, peu à peu, a retrouvé quelques couleurs. Sa peau a repris des teintes plus tièdes et la tache noire nichée dans ses pupilles s'est estompée.

— Jusqu'où es-tu allé ?

— Loin. Au-delà de la maison des Keller. J'ai fait le tour du lac. Par le haut, au début, puis par le bas.

Je me suis servi un verre à mon tour, que j'ai porté à mes lèvres.

— Tu ne me demandes pas si j'ai trouvé quelque chose, a-t-il ajouté.

J'ai secoué la tête. Non, je ne voulais pas le savoir. Je ne voulais pas apprendre que mon frère n'avait rien trouvé, et encore moins qu'il avait trouvé quelque chose.

— Je n'ai rien vu, si ça peut te faire plaisir.

— Ça ne me fait pas plaisir du tout, Roy. Écoute, je n'y comprends rien. Je ne sais pas ce que tu cherches.

Il a reculé dans le canapé, a ramené ses jambes en tailleur. Son torse s'est gonflé, mais l'air ne parvenait pas à y pénétrer.

— Je ne suis pas sûr non plus, a-t-il dit en grimaçant.

Il s'est levé – j'ai eu l'impression de voir une branche d'olivier se déplier devant moi – et est allé changer la musique. Il a opté pour *Momentary Lapse of Reason,* des Pink Floyd. Je n'ai pas fait de commentaire.

Roy a mis en route le disque, mais il n'est pas retourné s'asseoir ; il a continué à fouiller parmi les albums vinyles jusqu'à trouver *Abbey Road.* Il s'est alors rassis et a fixé un long moment la célèbre pochette : les quatre Beatles, marchant de profil sur le passage piéton traversant Abbey Road, la rue où se trouvait leur studio d'enregistrement, dans les quartiers nord de Londres.

— Tu savais que c'était leur dernier disque ? a demandé Roy.

— Non.

— Le dernier qu'ils aient enregistré. *Let It Be* est sorti plus tard, mais il avait été produit avant. Tu te souviens d'Alvin ?

— Le vendeur de disques ?

Roy a fait la moue. Alvin était quelqu'un d'important pour lui, et l'expression « vendeur de disques » était mal choisie, même si c'était bien le métier d'Alvin. Roy aurait sans doute préféré « marchand de musique », ou « saupoudreur de notes ».

Il a fermé les yeux et a fait craquer ses cervicales.

— Si tu veux. Dans les bacs d'Alvin, *Let It Be* était rangé avant *Abbey Road*, même si la date était postérieure. Il m'avait expliqué pourquoi.

— Je vois.

Ses doigts ont tapoté la pochette.

— Regarde, on dirait qu'ils marchent vers le studio. Alors qu'en réalité c'est l'inverse : ils s'en éloignent. Le studio est de ce côté-là.

— Ah bon.
— Tu connais la théorie ?
— Non. Laquelle ?
— « *Paul is dead.* » L'histoire selon laquelle McCartney était déjà mort quand la photo a été prise.
— Comment ça, déjà mort ? ai-je dit en me demandant où il voulait en venir. Il est toujours vivant, non ?
— D'après cette théorie, il est mort. Il y a un homme qui se fait appeler McCartney depuis, mais ce n'est pas l'ancien Beatles. Il y a plusieurs indices convergents sur la photo.

Une autre histoire de fantôme. Une vague d'épuisement m'a rabattu les paupières.

— Regarde... McCartney est nu-pieds. C'est un symbole de la mort dans la religion hindoue. Et puis il y a la plaque de la voiture, ici. Le mauvais présage. Et l'allure générale de procession funéraire. Et puis Paul qui tient sa cigarette de la mauvaise main...

J'ai souri, mais j'étais mal à l'aise. Roy semblait sérieux. Était-il soudain convaincu par cette histoire qu'il avait moquée toute sa vie ? Il avait assisté à un concert de McCartney pas plus tard que l'année précédente.

Il s'est arrêté de parler, avant de lever les yeux vers moi.

— On le pense vivant, mais il est mort.

C'était une provocation. Je ne devais pas répondre.

J'ai pris la pince en fonte pour remuer le foyer et des braises ont volé dans la pièce.

— C'est une chose étrange, n'est-ce pas ? a continué Roy. Au fond, toute cette théorie se tient.

Roy a attrapé le carnet d'Emily, qui était posé sur le meuble accolé au canapé.

— Oui, c'est ça, a-t-il répété. On le pense vivant, mais il est mort.
— Ça suffit, Roy.
— Quoi ?

La colère est montée d'un coup.

— Je sais ce que tu insinues, bon sang ! Arrête, s'il te plaît.

— Mais je n'insinue rien.

— Tu insinues, je ne sais pas, quelque chose sur la vie, la mort, le doute. Tu insinues que si on peut paraître vivant quand on est mort, l'inverse est peut-être possible.

Roy a haussé les épaules.

— Jusqu'à preuve du contraire, oui.

— Jusqu'à pr… Mais tu étais là comme moi, ce matin-là !

Roy s'est levé et chaque articulation de son corps a craqué. La douleur a déformé son visage – une douleur dont lui-même ne semblait pas réussir à trouver l'origine : il se tenait la jambe, puis le bras, puis la nuque et la poitrine, et soudain il a eu un geste d'impatience, ou d'agacement, il a secoué la tête, comme si en s'en désintéressant la souffrance disparaîtrait. Il a fait quelques pas rapides dans la pièce, s'est arrêté devant la cheminée et a passé sa main dans l'âtre, au-dessus des flammes.

— Je préfère garder l'esprit ouvert, c'est tout. Si tu préfères qu'elle soit morte, je ne te force à rien.

— La question n'est pas ce que je préfère ! Ce ne sont pas des choses qu'on choisit, Roy !

Il s'est rassis, a posé ses mains sur ses genoux et secoué la tête.

— Je ne suis pas d'accord.

Sa douleur revenait, je le sentais, et j'aurais dû tenter de l'apaiser au lieu de m'emporter.

— Comment ça, tu n'es pas d'accord ? Merde, Roy, qu'est-ce que tu racontes ?

— Ce qu'on croit… C'est important, ce qu'on croit. Ce qu'on croit et ce qu'on décide.

Dehors, sous la force du vent, une branche s'est brisée. Certaines rafales étaient si fortes que je les sentais glisser sous la porte d'entrée et parvenir jusqu'à moi, à plusieurs mètres de là. La température de la pièce avait nettement diminué. J'ai voulu monter les radiateurs, mais ils étaient déjà poussés au maximum.

Roy était redevenu pâle et transpirait légèrement. Il serrait les poings et son regard se perdait dans le balancement des flammes.

— Tu as de la fièvre.

Il a passé sa main sur son front et a fixé sa paume couverte de sueur. Cette vision m'a rassuré : c'était la fièvre, et uniquement elle, qui le faisait délirer.

Il s'est levé, est allé chercher une aspirine dans sa chambre, l'a avalée avec une gorgée de scotch avant de revenir s'asseoir. Puis il s'est immédiatement relevé, a marché jusqu'à la fenêtre et y a posé la main.

— Tu te souviens, Ness ? Tu te souviens de l'Écosse ?

Il ne regardait pas dehors ; il fixait son reflet sur la vitre.

— Très peu. Tu le sais bien.

— Mais tu te souviens d'Alvin.

— Oui, vaguement. Je me souviens de la boutique. Et de l'arrière-boutique.

L'évocation de cet endroit a poussé Roy à aller récupérer son étui à guitare qui traînait dans la cuisine depuis le premier soir. Il en a extrait l'instrument et s'est mis à caresser les cordes, très bas, en arpège.

— Et Avondale Place ? La ruelle ? Tu t'en souviens ?

— Oui, je m'en souviens à peu près.

— La première fois que j'y suis retourné... Je t'avais raconté ?

La sueur perlait le long de son visage. Il a passé l'index sur sa peau et une goutte a glissé jusqu'à la caisse de la guitare.

— Oui, tu avais revu la maison. Et tu avais rencontré Norah McGill, c'est ça ?

— McGill... Oui, McGill...

Roy a reposé la guitare et s'est étendu sur le canapé.

— Elle m'avait... Tu l'appelais Eleanor Rigby, tu te rappelles ?

— Non.

— Si, comme dans la chanson…

J'ai repensé aux paroles. Elles, je ne les avais pas oubliées.

— Je peux voir pourquoi. Elle était seule. Seule et triste.

— Non, non, pas du tout. Seule, oui… Pas triste… Pas…

Le souffle de Roy était irrégulier, sa poitrine se gonflait et vibrait quand il expirait.

— McGill…

Il a fermé les yeux un instant.

— Les Beatles… Encore…

Je pouvais voir que son corps lui faisait mal. Il se manipulait les mollets, les épaules, les avant-bras, mais ses muscles se recontractaient de douleur.

— Je ne peux pas, Ness.

— Qu'est-ce que tu ne peux pas ?

— Je ne peux pas la laisser mourir.

Son torse a sifflé. Un bruit aigu et lancinant, qui s'est mêlé à celui du vent.

— Je lui ai promis.

Il a serré la mâchoire et a relevé le bas de son pantalon pour se masser la cheville et le mollet, en faisant la grimace. Puis il a commencé à tendre la main vers les figurines qui étaient disposées sur la commode, près de moi, mais s'est ravisé.

— Emily… Je lui ai promis… a-t-il répété. Tu… tu t'en souviens ? McGill… Les Beatles… Les figurines…

Roy délirait encore. Ses yeux grands ouverts scintillaient au-dessus des flammes. Sa respiration était de plus en plus rapide et saccadée.

Il a tourné la tête vers les sculptures de bois, alignées sur le meuble. L'écureuil, le hibou, le loup, et ainsi de suite jusqu'aux personnages humains, du plus petit au plus grand ; les enfants, la femme, l'homme à la hache. C'est moi qui avais dû les arranger de cette manière sans m'en rendre compte.

Roy tremblait, à présent, et par moments la douleur le lançait et il serrait la mâchoire. D'où sortait-elle, cette douleur ? Il y avait la fièvre, mais autre chose aussi. On aurait dit que quelqu'un, quelque part, tenait dans sa paume ouverte une autre figurine, similaire à celles-ci mais à l'effigie de mon frère, et s'en servait comme poupée vaudoue. J'ai imaginé cette miniature, le bois sombre, les contours affilés, Roy sculpté d'une seule pièce, et les aiguilles qui s'y enfonçaient, et je me suis dit que c'était pour cette raison que Roy se tordait de douleur devant mes yeux, suait à grosses gouttes, pour cette raison qu'il souffrait, que son souffle fléchissait, que sa respiration devenait irrégulière. Qui était ce sorcier qui tourmentait mon frère ?

Roy s'est resservi un verre de Bowmore. Le feu se consumait, mais je ne savais pas si je devais le raviver ou le laisser s'éteindre pour faire retomber la fièvre de mon frère.

— McCartney, putain…

Il a émis un petit rire qui a déformé son visage. La sueur s'est nichée dans les rides autour de ses yeux, avant de chuter le long de ses joues.

— Sa première chanson… La première chanson de McCartney… Tu sais comment elle s'appelait ? *I Lost my Little Girl.* Sérieusement, Nessie… *I Lost my Little Girl.*

Il a ri encore et s'est mis à tousser. Il ne m'avait pas appelé « Nessie » depuis des années, des décennies même.

Sa respiration était lourde, presque un gémissement.

— *I woke late this morning…*

Il a repris sa guitare, a cherché les accords, s'est mis à fredonner.

— *My head was in a whirl… Only then I realized…*

Tout son corps transpirait.

— *I lost my little girl… Oh, oh, oh, oh, I said…*

Il s'est arrêté d'un coup, a laissé tomber la guitare par terre, a serré les paupières, a pris sa tête dans ses mains.

— Putain, Ness !

Il a ôté ses mains et a dévoilé deux yeux noirs, deux billes de glace au centre des flammes.

— Aide-moi, putain ! Fais quelque chose ! Et le feu, là, il va s'éteindre ! Le laisse pas s'éteindre, merde !

Roy s'est allongé, épuisé. Sa cage thoracique a craqué. Tout son corps a sifflé. C'était bien au-delà de la fièvre : il suintait la peur, grinçait d'angoisse. Son corps entier luttait contre quelque chose, contre cette idée qu'il ne voulait pas accepter, contre ces images qu'il refusait de voir, contre cette absence qu'il ne pouvait pas supporter.

Je me suis approché et j'ai posé une main sur son front. Il a voulu me repousser, je crois, mais n'a pas eu la force. Sa peau était tantôt brûlante, tantôt glaciale, malgré la chaleur de la cheminée. Roy tremblait et je savais qu'il pleurait même si ses larmes restaient à l'intérieur. Elles enflaient en lui, poussaient sur ses globes comme un prisonnier tente en vain d'écarter les murs de sa cellule. Je me suis approché un peu plus et j'ai pressé davantage mes mains contre son corps, sur son front, sur ses bras. Et du bout des doigts j'ai senti la douleur qui avait pris possession de lui. Je l'ai vue, aussi, de mes yeux. Elle était froide, visqueuse et sombre. Je l'ai sentie remonter le long de mes phalanges, jusqu'à ma paume ouverte, jusqu'à mes poignets, mon cou, mon visage, jusqu'à la surface de mes yeux. J'ai ressenti cette douleur comme Roy devait la ressentir. J'ai eu mal comme Roy devait avoir mal. J'ai voulu la transférer, la faire glisser jusqu'à moi, je me suis dit que je pourrais l'aspirer, moi qui avais encore des forces, que je pourrais l'écraser à l'intérieur de mon corps pour soulager mon frère. Mais la douleur ne serpente pas d'un être à l'autre. Elle s'étend. Elle se dilate. Elle saisit ceux qui l'accueillent, mais n'abandonne personne en chemin.

Alors je l'ai laissée enfler jusqu'à ce qu'elle devienne insupportable et que Roy finisse par s'endormir, exténué. Elle a continué à bouillonner en lui, prête à ressurgir, mais peu à peu le sommeil l'a recouverte, et mon frère s'est calmé.

J'ai laissé le feu s'éteindre. Quand il m'a semblé que Roy dormait pour de bon, j'ai ôté mes mains de sa poitrine et je l'ai enveloppé d'une couverture. Mes paumes étaient chaudes et endolories.

J'ai enfilé mon manteau et je suis sorti devant le bothy.

Dehors, le vent rugissait toujours. La neige déroulait sa pâleur jusqu'à la lisière de la forêt, dans laquelle les rafales s'engouffraient. Pour le reste, il n'y avait que des ombres. Celle de la grange qui tremblait de froid. Celle du lac, blanchie par la glace. Celle des sommets, immense, tout autour. Celles de Selkie et d'Emily, omniprésentes.

Le vent transperçait mes vêtements sans effort. J'ai observé mon frère étendu à l'intérieur de la maison. Il faisait plus chaud dans le bothy, mais là-dedans il y avait Roy, et cette douleur qui brûlait encore au creux de mon ventre, et aussi le carnet d'Emily et les figurines. Ici, à l'extérieur, ma peau gelait, mais je préférais ce froid à celui qui m'attendait dans la chaleur du salon.

J'ai fait quelques pas dans la neige durcie. J'ai essayé une fois de plus de me souvenir des moments que j'y avais passés, cet été-là, de reconstituer le paysage. Mais l'endroit que j'avais connu avait définitivement disparu. Il avait perdu sa texture, ses couleurs et sa lumière.

Les paroles de la chanson ont fait irruption dans ma tête.

Little darling, it feels like years since it been clear.

Que l'été nous semble loin, j'ai pensé, quand l'hiver s'installe pour de bon.

IV

ROY

« I have no one to meet
And the ancient empty street's too dead for dreaming. »

Bob Dylan, *Mr Tambourine Man*

1

L'année de mes vingt ans, je suis retourné en Écosse pour la première fois.

Je me suis rendu en train jusqu'à Calais, où je suis monté dans un ferry pour traverser la Manche, puis j'ai pris plusieurs autres trains jusqu'à atteindre Édimbourg. Le voyage a duré près de deux jours, mais j'avais tout mon temps. J'avais assez d'argent pour y aller en avion – j'avais fait divers petits boulots pendant l'année et je n'avais payé aucun loyer, vivant chez une fille, Carole, à qui les parents payaient un logement pour ses études –, mais j'avais quitté l'Écosse longtemps auparavant et j'avais peur que le choc ne soit trop grand en atterrissant à l'aéroport moins de trois heures après être parti de Genève. Je voulais laisser la montagne se changer en collines, puis en plaines, passer du temps en mer et traverser la campagne anglaise, voir les voitures passer de droite à gauche et l'horloge reculer d'une heure, les couleurs et les visages changer, et me préparer à accueillir mon pays au moment où j'y pénétrerais.

J'ai apprécié ce long trajet. Les passagers m'ont inspiré quelques mélodies et des paroles de chansons. J'avais un cahier de musique sur lequel je consignais tout ça. Pages blanches à gauche, portées à droite. Il ne s'agissait que de quelques notes, de petites séries d'accords, ou d'un couplet, rien de plus. J'observais les hommes et les femmes assis dans le train, ou allant et venant sur le ferry, et je griffonnais sur le cahier, impatient de trouver un instrument sur lequel je pourrais mettre en musique ces compositions. Je n'avais pas emporté de guitare. Parmi les bouts de chansons que j'ai gardés, certains ont pu être complétés par la suite. D'autres ont filé dans la nature : je les ai donnés. Parfois, quand une personne qui m'avait inspiré passait devant moi pour descendre à une station intermédiaire, j'arrachais la feuille du cahier et je la lui tendais sans rien dire. Elle la prenait, lisait la première ligne – par exemple : « Train Douvres-Londres, Voiture 7, Siège 88. » Je ne cherchais pas à voir sa réaction, pas plus que je ne la regardais partir. Je voulais garder en tête l'image que j'avais eue en écrivant la musique. Je ne donnais mes compositions qu'à des femmes. Les hommes m'inspiraient aussi des chansons, mais je n'avais aucun mal à les voir disparaître.

À mon arrivée à Édimbourg, le premier endroit que j'ai visité a été la boutique d'Alvin.

Le magasin n'était plus le même : les murs avaient été repeints, l'éclairage modernisé, et même les cases contenant les disques étaient neuves. Sans parler de la méthode de classement : les albums étaient maintenant rangés par genre et ordre alphabétique, comme chez n'importe quel disquaire. J'ai d'abord pensé qu'Alvin avait vendu le magasin et que le nouveau propriétaire, sans pour autant changer le nom du lieu, l'avait mis à son goût. Et puis Alvin est sorti de l'arrière-boutique.

Je ne parvenais pas à savoir s'il avait changé. Il avait presque dix ans de plus, pourtant il m'a semblé identique à l'Alvin de mes souvenirs. Son gilet était moins défraîchi, mais le couteau à sa ceinture était toujours visible. Lunettes sur le nez – en portait-il à l'époque ? –, il parlait avec un client, un métalleux hirsute couvert de tatouages. J'ai posé mon sac dans un coin et déambulé dans la boutique en jetant à Alvin des regards par-dessus les cases, curieux de savoir s'il allait me reconnaître, mais il n'a pas levé les yeux. J'ai attendu que sa discussion avec le client prenne fin et que je me retrouve seul avec lui. Il a rangé les albums qu'il tenait dans la main, en s'approchant peu à peu de la partie de la salle où je me trouvais, et une fois arrivé à mon niveau il a levé les yeux vers moi.

— Roy McKenzie, trente centimètres et quarante kilos plus tard, a-t-il dit en levant ses mains jusqu'à mes épaules. À vue d'œil. Comment vas-tu ?

— Je ne pensais pas que tu me reconnaîtrais.

— Bien sûr que si. Toujours ces yeux noirs qui vous parlent en silence.

— Ah ! Il n'y a que toi pour penser que je suis silencieux !

— Non, non, je n'ai pas dit ça. Ils parlent en silence pendant que tes lèvres parlent à haute voix, je m'en souviens bien. Mais moi je sais qu'écouter les lèvres, ça ne suffit pas.

Il m'a dévisagé un moment.

— Bon, je t'ai reconnu, et toi aussi tu m'as reconnu, ce qui n'était pas plus évident que l'inverse.

— J'avais un indice, quand même : tu étais dans ta boutique.

— Certes.

— … qui a bien changé, d'ailleurs.

Alvin a posé un regard circulaire sur la pièce, les disques, les posters épinglés aux murs.

— On peut dire ça, oui. Un coup de neuf.

— C'est très… rangé, aussi.

— Ça l'était déjà avant, tu sais.

— Mais pas comme ça. C'est fini, l'ordre chronologique ?

— Oui, personne ne comprenait, rappelle-toi.

— Je croyais que ça t'amusait. Que ça brisait la glace.

— Il faut croire que je n'ai plus envie de briser la glace.

Alvin paraissait fatigué, mais je n'étais pas venu en Écosse pour y trouver de la mélancolie, donc j'ai ignoré sa remarque.

— Alors, Alvin… Qu'est-ce que tu as de bon aujourd'hui ?

Il a souri, d'un grand sourire qui a creusé des rides sur son visage. Il était plus vieux que je ne le pensais.

— Voyons… À toi de me dire : qui es-tu, aujourd'hui ?

— Je suis Roy…

J'ai puisé dans ma mémoire.

— Je suis Roy, comme hier et comme demain.

— Tu es Roy, mais pas comme hier, et encore moins comme demain.

Alvin s'est mis sur la pointe des pieds pour lire ce que mes yeux lui disaient – je le dépassais d'une quinzaine de centimètres.

— C'est la première fois que tu reviens ?

— Oui.

— Alors, voyons voir… Le noir de l'iris est encore plus noir qu'avant, mais la surface pétille davantage. Le corps est droit, calme, la respiration lente. Un petit battement de la semelle, qui ne ressemble ni à de la tension ni à de l'impatience… Plutôt un rythme, trois temps…

J'ai essayé d'arrêter de tapoter le sol : impossible.

— C'est un premier retour ici : tout pourrait être difficile. Mais non. Tu es venu respirer l'air de chez toi, pas te lamenter sur ton passé. N'est-ce pas ?

Alvin connaissait l'histoire de ma mère, de notre départ. La ville a changé par la suite, on m'a dit qu'elle était devenue plus anonyme, mais à l'époque, le quartier était un village. Tout se savait.

— Bon, alors… J'imagine que tu le connais, mais je te proposerais bien celui-là, pour accueillir ton retour.

Alvin m'a tendu le dernier album des Pink Floyd, *A Momentary Lapse of Reason*.

— *Learning to Fly* ? j'ai demandé.

— Évidemment.

Il a tapoté sur l'album avec son index. Clac, clac.

— Tu as toujours l'arrière-boutique ?

— Bien sûr.

C'est dans cette pièce que s'était réfugiée l'ancienne version d'Alvin : les cartons y étaient toujours entassés, les piles s'étaient étirées jusqu'au plafond, les posters couvraient maintenant les murs entiers, la lumière était aussi grise qu'avant. Même la guitare était là. C'était le même instrument, la même vieille Alvarez, avec son bois sans vernis, ses rayures et sa poussière. Je n'ai pas pu résister à l'envie d'en jouer. Pendant qu'Alvin déposait l'album, je l'ai accordée tant bien que mal. Puis il m'a écouté jouer les solos de David Gilmour par-dessus la musique et chanter les paroles.

— Tu l'as étudié, ce morceau ?

— Non, mais je l'ai écouté plusieurs fois.

— Tu as fait des études de musique, après ton départ ?

— Kenneth m'a acheté une guitare. Une Martin D-28.

— Magnifique !

— J'ai appris dessus, peu à peu. Et sur le piano du collège.

— Seul ?

— On n'est jamais seul, avec la musique. Tu veux que je te montre ?

J'ai joué trois compositions que je comptais inclure sur mon premier album.

— Bon, c'est difficile de se rendre compte, il n'y a pas d'arrangements, il manque la basse et les percussions, je cherche aussi un pianiste, celui qui jouait avec nous jusqu'ici est parti avec une fille en Suède.

— J'aime beaucoup. C'est très abouti. Puissant, même joué sur ce vieux machin. Ça a un sacré charisme. Et tu as une sacrée présence.

— Merci, Alvin.

— Non, vraiment, je suis sincère. Super boulot.

— Je veux dire : merci, pour tout. C'est toute ma vie la musique, et la musique c'est grâce à toi.

— Tu y serais venu, d'une manière ou d'une autre.

— Mais c'est de cette manière-là que j'y suis venu. Il y aura une surprise pour toi, sur l'album.

Alvin s'est assis sur le canapé.

— Comment va ton frère ?

— Ness… Bien, je crois. Il est entré au lycée. Toujours la tête dans les livres, les magazines. Il apprend par cœur des listes de plantes, d'arbres. On est si différents…

— Pourquoi dis-tu ça ?

— Je ne sais pas... Je ne le comprends pas, je crois. Il est solitaire, mais ne peut pas rester seul. Il ne veut pas revenir en Écosse, mais je sais qui il est : il est Ness, l'enfant des Highlands ; tout ce qu'il est vient d'ici. Tout ce qu'il aime est né ici. Il est méticuleux, terre à terre, et en même temps il semble ailleurs. C'est comme s'il n'était jamais sorti de l'enfance.

— Il est encore jeune, non ? Quel âge ?

— Quinze ans. Et pas une amourette à l'horizon.

— Peut-être qu'il ne t'en parle pas.

— Peut-être, oui.

Alvin s'est levé et a entrepris de mettre de l'ordre dans ses papiers, l'air distrait.

— Et toi ?

— Moi ? Oui, j'avais une copine cette année. Carole. Très jolie et fabuleusement riche. Mais en partant je lui ai dit que je ne reviendrai pas chez elle. Ce n'est pas pour moi, le couple. Je suis mieux tranquille avec ma musique, comme toi.

— Moi ? Mais, moi, je suis marié depuis trente ans, *my dear*.

J'ai cessé de gratter la guitare, penaud.

— Une Américaine. Jolene, a-t-il expliqué.

— Comme la fille de la chanson ?

Une voix a retenti. Nous étions là depuis un bon quart d'heure, et Alvin n'avait même pas jeté un œil à sa boutique.

— Je reviens, a-t-il dit.

Il a renversé sa pile de papiers en sortant. J'ai compris pourquoi cette pièce ne serait jamais rangée.

Quand Alvin est revenu, cinq minutes plus tard, il m'a demandé de lui passer la guitare, que je lui ai tendue. Il l'a étudiée un moment.

— Prends-la avec toi. Je ne m'en sers plus.

— Mais...

— S'il te plaît. Je n'ai plus d'étui, mais il y a un magasin qui en vend sur George Street. Ils ont aussi des cordes.

Je l'ai serré dans mes bras. Il sentait le vinyle et le carton poussiéreux.

— Merci, Alvin. J'en prendrai soin. Je vais voyager un peu, et je repasserai te voir avant de rentrer.

J'ai marché jusqu'à George Street où j'ai acheté un étui rigide, flambant neuf, sous le regard amusé d'une vendeuse qui pensait sûrement que cette vieille casserole ne méritait pas d'habit si haut de gamme. Après m'être promené un moment dans la vieille ville, j'ai dîné dans un restaurant indien où j'ai encore amusé la galerie en choisissant un plat trop épicé qui m'a fait pleurer dès la première bouchée. Quand je suis reparti vers Stockbridge, la soirée battait son plein. Les gens s'étaient rassemblés sur les terrasses des pubs, les parcs, les rives de la Leith. Le soleil commençait à disparaître et les façades de pierre s'assombrissaient peu à peu.

Tout m'était familier, mais plus petit que je ne l'imaginais. Quand j'ai pénétré dans les rues des Colonies, j'ai été frappé par l'étroitesse de la chaussée et la faible hauteur des bâtiments. J'aurais pu grimper au premier étage des maisons en tendant simplement la main vers le palier extérieur.

Contrairement à Alvin, les habitants d'Avondale Place ne m'ont pas reconnu. Certains étaient assis dans leur jardin, parfois avec des amis, et la plupart ont à peine tourné la tête quand je suis passé devant chez eux. Je ne me suis pas arrêté, bien que j'en aie identifié plusieurs – des parents d'enfants que j'avais connus, et qui devaient à présent avoir quitté le quartier, à moins qu'ils n'aient été en vacances ou en train de déguster une pinte dans l'un des pubs de la ville.

Personne ne jouait sur les pavés, et la Leith coulait sans bruit au fond de la ruelle. Comme le reste du paysage, le lot numéro 10 avait rapetissé mais en dehors de ce détail il était resté exactement le même, des tuiles aux fenêtres. L'arbre planté dans le jardin de Norah McGill avait dû pousser, mais comme j'avais grandi il m'est apparu identique. Était-ce un érable ? J'ai pensé appeler Ness pour lui demander s'il s'en souvenait. C'était peu probable car, à ma connaissance, il avait oublié la plupart des choses d'ici.

Là où vivait à l'époque Norah McGill, les rideaux étaient tirés, mais on distinguait les contours d'une grande tablée, bruyante et animée. J'ai de nouveau pensé à Ness, à ce jour où il avait appelé la vieille femme Eleanor Rigby. McGill était-elle morte comme le personnage de la chanson, seule, sans personne à son enterrement ? Isla nous y aurait emmenés, si elle avait été encore là. De mon côté, je n'avais pas l'intention de me rendre au cimetière pour y chercher la vieille femme.

Au-dessus de chez McGill, notre ancien appartement était clos. Les volets intérieurs étaient dépliés et les rideaux tirés sur les fenêtres des combles. Je suis resté un moment à observer le bâtiment et à songer à tout ce que nous y avions vécu. J'ai été surpris de la facilité avec laquelle les souvenirs sont revenus. C'était comme si Ness et Kenneth étaient toujours là, entre ces murs, derrière la porte close. Comme si, en partant, ils y avaient laissé ceux qu'ils étaient autrefois. Il y avait une certaine logique à ça. Kenneth avait changé quand nous étions partis : il était devenu un homme différent à la minute où nous avions posé le pied sur le ferry ; l'ancien Kenneth était, d'une certaine manière, resté à Avondale Place. Ness aussi, en grandissant, avait laissé derrière lui l'enfant de Stockbridge. Ces deux-là étaient toujours ici, figés dans leur époque.

Le cas d'Isla était différent. Malgré tous mes efforts, je ne parvenais pas à me la représenter dans cet appartement. Je n'avais jamais réussi, d'ailleurs, même du temps où nous y habitions. J'ai essayé de reconstituer l'endroit et de l'y faire apparaître, dans le salon ou sur le palier ou dans ma chambre, mais à peine se matérialisait-elle qu'elle décidait de quitter le souvenir, de disparaître, n'en faisant une fois de plus qu'à sa tête.

J'ai contourné le lotissement jusqu'au pont de Glenogle Road, une passerelle piétonnière au-dessus de la rivière où je me suis installé un moment. Le pont donnait d'un côté sur l'enfilade monotone de lotissements des Colonies, de l'autre sur la promenade longeant la Leith et sa végétation dense. On y trouvait quelques couples, des promeneurs précédés de leur chien – dont un husky particulièrement excité qui a sauté dans la rivière, manquant de peu d'entraîner avec lui la femme qui le tenait en laisse. Dans la ville, la circulation diminuait peu à peu et le brouhaha se dissipait.

Quand le soleil s'est couché, l'obscurité a recouvert les Colonies : la mairie n'avait toujours pas installé de lampadaires. J'ai cherché dans mon sac le porte-monnaie qui contenait la clé et je suis reparti vers Avondale Place.

J'avais trouvé cette clé à Genève, dans le débarras de mon père. Je me doutais que c'était la clé d'Avondale Place, que Kenneth avait gardée. Elle avait la même forme, et à Genève elle n'ouvrait rien. Je l'avais conservée précieusement.

J'ai marché vers l'appartement, clé dans la paume, espérant que la serrure n'avait pas été changée. Avec ma guitare, mon grand sac en bandoulière et mon mètre quatre-vingt-douze, je ne passais pas inaperçu, mais la ruelle s'était vidée. Pour la plupart, les logements étaient éteints, ou inoccupés en ces jours de grandes vacances.

L'escalier était là, minuscule, devant mes yeux. Les seize marches, que j'ai comptées à rebours en les franchissant une à une, seize marches plus étroites et moins hautes que dans mes souvenirs, mais faites du même béton gris. J'ai posé mes affaires contre la rambarde. Certains voisins m'observaient peut-être, toutes lumières éteintes – impossible à dire. J'ai attrapé la clé, mais j'ai compris qu'elle n'ouvrirait pas cette porte.

J'ai malgré tout essayé, en secouant la poignée et la porte tout entière, comme un forcené. J'ai cru la sentir bouger et j'ai redoublé d'efforts, mais je n'y suis pas parvenu. Après quelques tentatives, je me suis adossé au mur, essoufflé, le poignet douloureux.

C'est à ce moment-là que je l'ai vue. Elle était en bas de l'escalier, debout devant les premières marches, vêtue d'une tunique rouge et de chaussons de danseuse. Elle était vieille et blanche et sombre.

— Il n'y a rien à voler ici, jeune homme.

— Mrs McGill ?

Elle a disparu un instant dans son appartement – où il n'y avait plus aucun bruit – et la lumière extérieure du rez-de-chaussée s'est allumée. Elle est ressortie, a grimpé quelques marches, et environ au milieu de l'escalier elle s'est arrêtée, a posé les yeux sur moi et m'a dévisagé sans étonnement.

— Le grand McKenzie.

J'avais entendu sa voix par le passé mais je n'en avais gardé aucun souvenir. J'ai été surpris par ce timbre, clair et énergique, qui ne faisait pas son âge.

— Oui, c'est moi… Mais vous n'êtes pas… Je veux dire, tout va bien pour vous, Mrs McGill ?

Elle a hoché la tête et a franchi le reste des marches pour venir se planter devant moi, sur le pas de la porte. Son corps n'avait pas d'odeur.

— Que fais-tu ici, jeune McKenzie ? Tu peux le voir : il n'y a plus rien.

— Non, je vois juste une porte et des volets fermés.

Elle m'a observé un moment, puis elle a soupiré et a tendu le bras et découvert sa paume, qui contenait la clé.

— Vous avez la clé ! Magnifique, merci !

Je l'ai saisie et j'ai déverrouillé la porte.

Avant d'ouvrir, j'ai eu une idée étrange : que cet endroit était rempli de souvenirs, de notre famille, d'Isla, et qu'en ouvrant la porte ils risquaient de s'envoler. C'était la première fois que je ressentais ce genre de superstition, qui ressemblait davantage à Ness.

Ma main a cherché l'interrupteur, mais l'électricité semblait coupée.

— C'est mieux ainsi, jeune McKenzie, a dit McGill. Ainsi, tu peux imaginer.

J'ai tâtonné jusqu'à l'entrée du salon. La vieille femme avait raison. Mes yeux se sont habitués à l'obscurité et alors j'ai cru voir les contours des meubles se dessiner le long des murs. J'ai cru reconnaître le canapé, creusé au milieu, sur le coussin où Isla asseyait Ness sur ses genoux, et plus loin la table ronde, et, sous mes pieds, la texture du tapis oriental marquant l'entrée de la pièce. J'ai cru voir les cadres fixés aux murs, la bibliothèque serrée dans un coin, les chaises, mal disposées autour de la table, les rideaux tombant jusqu'au sol, la lampe sur pied, collée au canapé. Et, debout à côté de la fenêtre, j'ai vu ma mère, tournée vers l'extérieur, les cheveux enroulés autour des épaules.

J'ai pris peur. Oubliant la présence de McGill, j'ai cherché l'accès à l'escalier et me suis réfugié à l'étage.

Là-haut, dans la chambre où j'avais passé les douze premières années de ma vie, je me suis accroupi contre le mur et j'ai attendu. On y voyait plus clair dans cette pièce grâce à la fenêtre de toit qui laissait entrer le halo de lumière de la ville. Suffisamment clair, en tout cas, pour que je sois certain que la chambre était vide. Ni lit ni meubles, ni livres ni jouets, ni rien d'autre que le parterre de poussière. Sur la plinthe qui courait le long du mur se trouvaient les prénoms que j'avais creusés dans le bois, nos prénoms, Ness, Roy, Isla, Kenneth. Je me suis rappelé comment mon père, qui ne voulait pas avoir de problème avec l'agence, avait essayé de poncer les lettres pour les faire disparaître, sans y parvenir. Sur le plancher, sous mes doigts, j'ai senti la couche de sciure qui s'était déposée ce jour-là, comme si rien n'était venu la déloger pendant toutes ces années.

Il m'a semblé entendre une porte claquer. J'ai pensé : Isla s'en va, elle s'est retournée, elle a quitté le salon. Je suis descendu en courant, un roulement de tambour dans le crâne, manquant de peu de trébucher dans l'escalier, puis dans le salon. Il n'y avait que McGill, debout devant la porte. Le salon était vide, à présent. Pas de canapé, aucune table ni chaise, sur les murs les marques sombres des tableaux qu'on avait retirés.

McGill avait ouvert mon étui à guitare et en avait sorti l'instrument.

— Ce machin est plus âgé que moi, non ?

— Non, je ne pense pas…

Un léger sourire a tordu le visage de la vieille femme.

— Mrs McGill, pourquoi personne n'habite ici, depuis le temps ?

— Depuis le temps ? Vous venez à peine de partir, il me semble.

Je n'ai pas su quoi répondre. Avait-elle perdu la tête ? Était-ce de l'humour ?

— Est-ce que tu lui jouais de la guitare ? À ta mère ?

— Je… Non, je ne savais pas bien jouer à l'époque. Et je n'avais pas de guitare à la maison.

— Elle aimait danser, tu sais.

Je n'avais jamais vu Isla danser, mais ça lui ressemblait. J'étais mal à l'aise d'entendre ainsi McGill évoquer ma mère.

— Les gens libres aiment danser, a-t-elle ajouté avant de tourner sur elle-même, les mains jointes au-dessus de sa tête.

— Mrs McGill, ai-je demandé, pourquoi l'appartement est-il vide ?

— Il y a quelque chose ici qui déplaît aux gens, a-t-elle répondu en haussant les épaules. Sa présence, peut-être. Tu vois ?

— Non, ai-je menti.

— Peut-être que, si des gens viennent visiter l'endroit, elle les dissuade d'y habiter.

J'ai essayé de changer de sujet.

— Je peux récupérer ma guitare ? Elle est assez fragile.

— Elle me semble tout à fait robuste, au contraire.

Elle a fini par déposer l'instrument dans ma main tendue. Un silence a suivi.

— Il y a une chose que je ne comprends pas, Mrs McGill.

— Une seule ? Quelle prétention !

— Pourquoi possédez-vous les clés ?

— Mais je les ai toujours eues, mon bonhomme.

Elle s'est approchée de moi, sans faire de bruit, légère comme ce jour où nous l'avions vue danser dans son salon.

— Et avant que tu me demandes pourquoi je suis sortie, je te le dis. C'est très simple : je savais que tu étais là. Je vous ai toujours eus à l'œil, toi et ta famille. Je vous voyais. J'ai entendu vos dîners, j'ai observé ta mère que vous aviez emprisonnée ici.

— Ma mère n'a jamais été emprisonnée, Mrs McGill. Et on n'espionne pas les gens comme ça.

— Tu es bien mal placé pour me faire la morale, jeune McKenzie. Je me souviens bien de vos escapades sous mes fenêtres.

Ne sachant que répondre, j'ai gratté à vide les cordes de la guitare, qui s'étaient désaccordées pendant la journée. McGill a saisi mon sac.

— Viens avec moi, jeune homme.

— Où ça ?

— Tu n'as pas de logement ce soir, j'imagine.

— Si… Enfin non, c'est vrai. Mais les hôtels sont encore ouverts.

Elle a quitté l'appartement en traînant mon bagage le long du sol.

— Referme bien à clé en partant.

Nous sommes descendus chez elle.

J'ai découvert un salon plus chaleureux que je ne l'avais imaginé. Dans l'atmosphère flottait un mélange d'odeurs indistinctes, des relents de peinture, une sorte d'humidité, et ce parfum neutre qui stagnait un peu partout, celui que le corps de Norah McGill répandait à travers la pièce. Des tableaux étaient empilés par terre aux quatre coins du salon, contre les murs, faces cachées, et le reste de la pièce était constitué d'étagères débordant de bibelots en tous genres et de vieux vinyles, pour la plupart de la musique de danse, classique, valses autrichiennes et tangos argentins. Et il n'y avait aucune trace du dîner qui venait de se tenir. La table était débarrassée, l'évier vide, aucune vaisselle ne séchait dans la cuisine.

McGill a préparé une tisane, servi deux tasses, et est allée chercher de vieux draps qu'elle a posés sur le canapé. J'ai remarqué dans un coin de la pièce, posé contre un tas de toiles, un panneau « À vendre » sur lequel était inscrit un numéro d'agence immobilière.

— Qu'est-ce que c'est, Mrs McGill ?

— C'est un panneau.

J'ai remarqué pour la première fois la couleur de ses yeux, très clairs, très bleus, enfouis dans leurs orbites.

— Oui, je peux voir ça. Où l'avez-vous pris ?

— Chez vous. Je n'ai jamais aimé l'idée que des gens viennent vivre au-dessus de chez moi. Alors quand ils mettent un panneau, je l'enlève.

— Voilà donc pourquoi personne n'achète l'appartement. Ce n'est pas une histoire de présence…

— Mais si, jeune McKenzie. C'est à cause de sa présence que j'enlève le panneau.

Avant de disparaître dans sa chambre, elle a saisi son balai et a tapé deux coups sur le plafond.

— Bonne nuit, jeune McKenzie.

Je suis allé prendre une douche, et à mon retour j'ai passé en revue les tableaux entreposés dans le salon. Ils représentaient des paysages, dans des tons très sombres, quelques personnages aux contours imprécis, brumeux, que je n'ai pas reconnus.

Qu'est-ce que je faisais là, au milieu de cet endroit où mille vies décoraient les murs, où chaque espace était occupé par un objet, un souvenir ? Et au-dessus, juste au-delà du plafond, c'était l'exact inverse, il n'y avait plus rien, que le grand vide et la poussière que nous avions laissés. Qu'étais-je venu chercher ici ?

J'ai sorti la guitare d'Alvin pour essayer de compléter les morceaux que j'avais improvisés durant le voyage, sans succès : je ne suis pas parvenu à retrouver l'inspiration du moment. La présence de Norah McGill prenait trop de place, et des visions d'enfance se formaient régulièrement dans mon esprit – McGill, Ness regardant la vieille, me parlant d'Eleanor Rigby.

L'image que j'avais eue d'elle venait de changer ; la femme rencontrée ce soir était si différente du souvenir que je m'en étais construit. Du haut de ses cinq ans, Ness avait vu juste : Norah McGill portait un masque. Mais toutes ces années, c'était moi qui le lui avais mis sur le visage. Ness, lui, avait vu à travers.

J'ai joué *Eleanor Rigby* et quelques autres morceaux, sans que McGill se lève, vienne m'écouter ou se plaindre du dérangement. J'ai fini par me déshabiller et m'endormir sur le canapé, trop petit pour moi, trop étroit, mais j'avais vingt ans et je n'y ai vu aucun désagrément.

Une valse viennoise m'a réveillé. Ou, plutôt, la musique a pénétré le rêve que je faisais alors et l'a transformé. Ness et Isla marchaient lentement dans un paysage des Highlands, et soudain ils se sont mis à danser sur ces trois temps, au milieu de ces steppes humides et venteuses. L'absurdité de cette image m'a tiré du sommeil.

Pour le petit déjeuner, Norah McGill avait fait du thé et préparé des scones, qui étaient délicieux mais très différents de ceux d'Isla. Nous avons déjeuné, discuté du voisinage, dont elle semblait se désintéresser complètement.

Je m'apprêtais à partir quand elle m'a tendu une enveloppe en papier kraft, molletonnée et assez épaisse.

— Voilà pour toi, jeune McKenzie. Ouvre-la plus tard.

— Quand, plus tard ?

Elle a haussé les épaules. J'ai glissé l'enveloppe dans mon sac et je suis parti.

Je ne suis pas allé très loin : jusqu'aux dernières marches de notre escalier, où je me suis assis comme j'avais l'habitude de le faire.

Il était encore tôt et l'air était presque froid. Sur les façades des maisons de la ruelle, plusieurs portes se sont ouvertes et ont libéré des hommes en costume qui partaient au travail. Ils ont marché jusqu'à Glenogle Road, et je les ai entendus ouvrir la portière de leur voiture, s'installer au volant et démarrer. Le bruit des moteurs s'est fondu au reste de la circulation.

J'ai ouvert l'enveloppe.

Je l'avais pesée, j'avais senti ses contours, mais je n'avais pas su deviner quel objet se tenait caché là. J'ai tout de suite reconnu le personnage que la figurine représentait : il s'agissait de Norah McGill, et la couleur du bois, très claire, reproduisait fidèlement la blancheur de la vieille femme. Malgré la petite taille de l'objet, qui tenait dans ma paume, le niveau de détail était impressionnant. C'était une vraie McGill miniature, sans masque, du tombé de la robe au creusement du regard. L'enveloppe ne contenait rien d'autre, et l'objet ne portait aucune signature.

Plus tard, j'ai perdu cette figurine. Je ne sais pas quand ; dans ma vie j'ai perdu beaucoup d'objets, de papiers, de photographies, même des cahiers de musique. La seule chose que j'ai à peu près réussi à conserver au gré des déménagements et des voyages a été ma collection de disques. La figurine a donc disparu, et je l'avais presque oubliée quand, des années après, nous avons trouvé au bothy d'autres sculptures du même type. Mais l'étaient-elles vraiment, « du même type » ? Je n'avais pas d'autre moyen de les comparer que ce souvenir, peut-être erroné, de l'objet que j'avais tenu dans ma paume près de vingt ans auparavant. À l'époque, j'avais supposé que la figurine était l'œuvre de la vieille femme. Après tout, elle peignait, dessinait, confectionnait toutes sortes de bibelots. Et puis il y eut l'hiver au bothy, et ces autres sculptures. J'ai alors éprouvé une impression, d'abord vague puis plus insistante. Et de cette sensation, peu à peu, est né un doute.

2

Cet été-là, j'ai beaucoup voyagé à travers l'Écosse. D'abord à Aberdeen, où je n'étais jamais allé, puis dans les Highlands, l'île de Skye, les Hébrides. Quand je suis revenu à Édimbourg, je suis resté plusieurs jours en centre-ville. À l'exception d'une escapade à Portobello Beach, j'ai pris soin d'éviter le front de mer et le port. Ce n'est qu'à la fin de mon séjour que je me suis rendu à Granton Harbour.

C'était le jour précédant mon départ en avion pour Genève. La journée, pas le soir, pour essayer de maîtriser mes souvenirs, de leur ôter un peu de réalité.

Quand je me suis approché de la jetée, la météo était clémente, le ciel seulement traversé d'une poignée de nuages.

Les souvenirs ont reflué. Les images de mer et les odeurs de sel, le gris de l'eau, de la nuit, de la pluie.

La nuit où Isla a disparu, j'avais douze ans, trente centimètres et quarante kilos de moins, comme l'avait justement estimé Alvin. J'étais debout devant cette même jetée. D'une certaine manière, je n'en suis jamais parti.

C'était une nuit pleine de vent. Je m'étais réveillé en sursaut à cause du sifflement des rafales, ou peut-être par intuition. Ness, six ans, bientôt sept, dormait. Kenneth aussi : quand j'avais poussé sa porte, je l'avais trouvé seul sur leur lit, couché sur le dos comme il le faisait toujours, les mains le long du corps par-dessus le drap, le souffle régulier. Je ne l'avais pas réveillé. Je n'ai pas de regret à ce sujet – je n'en ai jamais eu – parce que Kenneth, à mon avis, n'aurait pas pu changer les choses. Et quand bien même, tout ça aurait fini par arriver, tôt ou tard.

La fenêtre du salon était entrouverte. Je l'avais refermée pour qu'elle ne réveille personne en claquant, le vent soufflant de plus en plus fort. Imperméable sur le dos, bottes aux pieds, j'avais quitté la maison et les Colonies à pas silencieux. Arrivé en bas de l'escalier, je n'avais pas regardé du côté du salon de Norah McGill. Peut-être qu'elle m'avait vu partir, elle. Peut-être avait-elle même vu partir Isla, un moment plus tôt.

Je n'avais aucune idée de l'heure. La nuit était très sombre et la circulation inexistante. J'avais marché une dizaine de minutes contre le vent qui venait de la côte, et soudain j'avais eu la sensation qu'il fallait aller plus vite, que le chemin était trop long et que le temps manquait. Alors j'étais revenu sur mes pas jusqu'aux Colonies et j'avais récupéré mon vélo qui était attaché à l'arrière de la maison.

C'était une vieille bicyclette aux freins rouillés, à une seule vitesse. Il avait dû pleuvoir plus tôt, car la selle était trempée. J'avais éprouvé toutes les difficultés du monde à avancer à un bon rythme. Les larges rues et les immeubles espacés laissaient le vent balayer la ville sans lui opposer aucun obstacle. Mais la pluie ne tombait toujours pas, et, mis à part mes fesses humides, j'étais au sec.

Après avoir traversé le jardin botanique, j'étais entré dans le quartier de Trinity, où le vent forcissait. Pour atteindre la jetée il n'y avait pas d'autre option que cette route rectiligne, face à la mer et au vent. Je m'y étais frayé un chemin jusqu'à atteindre le sentier pavé descendant vers la baie. La pente n'était pas raide, mais les rafales me déséquilibraient et j'avais fini par poser pied à terre pour ne pas tomber. J'avais laissé le vélo contre une bâtisse couverte de lierre.

Avant que ne s'ouvre devant moi l'étendue de Granton Harbour, j'avais eu un sursaut d'optimisme. Ma mère avait déjà quitté la ville, plusieurs fois, pour de courtes périodes, quelques jours ou une semaine, et elle avait dû partir une fois de plus en voyage, ce soir-là. D'ailleurs, elle me l'avait sans doute dit, à un moment où mon attention était ailleurs, alors que je pensais à autre chose ou que j'écoutais de la musique. Oui, c'était le plus probable ; à ma connaissance, Isla ne s'était jamais rendue seule au port, elle était toujours accompagnée de mon père, et il n'y avait aucune raison d'espérer l'y trouver ce soir-là. Je m'étais même senti idiot de m'être inquiété de la sorte et d'avoir traversé la moitié de la ville sous les bourrasques.

Et puis j'avais découvert la baie, le phare de Newhaven et sa lumière bleutée, les voiliers et leurs haubans qui sonnaient comme des carillons sous l'effet du vent, et, parmi eux, le bateau qui manquait. J'avais traversé la grande avenue longeant le port, jusqu'à la jetée. Même à l'abri des digues, la mer s'agitait, les cordes d'amarrage, tendues, ne parvenaient pas à empêcher les coques des bateaux de s'entrechoquer.

Je l'avais cherchée des yeux, dans la rade et au-delà, mais le vent soulevait des embruns, la nuit était trop noire et j'étais trop loin de la sortie du chenal. Alors j'étais revenu sur mes pas, en longeant la marina jusqu'à la digue. Je m'y étais précipité sans réfléchir, malgré le parterre glissant et les rafales, les vagues qui se brisaient côté mer et les volées d'écume dispersées par le vent. En chancelant, j'avais progressé sur la langue de pierre en essayant de regarder vers le large. Et soudain je l'avais vu. Le point de lumière tremblant, le triangle de voile ballotté par la mer, minuscule, qui filait vers le nord, perdu dans les tranchées creusées par le vent. J'avais compris que c'était elle et je l'avais imaginée à la barre, penchée à l'extrême, s'évertuant à rester debout, le visage souriant sous sa capuche peinant à maintenir ses cheveux en place. J'avais eu l'impression que, malgré la tempête, les deux voiles avaient été déployées ; le bateau devait prendre les rafales à pleine puissance, se cabrer, gémir.

J'avais voulu la haïr. Je n'y étais pas parvenu. Le spectacle était fascinant, comme une flamme de bougie qui s'obstine à brûler au centre d'un cyclone. Je l'avais suivie des yeux, épongeant mon visage quand les embruns me voilaient trop la vue. J'avais compris qu'Isla était en train de faire une folie, une folie d'égoïste. Pourtant, aucune haine n'était venue me refroidir le corps, pas la moindre colère, à peine l'ombre d'une peur, l'effleurement d'un frisson, mais ceux-là pouvaient aussi bien être dus au vent et aux giflées d'écume qu'à la vision de cette coque de noix que la mer allait engloutir ou briser comme une brindille.

La lumière des phares de la voiture de mon père était apparue de l'autre côté de la rade.

Il avait pénétré sur la jetée à toute vitesse, le véhicule ralentissant à peine à l'endroit où leur voilier aurait dû être amarré, et il avait continué jusqu'à la capitainerie, où il avait appelé les secours à l'aide du téléphone public. Il m'avait vu quand, à l'extrémité de la jetée, il avait entrepris de détailler le paysage aux jumelles, du nord au sud. Kenneth gardait dans sa voiture ces grosses jumelles noires dont il se servait pour regarder partir ses navires vers le large à la fin d'un chantier. Quand il m'avait remarqué il s'était remis à courir, jusqu'à la voiture qu'il avait laissée au départ de la digue, et puis jusqu'à moi, se cassant la figure plusieurs fois sur les pierres avant d'arriver à mes côtés.

Je n'avais pas marché vers lui. J'avais jeté des coups d'œil dans sa direction, essayant de ne pas perdre de vue le voilier et Isla qui s'enfonçaient dans la nuit. Kenneth m'avait pris dans ses bras. Il m'avait serré fort, trop fort, son corps était humide, un tourbillon d'écume qui m'étreignait violemment.

— Papa, c'est elle, n'est-ce pas ? avais-je crié.

— J'ai appelé les secours. Ils devraient envoyer un navire. Roy, va t'abriter dans la voiture, on ne peut rien faire ici.

— Pas question ! Je reste là !

Je lui avais pris la main et j'avais essayé de m'agripper à sa peau qui glissait sous mes doigts. Il tremblait autant que moi.

Il n'y avait aucun bateau de secours à l'horizon, aucune lumière, mais on n'y voyait guère, et je n'étais plus certain que l'ombre blanche que je pensais distinguer était bien le voilier de ma mère. Déjà à ce moment-là, j'avais peu d'espoir qu'ils la trouvent, parce que la visibilité était mauvaise et parce que je sentais Isla capable d'ignorer les appels radio.

Je m'étais mis à compter, au rythme des vagues qui s'écrasaient sur la digue. Huit temps d'intervalle, puis quatre. Huit, puis quatre. Et le tintement des haubans, plus rapide, léger, haut perché, comme un roulement de cymbales avant la grosse caisse. La vague qui percutait à nouveau la digue. Et le voilier au loin qui jouait à cache-cache, sa lumière qui disparaissait dans un creux, réapparaissait, trois, quatre, secondes plus tard, trois, quatre. Les vagues-grosse caisse, les mâts-cymbales, le voilier, la musique ininterrompue.

Kenneth était resté à mes côtés. Il avait sorti ses jumelles, que l'eau inondait à chaque levée de mer. Je m'étais approché pour qu'il m'entende.

— Papa… Tu sais où il part, ce bateau-là ?

Mon père avait abaissé l'instrument sans dire un mot. Il avait serré ma main à m'en briser les os.

— Il ne part pas, avait dit mon père. Il ne part pas.

La musique avait continué un moment, tous les tintements et les fracas. Et puis j'avais senti le vent s'arrêter. Un instant, une pause, presque un soupir. Comme si le ciel avait retenu son souffle, comme s'il avait pris une courte inspiration, le temps de se gonfler d'air et d'eau. Un silence, et l'instant d'après, la baie tout entière avait rugi. La mer s'était soulevée, la pluie s'était abattue sur la rade, accélérée par les tourbillons de vent. Et tout avait disparu. Le paysage était devenu noir, impénétrable. J'étais à peine capable de distinguer mes bottes.

Kenneth m'avait attrapé le bras et m'avait entraîné vers la rive, vers sa voiture. Il avait mis le moteur et le chauffage en route, nous avions ôté nos manteaux et nos chaussures. Mais tous nos vêtements étaient trempés. La buée avait recouvert le pare-brise et toutes les fenêtres, et même si Kenneth passait son temps à frotter les vitres avec sa manche imbibée d'eau, le paysage au-delà restait opaque – impossible de savoir ce qui s'y déroulait.

Une seconde peur s'était mêlée à la première.

— Papa ! Où est Ness ? Il est tout seul ?

— Calme-toi, avait murmuré Kenneth en me serrant contre lui. Ne t'inquiète pas. Il n'est pas seul.

Rassuré, je n'avais pas écouté quand mon père avait continué à parler. Peut-être m'avait-il expliqué qui avait gardé Ness, cette nuit-là. Peut-être était-ce McGill, peut-être l'un des autres voisins. J'avais détaillé mon père du regard et pendant un instant cette vision m'avait réconforté. Son visage fin et allongé, et ses yeux qu'il forçait à rester calme.

Mais l'image d'Isla qui s'éloignait de nous m'était revenue à l'esprit. J'avais ouvert la fenêtre, j'y avais passé ma tête pour essayer d'y voir quelque chose, mais la pluie obstruait tout. Alors j'avais refermé, tremblant, et nous avions attendu, comptant les secondes, les minutes et les heures, jusqu'à ce que l'orage enfin s'arrête.

*

Je ne sais pas combien de temps les secours ont pris pour arriver. D'après Kenneth : beaucoup. La tempête a duré la nuit entière et une partie du lendemain.

Ils n'ont pas retrouvé le bateau, ni le lendemain ni les jours suivants. Kenneth a gardé espoir. Il est retourné chaque matin à Granton Harbour pour attendre Isla, pendant une semaine entière. C'était inutile : elle avait dû chavirer ou heurter un récif, et, même si ce n'était pas le cas, il n'y avait aucune raison qu'elle réapparaisse plusieurs jours après son départ. Mais Kenneth se rendait tout de même au port. Les journées de cette fin d'été étaient ensoleillées, sans un souffle de vent. Dans la baie, un grand nombre de voiliers étaient de sortie. Et chaque fois que ses jumelles croisaient un navire, Kenneth croyait reconnaître le bateau d'Isla et sentait son cœur s'alourdir un peu plus.

Pendant ce temps, je restais chez les frères Collins et Ness jouait chez Rory Walsh, un gamin de sa classe dont la famille habitait sur Kemp Place. Kenneth rentrait avant l'heure du déjeuner et nous mangions tous les trois à la maison. Ness n'avait pas conscience de la situation. Il m'a demandé un jour si Isla était partie. Je savais ce qu'il avait en tête : un court voyage, comme elle en faisait parfois. Malgré tout, j'avais acquiescé.

J'avais peur. Par moments j'étais totalement perdu, c'était moi qui dérivais au milieu de la mer du Nord, sur des eaux calmes mais sans aucune terre à l'horizon.

Durant ces longues journées, mon père, je dois le reconnaître, était présent. Quand il n'était pas en train d'attendre ou de chercher Isla, il restait à mes côtés, me parlait, ne me cachait rien, me prenait dans ses bras lorsqu'il sentait que j'en avais besoin. Je l'ai admiré. J'ai trouvé qu'il affrontait la situation avec courage. Il montrait son chagrin mais contenait ses émotions, rien en lui ne s'affaissait, ne pliait, ni les épaules, ni le dos, ni le regard. Il y avait seulement cette odeur d'embruns, qu'il continuait d'apporter, cette même odeur qui autrefois me plaisait tellement, et qui désormais me dérangeait.

À peine une semaine s'était écoulée quand il m'a parlé pour la première fois de son idée de quitter Édimbourg. Ce jour-là, il est venu me chercher chez les Collins et nous avons marché jusque chez nous, où – pour l'une des dernières fois – nous nous sommes assis sur les marches de l'escalier. Je lui ai demandé pourquoi nous n'étions pas allés chercher Ness.

— Mary Walsh a accepté de le garder ce midi. Ness était content, Mary avait fait du *cranachan*.

— Ah, d'accord.

— J'ai refait le tour de la baie, aujourd'hui. J'ai longé la côte jusqu'à Craighead. Je n'ai pas trouvé le voilier.

Kenneth me regardait, ou plutôt il regardait les contours de mon visage, pas mes yeux, et les siens étaient comme voilés, encore rivés aux reliefs de la baie.

— Quand quelqu'un passe devant la fenêtre des Collins, lui ai-je confié, j'ai l'impression que c'est Maman.

— Je sais, a répondu Kenneth en entourant mon épaule de son bras. Moi aussi, je la vois partout.

Il est resté silencieux un instant.

— Cet endroit va devenir trop difficile à vivre, à mon avis, a-t-il soufflé en balayant des yeux la ruelle, jusqu'à la Leith.

Je n'ai pas compris où il voulait en venir. Cet endroit, c'était chez nous. Pour moi, il n'y en avait aucun autre.

— Maman n'est plus là, Roy. Il faut que nous acceptions qu'elle ne reviendra pas.

— Je ne crois pas pouvoir faire ça.

Les yeux de Kenneth se sont éclaircis et il m'a regardé très longuement, détaillant chaque partie de mon visage.

— Quand ton grand-père est mort, a-t-il fini par dire, j'avais l'âge de Ness. Nous vivions dans la maison de Lochend. Tu sais, celle avec le lierre sur la façade. Moi aussi, je voyais Père partout. Je l'attendais.

— Mais grand-père, lui, était mort.

Kenneth n'a pas répondu.

— Ce que je veux dire, c'est que je le voyais partout, à Lochend. C'est normal : c'était le quartier où nous avions vécu, et il y avait des souvenirs partout. Je pense que si nous étions partis d'Édimbourg, la vie aurait été plus facile. J'étais tout jeune. Je n'aurais pas oublié Père, mais j'aurais peut-être pu vivre une autre vie, une vie sans lui.

— Je comprends.

C'était faux : je ne comprenais pas. J'avais suffisamment à faire avec la disparition d'Isla ; j'étais incapable d'imaginer en plus un départ d'Édimbourg. Je n'avais pas vraiment écouté, ou entendu, ce que Kenneth avait dit.

— Pour Ness, ce serait mieux d'être ailleurs. Une vie, tous les trois, d'autres paysages et d'autres gens. Il est encore jeune, ses souvenirs disparaîtront et il pourra vivre cette autre vie. Pour nous aussi, sans doute, ce serait une bonne chose.

Je n'ai pas réagi, et Kenneth n'a rien ajouté. Nous sommes rentrés pour déjeuner.

Pendant le repas, les mots de mon père ont peu à peu pénétré mon esprit. De manière confuse, d'abord : j'ai vu tourner dans ma tête des images d'Isla, de mer déchaînée, de tempête, du visage de ma mère et, au milieu de tout ça, l'idée d'un départ qui se faisait une place. Cette idée a fini par occuper tout l'espace, j'ai senti l'appartement qui s'éloignait de moi, la ruelle qui disparaissait. Une angoisse incontrôlable s'est emparée de moi.

— Tu veux qu'on parte des Colonies ?

— Je ne le souhaite pas. Mais je pense que c'est mieux pour nous tous. Pour toi, pour moi, et surtout pour Ness.

— Mais pour aller où ?

— Tu te souviens de l'oncle Clyde ? Il habite à Genève, en Suisse. C'est une jolie ville, paisible, au bord d'un grand lac. L'hiver il neige et l'été on peut s'y baigner.

Je ne me souvenais pas de l'oncle Clyde, je n'avais pas la moindre idée de ce qu'était la Suisse, et je n'avais aucune envie de le savoir.

— Tu ne veux jamais partir nulle part, et maintenant tu veux aller vivre dans un autre pays ?

— Calme-toi, chéri. Rien n'est décidé.

Mais l'idée d'une fuite avait pris racine en Kenneth et il était devenu impossible de l'en déloger.

Kenneth a peut-être pris cette décision pour nous tous, mais je crois qu'il a surtout décidé de partir parce qu'il se pensait incapable d'endurer la douleur qu'impliquait l'absence d'Isla dans cette ville. Nous aurions pu aller nous installer ailleurs, à Glasgow ou même à Londres. Je n'ai jamais su pourquoi il avait choisi de changer de langue, de pays, de climat, même de fuseau horaire. Il est probable que la présence de Clyde le rassurait, lui qui avait besoin de repères. Peut-être a-t-il vraiment éprouvé le désir d'un monde différent et cru qu'il y serait plus simple de reconstruire. Et puis, pour Kenneth, partir était une douleur, il n'était pas attaché à son pays mais à sa ville ; à compter du moment où nous quittions Édimbourg, aller à Manchester ou à Mexico ne faisait aucune différence pour lui.

Je ne lui en ai pas voulu, au début. J'avais partagé le départ d'Isla avec lui, cette nuit de tempête, et ce moment avait créé un lien très fort entre nous, d'autant plus que je ne pouvais rien partager avec Ness. Quant aux frères Collins, ils semblaient gênés par le sujet, gênés d'une manière générale d'ailleurs, et même nos discussions musicales étaient pleines d'embarras ; ils semblaient réfléchir en permanence à la bonne musique à écouter, qui ne soit ni trop triste ni trop gaie, dont les paroles ne puissent pas me faire penser à la disparition de ma mère, et ainsi de suite. Kenneth était là, lui, à chaque instant ou presque, au contraire des frères Collins ou de Ness, et même dans ma tristesse je parvenais à lui en être reconnaissant.

Je n'arrivais pas davantage à en vouloir à ma mère. Mais Isla nous avait abandonnés et nous allions bientôt quitter l'Écosse : il fallait bien tenir quelqu'un pour responsable. J'ai décidé d'en vouloir à Ness. Mon père l'avait dit, c'était à cause de Ness que l'on partait, à cause de celui qui ne se doutait de rien, qui papillonnait tranquillement dans le salon ; c'était pour le préserver que nous étions contraints de quitter les Colonies. Au fond, tout était la faute de Ness. Je lui en ai voulu, à mon frère, quand il s'enthousiasmait de notre prochain départ comme si nous partions en vacances. Je lui en ai voulu, en Suisse, quand il a pris conscience qu'Isla ne revenait pas et m'a assailli de questions à ce sujet. Je lui en ai voulu de m'avoir forcé à partir loin de chez moi, loin d'Isla, dans cette ville et ce pays où rien ne me plaisait.

J'ai compris plus tard qu'il n'y était pour rien. Si Kenneth avait voulu quitter Édimbourg, ce n'était que pour se sauver lui-même. À Genève, il a mis l'Écosse derrière lui et n'en a plus parlé. Au fil du temps j'ai réalisé qu'il n'avait jamais essayé de protéger Ness. Kenneth n'était qu'un homme blessé qui avait laissé derrière lui son pays en nous entraînant dans sa fuite. C'était contre Kenneth qu'il fallait que je dirige ma colère, pas contre Ness. C'est ce que j'ai fait. Mais ça ne m'a pas empêché de continuer à en vouloir à mon frère. J'avais accumulé cette rancœur des mois durant, ou davantage, et elle faisait en quelque sorte partie de moi, comme une habitude dont je ne parvenais pas à me défaire. Dès que Ness se faisait trop présent, prenait trop de place, la colère refaisait surface sans que je puisse la contrôler. Elle n'est jamais partie.

Le voilier et le corps d'Isla n'ayant pas été retrouvés, je ne sais pas si Kenneth la croyait morte. Au-delà de la tristesse d'avoir perdu sa femme, je pense qu'il se sentait responsable de sa disparition et peut-être encore plus de l'avoir laissée nous abandonner. De mon côté, je la pensais vivante. J'avais l'intime conviction – que je gardais pour moi – qu'elle était là, quelque part, dans une crique des Hébrides ou sur les collines de Skye. J'ai fini par élaborer une hypothèse que je jugeais en accord avec l'image que j'avais de ma mère : Isla avait survécu à la tempête, elle avait atteint le nord de la baie où elle s'était réfugiée dans une marina, à Buckhaven ou à Saint Monans par exemple, et alors elle était descendue du bateau, avait sauté sur la digue, et avait laissé le voilier repartir, moteur en marche et voiles tendues, pour qu'il s'en aille disparaître par le fond au large de l'Écosse. Et puis elle était partie.

Elle avait disparu un 21 juillet. En Suisse, chaque année à cette date, je cuisinais en secret des sablés écossais, ceux qu'elle avait l'habitude de préparer, et je les mangeais en pensant à elle. Le 21 juillet était devenu son anniversaire. Je crois que c'est ainsi que les choses se passent quand quelqu'un nous quitte : on oublie sa date de naissance, et celle de sa disparition la remplace.

J'ai passé mon adolescence à étudier des atlas d'Écosse, à inscrire sur un cahier des itinéraires que je comptais emprunter quand j'aurais l'âge et l'argent pour y retourner. J'ai travaillé dès que j'ai pu le faire, économisant pour financer ces voyages. Et je suis retourné la chercher, plusieurs fois. J'ai arpenté le pays au hasard – un pays que je connaissais mal – d'est en ouest et du nord au sud, les chapelets d'îles des Orcades, les monts des Cairgorms et les steppes de Caithness. Je voulais retrouver Isla et la ramener par la main, la tirer jusqu'à nous, jusqu'à Ness et Kenneth. Je voulais la retrouver pour moi-même et pour montrer à mon père qu'il n'aurait pas dû l'oublier. Je voulais voir le visage de Kenneth retrouver ses couleurs quand Isla et son nuage de lumière dorée apparaîtraient devant lui sur les rives du Léman ou les quais du Rhône.

J'ai échoué. Il m'a parfois semblé retrouver le voilier, une fois à Helmsdale, dans le Nord, une autre à Plockton, à l'ouest du pays. Mais, en plus d'être contraire à la théorie que j'avais élaborée, c'était ridicule : le voilier d'Isla était tout à fait ordinaire, et je n'avais gardé en souvenir que cette bande bleue peinte en travers de la coque. Même le nom et la marque du navire m'étaient inconnus. Jamais je n'aurais pu le différencier d'un autre.

J'ai cru voir Isla mille fois, et mille fois elle s'est changée en une autre quand je me suis approché.

Peu à peu, j'ai renoncé. Mes voyages se sont faits moins fréquents. Je suis retourné en Écosse avec Selkie et Emily, plusieurs fois, mais je n'y ai pas cherché Isla. Je leur ai montré mon pays et les recoins que j'avais découverts lors de mes différents séjours, les rennes qu'on trouve dans les Cairngorms et le village abandonné de maisons noires, perdu dans les Hébrides. Je leur ai présenté Cameron, l'homme qui conduit le ferry de Glenelg, avec qui j'avais vidé quelques pintes des années plus tôt et qui a accepté de nous conduire sur l'île de Skye en plein hiver, alors que la liaison était fermée à cette époque. Là-bas, sur Skye, j'ai montré à Emily les traces de dinosaures.

Emily a grandi, et l'Écosse a changé. L'image d'Isla, sans disparaître, s'est atténuée.

Jusqu'à ce jour, à Genève, où je me suis rendu chez mon père.

*

C'était un samedi de septembre. Je m'en souviens parce que je venais de ramener Emily à la maison après son cours de piano. Kenneth nous avait invités à déjeuner, Ness et moi, comme il le faisait à cette époque. Ces jours-là, il commençait à cuisiner à l'aube et préparait le repas et la table jusqu'à notre arrivée. Avec l'âge, il avait besoin de davantage de temps pour faire les choses. Très tôt le matin, il faisait les courses, cuisinait, nettoyait une dernière fois, et nous attendait.

Je marchais en direction de chez mon père, dans le quartier de Saint-Jean. Il faisait froid pour la saison. J'étais tendu à cause d'une dispute que je venais d'avoir avec Selkie et dont j'ai oublié l'origine. Mais mon irritation a aussitôt disparu quand je me suis engagé dans la rue de Kenneth. J'ai remarqué une femme qui marchait à une cinquantaine de mètres de moi, une silhouette fine à la démarche légère, auréolée de longs cheveux blonds courant jusqu'à sa taille en se balançant. C'était Isla. Cela faisait des années que je n'avais pas reconnu ma mère au détour d'une rue, mais aucune de mes visions passées n'avait porté en elle la certitude que j'ai ressentie ce jour-là. Cette femme était ma mère, j'en étais convaincu, et quand elle a tourné à l'angle de la rue et que j'ai entrevu son profil, j'ai continué à le penser.

J'ai accéléré le pas, j'ai même couru, mais, quand je suis arrivé à l'angle, elle avait disparu. Il n'y avait qu'un long trottoir vide bordé de quelques voitures et d'immeubles aux pierres grises, sous un ciel de la même couleur. Je n'ai pas tardé à comprendre qu'elle était entrée dans l'un des véhicules : une Volkswagen blanche a démarré à quelques pas de moi et s'est éloignée avant que je n'aie pu réagir.

La scène n'avait duré que quelques secondes, mais l'image ne me quittait pas, et j'ai dû aller m'asseoir sur un banc pour reprendre mes esprits avant d'aller chez Kenneth. J'y suis resté, sonné, tentant en vain de me convaincre que cette femme n'était pas ma mère, jusqu'à ce que je voie Ness apparaître et approcher de la porte de l'immeuble. Je me suis alors levé pour le rejoindre et monter avec lui chez mon père en tentant de dissimuler ma confusion.

Kenneth nous a ouvert et a pris de nos nouvelles d'un air que j'ai trouvé distant. Pendant le déjeuner, il a peu parlé, s'est trompé dans l'ordre des plats qu'il avait préparés, et a même oublié de servir le dessert. Il s'est levé à plusieurs reprises pour aller observer la ville par la fenêtre. J'avais la conviction qu'il s'était passé quelque chose avant notre arrivée.

Plus tard, une fois Ness parti, j'ai demandé à Kenneth s'il avait vu Isla ce matin-là.

— Cesse de remuer les fantômes, Roy, a-t-il répondu. Je te l'ai déjà dit.

Mais tout dans son attitude, sa pâleur et ses gestes désordonnés me disait que le fantôme était revenu.

Je lui ai reposé la question, les jours et les semaines suivantes. Ses réponses se faisaient de plus en plus confuses. Même au-delà d'Isla, il semblait perdu. Kenneth avait changé. La maladie qui devait dormir en lui depuis de longues années s'était mise en marche à toute vitesse. Il a commencé à nous confondre, Ness et moi. Il passait des heures assis sur les bancs au bord du lac. Il se perdait dans les rues, ne retrouvait plus son immeuble, restait debout au milieu de la circulation, cerné par le ballet des voitures qui klaxonnaient sans qu'il les entende. Par moments il se redressait et se réveillait et nous appelait, Ness ou moi, pour parler, mais ses monologues n'avaient pas de sens. Une poignée de semaines ont suffi pour qu'il devienne impossible d'avoir une conversation avec lui.

Kenneth ne nous a jamais réinvités à déjeuner. Un mois plus tard, la maladie l'avait emporté : mon père était devenu un homme sans mémoire.

V

NESS

« Did they get you to trade your heroes for ghosts ?
Hot ashes for trees ? Hot air for a cool breeze ? »

Pink Floyd, *Wish You Were Here*

Le silence m'a réveillé au milieu de la nuit. Le vent était retombé d'un coup, replongeant le bothy dans l'immobilité. J'ai tourné un moment dans mon lit sans parvenir à me rendormir. Je frissonnais, non pas de froid mais à cause de la douleur de Roy qui s'agitait encore au creux de mon ventre. La chambre et le bothy m'oppressaient. J'avais besoin d'air. Je me suis rhabillé et j'ai traversé sans faire de bruit le salon. Roy dormait sur le canapé, l'ombre tremblante. J'ai enfilé son manteau par-dessus le mien et je suis sorti.

Le ciel était dégagé et des nuées d'étoiles dévoilaient le paysage. Le lac et la couronne de sommets brillaient, au loin, d'un éclat très pâle. Devant la maison la silhouette noire de la forêt coupait au travers de la pente. La neige craquait sous le froid. La glace était en train d'avaler les alentours du bothy, centimètre par centimètre, et la montagne se laissait figer en grinçant. Au sol, la surface était devenue dure comme la pierre, et mes chaussures ne s'y enfonçaient plus du tout. Quand j'y appuyais le pied, je sentais les strates gelées se fissurer sous la surface.

La neige s'est mise à m'inquiéter. J'avais pourtant grandi avec elle. Enfant, j'attendais son arrivée avec impatience. Dès que les premiers flocons tombaient sur le Léman, je tirais Roy par le bras et il m'emmenait dans la vieille ville, luge à la main, pour façonner des bonshommes au ventre rond que nous laissions ensuite rouler le long des pavés. J'ai vieilli, et la neige a perdu un peu de sa magie, mais j'ai continué à la trouver apaisante. En ville ou dans la vallée, elle ne fait que recouvrir les trottoirs, les toitures, les champs. Au bothy, c'est tout à fait différent. Ici, la neige dissimule, rend invisible tout un monde.

Voilà de quoi j'avais peur : de ce qui se cachait dessous. Les grottes de glace, les crevasses béantes, les déchirures sous la roche. Ils étaient là, les fantômes. Dans les profondeurs gelées. Je les sentais glisser sous la surface comme des rubans d'albâtre, sillonner le cœur des glaciers et les rimayes, les tunnels creusés sous la forêt par les racines des épicéas. Je les avais ignorés toutes ces années, j'avais fait la sourde oreille et j'avais détourné le regard, mais je savais que tôt ou tard ils voudraient refaire surface.

Je me suis mis à penser à ma mère. Peut-être parce que Roy venait d'évoquer l'Écosse et Norah McGill, un personnage que ma mémoire avait enfoui depuis des années, ou bien c'était toutes ces disparitions, la rudesse du paysage, je ne sais pas vraiment, toujours est-il que, debout devant le bothy à expirer des nuages de vapeur dans la nuit glaciale, des images de son accident de bateau sont remontées à la surface.

Roy avait fini par m'expliquer ce qui s'était passé, à l'époque. Il ne m'avait pas donné de détails, mais j'avais en ce temps-là des souvenirs précis de la baie d'Édimbourg et il ne m'avait pas été difficile de créer des images du naufrage. Plus tard, mes souvenirs d'Écosse se sont estompés un à un, mais celui-là – la tempête, le voilier, la digue : ce souvenir qui n'en est pas un – est resté intact.

Et à présent le visage de ma mère se mêlait aux autres fantômes, à celui d'Emily ; il avait fini par quitter les hautes terres d'Écosse pour nous rejoindre ici, au cœur des Alpes. Et quand une partie de la montagne brillait sous les étoiles d'un éclat plus intense, d'un éclat d'or, je savais que c'était elle, Isla, qui passait par là.

Je ne sais pas si la forêt s'était approchée ou si le bothy avait reculé, ou si je m'étais avancé sans m'en rendre compte en direction du bois. Mais soudain j'ai réalisé que la maison était loin derrière, et que devant mes yeux, à quelques mètres, la lisière s'étendait comme un drap noir.

Les sous-bois contrastaient avec ce paysage de silence. Les arbres y chuchotaient, on percevait des murmures, des bruissements. Derrière le voile, des formes se sont peu à peu dessinées. Des lignes sombres tracées par les branches, des traînées de neige laiteuse. Et puis des ombres, qui se déplaçaient au cœur de la forêt, disparaissaient derrière un tronc ou un renflement du terrain. Je pouvais les suivre des yeux. Par moments elles cessaient de bouger et j'avais l'impression qu'elles se tournaient vers moi. Elles marchaient avec légèreté mais j'entendais le bruit de leurs pas dans la neige. Il ne pouvait pas s'agir de fantômes. Sans doute des chamois ou des bouquetins, me suis-je rassuré. J'ai longé la lisière le plus silencieusement possible, cherchant à apercevoir une partie du bois que la lumière des étoiles aurait réussi à atteindre, dévoilant ainsi les créatures qui s'y cachaient. Par endroits les épicéas étaient plus éloignés les uns des autres et un léger halo parvenait à faire miroiter le parterre de neige. Mais aucun animal ne passait par ces petites clairières ; tous préféraient rester sous la protection des arbres.

J'ai fini par rebrousser chemin. Non pas à cause de la forêt, mais en raison du paysage que je sentais s'étendre dans mon dos – l'immensité du cirque, le lac, les versants, les cimes, tous emprisonnés par la glace.

Guidé par la lumière de ma chambre qui scintillait à bonne distance, j'ai rejoint le bothy, où j'ai trouvé Roy toujours endormi sur le canapé. Il s'était recroquevillé sur cette couchette trop petite pour lui. J'ai allumé la lampe de sa chambre et entrouvert la porte qui donnait sur le salon. Dans le filet lumineux, son visage m'est apparu lisse, presque satiné, plus mince qu'il ne l'était vraiment, dépourvu de dureté. Il ressemblait à Roy enfant, quand il écoutait les yeux fermés de la musique sur le sofa de l'arrière-boutique d'Alvin. Si tant est que ce souvenir en fût vraiment un.

Je me suis accroupi à ses côtés et j'ai effleuré sa main. Je ne l'ai pas vraiment touchée – j'avais peur de rompre le charme en la trouvant dure et calleuse. J'étais soudain le grand frère veillant sur son cadet, celui qui restait debout quand l'autre se perdait dans des débris de rêves brumeux, celui qui devait agir, combler les fissures, porter le funambule sur son fil jusqu'à ce qu'il rejoigne la terre ferme. J'ai vacillé à cette idée, mais à ma grande surprise j'ai aussi éprouvé un sentiment de satisfaction : j'étais enfin celui dont on avait besoin. J'ai même pensé que ce n'était que justice – quel mot et quelle pensée étranges en pareille circonstance –, parce que cette responsabilité m'avait toujours été refusée. J'allais pouvoir montrer que je savais être celui-là, le fort, le solide, la personne au centre des autres, qui affronte les problèmes. C'était un mensonge que je me faisais à moi-même : toute ma vie je n'avais fait que flotter dans ma petite bulle du bord du lac, et, hormis ma présence auprès de Papa, qu'on aurait aussi bien pu décrire comme une incapacité à m'éloigner de lui, les malheurs que traversaient les autres ne m'avaient jamais intéressé.

Cette nuit-là, en imaginant les cauchemars qui faisaient frémir les paupières de mon frère, j'ai décidé d'affronter la situation. Je devais aider Roy. Je devais nous sortir de là. Dès le lendemain, je m'occuperais de lui : l'aider à reprendre des forces, lui faire entendre raison. Peu importe cette histoire de carnet. Emily était morte et il fallait l'accepter. Il faudrait aussi signaler la disparition de Selkie à la police. Et, enfin, retourner à Genève, où le monde retrouverait ses contours, ses règles et sa tiédeur.

*

Avant même que l'aube ne se lève, j'ai sauté du lit, plein d'une énergie nouvelle, et j'ai préparé le petit déjeuner – muesli, œufs brouillés, jus de fruits – en attendant que Roy se réveille. Comme ce moment n'arrivait pas, je suis sorti récupérer du bois dans l'appentis. Mais la réserve était vide et à l'intérieur de la grange je n'ai trouvé que trois ou quatre bûches. J'ai repensé à l'arbre mort, près de l'entrée de la propriété, et j'ai décidé d'aller le débiter.

Le ciel s'éclaircissait, la forêt était redevenue silencieuse et le froid mordait encore plus fort que la nuit précédente. Retrouver l'arbre m'a pris un moment, car la neige avait recouvert les abords de la forêt, mais j'ai fini par repérer une série de branches dressées à la verticale sur lesquelles les flocons n'avaient pas pu s'accumuler. J'ai déblayé la neige jusqu'à ce que le tronc apparaisse. L'exercice m'a épuisé – à peine avais-je commencé à scier que mes muscles gémissaient de douleur. Malgré tout, j'ai réussi à couper les branches sur une partie du tronc, et, péniblement, à entasser une douzaine de bûches et un volume raisonnable de petit bois que j'ai portés jusqu'à la grange.

Quand j'ai poussé la porte du bothy, Roy était assis à la table de la cuisine. Il n'avait pas touché au petit déjeuner.

— Salut. Tu vas mieux ? Mange, tu n'as rien avalé hier.

— Ça va, Ness, a-t-il répondu en me lançant un regard à moitié suspicieux.

Il était toujours très pâle, et même à distance je le sentais encore fiévreux.

— Tu veux un cachet ?

— T'en fais pas pour ça.

— J'ai débité l'arbre qui était tombé près de l'entrée, ai-je fièrement annoncé. On a du bois pour quelques jours.

Il a baissé les yeux vers mes mains, sales et couvertes d'ampoules.

— Tu aurais pu utiliser la tronçonneuse, tu sais ?

— Je ne savais pas qu'il y en avait une.

— D'autant plus qu'on ne peut pas le brûler, ce bois, a-t-il ajouté en avalant une gorgée de jus – il a grimacé de douleur quand le liquide a couru le long de sa gorge.

— Comment ça ?

— Il vient de tomber, il faut attendre qu'il sèche. Mais bon, on aura des bûches l'hiver prochain… Encore que, c'est un résineux, pas du bois de chauffage.

— Mais il ne reste presque plus de bûches. Il va falloir rentrer bientôt, alors.

— On ne va nulle part. Il faut comprendre ce qui s'est passé ici. Et je te rappelle qu'on a des radiateurs.

— Oui, mais…

— Ness, si tu veux faire du feu, il faut aller acheter un stère de bois chez Jakob. C'est dans la vallée, à une demi-heure.

— Mais…

— Enfin, plutôt une heure, avec la neige il faudra mettre les chaînes. Mais tu pourras aussi y faire des provisions.

Roy a terminé le jus, a remis le muesli dans sa boîte et les œufs au réfrigérateur, et est allé s'étirer devant la fenêtre, un café à la main.

Même si rester au bothy ne servait à rien, mon frère avait besoin de repos, et la perspective de l'abandonner à la solitude de son appartement genevois n'était pas plus engageante. En descendant dans la vallée, je pourrais interroger des habitants au sujet de Selkie. Et puis j'irai respirer quelques heures loin du bothy, dans un lieu presque civilisé.

— Je t'aide à mettre les chaînes, a dit Roy, qui n'avait pas attendu que je prenne une décision.

Pourquoi ne m'accompagnait-il pas ? C'était sans doute mieux ainsi, pour lui comme pour moi. Toujours est-il qu'en cinq minutes, l'adulte responsable que j'étais au réveil s'était envolé : j'étais redevenu le gamin qui suit les consignes de son frère.

— La route n'est pas trop enneigée pour descendre ? ai-je demandé.

— Dans la forêt, ça ira. Ce sera gelé mais la couche de neige devrait être praticable. Au-delà, sur la route goudronnée, le chasse-neige sera sûrement déjà passé.

Nous sommes sortis et j'ai récupéré les chaînes que nous avons posées à l'avant de la voiture, sur chaque roue. Roy respirait toujours avec difficulté. Ses muscles devaient lui faire mal, à en juger par son visage qui se contractait à chaque mouvement, mais il a malgré tout effectué l'opération en quelques secondes et a dû patienter que je termine de mon côté – temps qu'il a utilisé à balayer la neige qui s'était accumulée sur le toit et autour du véhicule. Puis il s'est adossé à la portière et a planté un regard vague sur les environs. J'ai gratté le pare-brise pour en ôter la couche de gel, avant d'aller récupérer mes affaires à l'intérieur. Quand je suis revenu, mon frère s'éloignait en direction du lac sans faire attention à moi.

La Toyota a toussé, plusieurs fois, et j'ai cru que le froid avait eu raison de son vieux moteur, mais après un ultime hoquet il a fini par se mettre en marche.

Je me suis engagé sur le sentier. Au niveau de l'entrée de la propriété, la vision de l'arbre à moitié découpé gisant à terre m'a découragé.

Le bothy a bientôt disparu et la route est devenue sinueuse. Les chaînes accrochaient le sol en gémissant. Les amortisseurs de la voiture, à moitié gelés, couinaient à chaque aspérité de la route.

J'ai roulé toutes fenêtres ouvertes pour empêcher la buée de se former sur les vitres. Après environ un quart d'heure de trajet j'ai rejoint la route goudronnée et la chaussée, peu à peu, s'est redressée. La voiture avançait par à-coups, malgré les chaînes il lui arrivait de patiner et de partir dans des embardées qui m'amenaient à raser le précipice. J'ai fini par atteindre un col où je me suis arrêté pour reprendre mes esprits.

De tous les côtés, sous le ciel encombré de nuages, la montagne déployait ses reliefs en noir et blanc. Aucune habitation, aucune trace des hommes hormis cette route blanchie qui se confondait au paysage. À bonne distance, le plateau plongeait quelque part, sans doute dans le creusement de la vallée, dont le fond restait invisible.

J'ai poursuivi le long du versant et sur un court plateau. Pour couvrir les lamentations de la voiture, j'ai enclenché l'autoradio, et les enceintes ont repris l'album de Joy Division que Roy y avait laissé. Une chanson a passé, puis une autre et enfin j'ai atteint la limite du plateau et j'ai aperçu en contrebas le village et ses quelques bâtiments éparpillés le long d'une route au tracé rectiligne.

J'ai entamé la descente à basse vitesse, craignant que les roues du véhicule ne partent dans une glissade incontrôlable. La Toyota a progressé à travers une forêt aux arbres dénudés, qui m'ont paru bien plus joyeux que les épicéas couverts d'épines.

À mi-pente, un minuscule hameau est apparu. Il y avait là cinq ou six chalets aux fondations de pierre et aux murs de bois, bâtis de chaque côté de la route sur un replat. Comme de la fumée s'échappait des cheminées de plusieurs d'entre elles, j'ai décidé de m'arrêter. J'ai laissé le moteur tourner, de peur de ne pas réussir à le remettre en route.

Une femme m'attendait sur le pas de sa porte quand je suis sorti de la voiture. Elle me fixait, les mains fourrées dans les poches de sa salopette. Son visage rouge et lisse comme du bronze était surmonté d'un bonnet de laine et son corps se trouvait dissimulé par une épaisse couche de vêtements. Il m'était impossible d'estimer son âge avec précision. Elle pouvait avoir trente-cinq ans comme soixante.

— Bonjour, ai-je dit – puis, après qu'elle a vaguement hoché la tête en retour –, je suis Ness McKenzie… Je viens du bothy… Je veux dire de l'ancienne bergerie, vous savez, là-haut. La maison de Sel… d'Audrey Varone.

— Vous pouvez éteindre cette musique ?

J'ai réalisé que la radio tournait toujours et soufflait une chanson aux accents métalliques.

— Pardon, ai-je dit après avoir coupé la musique. Donc je viens de la berg…

— Je vois bien, a-t-elle coupé en pointant un regard soucieux dans la direction que j'indiquais.

— Est-ce que par hasard vous auriez vu passer la propriétaire ? Sa voiture est une…

J'ai réfléchi un instant. Les voitures ne m'avaient jamais intéressé. J'avais fini par connaître la marque de la mienne à force de la voir écrite sur le tableau de bord, mais je n'avais pas la moindre idée du modèle que possédaient Roy et Selkie.

— … une voiture bleu marine, euh, assez grande…

La femme m'a détaillé de la tête aux pieds. Elle ne me faisait pas confiance.

— Aujourd'hui ? Non.

— Non, il y a quelques jours, une semaine ou un peu plus.

— Pourquoi cette question ?

— Parce que je suis à sa recherche. Je suis allée la retrouver là-haut mais elle n'y était pas et…

— Vous n'êtes pas son mari.

— Non, je suis son beau-frère.

Elle a fait un pas dans ma direction, et mécaniquement j'ai reculé.

— Mais mon frère est là-bas, avec moi, me suis-je empressé d'ajouter.

— Je ne le vois pas.

— Là-haut, je veux dire.

Une porte s'est ouverte dans mon dos et un garçon ne portant qu'un tee-shirt est apparu sur le seuil de l'une des maisons. À lui aussi il était difficile de donner un âge.

— Qu'est-ce que vous voulez ? a-t-il demandé d'une voix sèche.

— Rien, je…

— Il n'y a pas de problème, a dit la femme. C'est l'un des touristes.

À l'intérieur, d'autres personnes étaient présentes, je le sentais. Elles devaient me regarder derrière leurs rideaux tirés. Oui, nous étions des touristes, en comparaison de ces statues qui semblaient faites de la même pierre que les montagnes.

— Je m'excuse d'insister, mais j'imagine que la voiture a dû passer par là, il n'y a pas d'autre route pour redescendre, il me semble. Cela nous aiderait beaucoup si…

— C'est pas un endroit où habiter, là-haut, a coupé la femme.

— Je suis bien d'accord avec vous, mais…

— Quand un endroit est abandonné, il y a une raison. Faut pas y revenir.

— Quelle raison ? De quoi parlez-vous ?

En guise de réponse, elle a levé les yeux vers les sommets et a enfoncé ses mains plus profondément dans ses poches.

— Au revoir, a-t-elle conclu.

— Ce qui se passe là-haut, ça nous concerne pas, a ajouté le garçon.

Les portes se sont refermées dans un bruit sourd, et je suis resté seul sur la route, avec pour unique compagnie le toussotement du moteur de la Toyota. J'ai regagné la voiture, remis en marche la musique, et j'ai quitté le hameau.

Peu à peu les constructions éparpillées le long de la route – des granges, quelques bâtiments à l'allure industrielle, semblant à l'arrêt – se sont faites plus denses, jusqu'à ce que le village apparaisse. Même ici les rues étaient vides, et les rares véhicules qui y filaient sans s'arrêter étaient conduits par des hommes pâles, figés derrière leurs vitres de poussière. J'ai tourné dans les rues à la recherche du magasin de Jakob, sans succès, jusqu'à parvenir à l'extrémité du village, où se trouvait une vieille station-service, toutes lumières allumées. Au-delà, c'était le creux désertique de la vallée, à perte de vue.

La station était composée d'une pompe et d'une boutique aux vitres embuées dont la porte était ouverte malgré le froid. À l'intérieur, derrière une poignée de rayonnages contenant des produits de première nécessité, se trouvait un comptoir et derrière le comptoir, un homme maigre, emmitouflé, que l'on devinait chauve sous son bonnet mal ajusté, et qui triait des factures à travers ses mitaines.

— Bonjour, je cherche Jakob, ai-je annoncé.

— Bonjour, tu l'as trouvé, a-t-il répondu sans lever les yeux.

Il a noté d'une main tremblante quelque chose sur l'une des feuilles et m'a dévisagé d'un regard pétillant, bien différent de ceux que j'avais croisés jusqu'ici.

— Tu me rappelles quelqu'un, a-t-il murmuré d'une voix neutre.

— Je suis le frère de Roy McKenzie, ai-je répondu avec étonnement – il était très rare que l'on nous trouve une ressemblance.

— Je vois ! Mais non, tu ne lui ressembles pas... Peut-être sa fille ? Non... quelqu'un d'autre... Enfin, comment se porte le musicien des montagnes ?

J'ai remarqué que derrière lui, entre les étagères contenant cigarettes et alcool, étaient épinglées des affiches de musique, dont un poster de l'une des formations de Roy, la signature de mon frère apposée dans l'angle.

— Il vit un automne... compliqué.

— L'automne est terminé, l'hiver sera peut-être meilleur ! annonça Jakob qui avait une présence chaleureuse mais ne semblait pas se soucier de nos problèmes. Et que puis-je faire pour toi, frère du musicien des montagnes ?

— Je viens chercher du bois et de l'essence.

— Du bois, très bien, je vais te chercher ça.

Il a jeté un coup d'œil à ma voiture.

— Un stère sera trop pour ton carrosse, tu n'arriveras pas à remonter chez vous avec une charge pareille. Ce serait comme transporter une vache. Partons sur un veau.

— Vous êtes déjà venu là-haut ?

— Bien sûr. J'y vais souvent marcher, l'été. Et j'ai donné un coup de main à ton frère, à l'occasion, pour les travaux.

— Les habitants du coin semblent se méfier de l'endroit. Ils disent qu'il aurait dû rester abandonné.

— Ah, mais les habitants du coin, ce qu'ils imaginent... Il faut dire que ton frère n'a rien arrangé. « Le bothy », hein ? Les brumes écossaises au fond des Alpes ! Déjà qu'on racontait des histoires...

— Lesquelles ?

— Celles qu'on trouverait partout à proximité d'un endroit pareil. Le diable et compagnie...

— Comment ça, « le diable et compagnie » ?

— Tu sais bien ! Du folklore local. C'est le même partout, à peu de chose près.

— Par exemple ?

— Par exemple...

Jakob s'est accoudé au comptoir.

— Par exemple... Bon, il y a une faille dans la montagne, à peu près à mi-chemin entre les deux bergeries, mais sur les pentes, bien plus haut. Une grande crevasse, creusée par les glaciers, les gens d'ici l'appellent « le gouffre ». Une cinquantaine de mètres de profondeur, une entrée trop étroite pour s'y glisser. Il y a une histoire à son sujet. Tu sais, de celles qu'on trouve dans tous les coins des Alpes... Au fond du gouffre coulait un ruisseau qui charriait des paillettes d'or. Un homme, une sorte de sorcier nommé Alderich, aurait fait un pacte avec le diable et le diable lui aurait permis d'y pénétrer et de prendre dans un panier tout l'or qu'il voulait. Accompagné de deux camarades, Alderich s'y rendit, mais fut le seul des trois à réussir à passer à travers l'ouverture – chose étrange, puisqu'il était plus grand et plus large que ses amis ! Parvenu au fond, il ramassa les paillettes jusqu'à ce que son panier soit plein et commença à remonter. Impossible de ressortir. Ses amis lui lancèrent des cordes, les villageois vinrent à son secours, mais il resta enfermé au fond de la grotte, où il finit par mourir de froid. On dit par ici…

Jakob a pris un air amusé, mais il se frottait les épaules, comme si son corps s'était refroidi.

— … on dit que le diable le retenait par les pieds.

J'avais déjà entendu des histoires similaires. J'ai imaginé la main du diable. Roy ne chantait-il pas une chanson à ce sujet ? *Devil's Right Hand* ?

— Enfin, tu vois ! Dans les montagnes, dès qu'il y a une crevasse trop profonde, une grotte, il y a une histoire de ce genre. Et au fil du temps elles se transforment, on essaie de les ancrer dans le folklore local. On a commencé à raconter que la famille d'Audrey descendait d'Alderich, puisqu'ils étaient les seuls à aller faire paître leurs troupeaux aussi haut, aussi près du gouffre. Et puis la famille est partie, un jour, brusquement, et la rumeur a enflé. Les gens de passage, l'hiver, qui disaient entendre quelque chose à l'intérieur des bâtisses. Le vieux Fritz, pourtant à moitié sourd, décrivait des chuchotements derrière les planches… Ce genre de sornettes !

— Pourquoi la famille est-elle partie ?

— Je ne sais pas vraiment. Pourquoi les gens partent-ils ? Peut-être que la vie se faisait trop rude là-haut, va savoir. Ou qu'il y a eu des problèmes. Ou qu'ils en avaient assez des gens du coin et de leurs bavardages. Mais les gens d'ici n'aiment pas qu'on s'en aille, qu'on soit simple paysan ou descendant de sorcier.

J'ai pensé aux parents de Selkie, qui n'avaient jamais accepté le départ de leur fille.

— Et ils aiment encore moins qu'on revienne une fois qu'on est parti. Mais c'est pas une raison pour inventer des balivernes. On ne va pas commencer à croire aux fantômes, hein ! Bien sûr qu'il y avait du bruit à l'intérieur ! Si tu veux mon avis, l'endroit était devenu un refuge pour chamois. Une aubaine pour eux, un tel endroit sans la présence des hommes. D'ailleurs, je pense qu'ils viennent l'hiver, quand il n'y a personne. En ce qui me concerne, je trouve que c'est une chose excellente que des touristes profitent de cet endroit superbe.

Jakob s'est replongé dans ses papiers. J'ai repensé aux ombres, dans la forêt.

— D'ailleurs, a-t-il dit en relevant la tête vers moi, qu'est-ce que vous faites ici en cette saison ? D'habitude, passé novembre, la petite famille ne revient plus jusqu'à la fin du printemps. Comme vos voisins, d'ailleurs.

— Cette année est différente… Selkie, enfin Audrey, est venue il y a quelques semaines et nous n'avons plus de nouvelles. Elle a disparu. Sa voiture n'est plus là. Nous sommes à sa recherche.

Jakob a soupiré et a replacé ses mitaines.

— Elle est venue seule ? Drôle d'idée. Enfin, ça ne m'étonne pas plus que ça. Problème de famille ?

— On peut dire ça, oui. Vous ne l'avez pas vue ?

— Non. Je m'en souviendrais, elle ne passe pas inaperçue ! Si tu veux mon avis, faut pas s'inquiéter. Pour le couple, d'accord, et puis pour la gamine… Mais pas pour elle. Parfois la solitude nous appelle.

Jakob a pris deux factures et les a rangées sur l'une des piles présentes devant lui.

— Tout de même, Roy n'est pas d'accord, mais je pense qu'il faut signaler sa disparition à la police.

Après un temps de réflexion, Jakob a secoué la tête et a posé ses deux mains sur le comptoir. Ses phalanges, épaisses et calleuses, ressemblaient à celles de mon frère.

— Mauvaise idée. Si le musicien veut y aller, peut-être, mais pas toi. Tu causerais des problèmes à ton frère, si tu veux mon avis.

— Peut-être… Je vais essayer de le convaincre.

— Tu sais que si un mari déclare la disparition de sa femme, ça rompt le mariage ?

— Non, je n'étais pas au courant…

— Un ami m'avait appris ça. Un jour qu'ils s'étaient disputés, lui et sa femme, il s'était retrouvé à ça – il a calé un intervalle minuscule entre son pouce et son index – de se rendre au poste de police pour la porter disparue. Évidemment, ça ne marchait pas, puisque la demoiselle était toujours au chaud près de leur cheminée. Mais il ne voulait pas en démordre. J'avais dû le retenir par le bras, le bougre ne voulait pas se laisser faire. En résumé : attention à ce que vous décidez de faire. Et puis les policiers d'ici sont comme le reste des gens. Ils ont tendance à imaginer des choses. Bon, je vais le chercher, ce bois ?

Il a laissé ses papiers et a quitté la boutique pour se rendre à l'arrière du bâtiment où un petit entrepôt débordait de bois de chauffage. Je l'ai aidé à disposer les bûches dans la voiture.

— Te fait pas de bile, a-t-il dit tandis que je baissais la banquette. Je suis sûr qu'elle va réapparaître, votre sirène.

L'espace d'un instant, je n'ai pas su de quelle sirène il parlait, et j'ai espéré qu'il s'agisse d'Emily.

— Par contre, si j'étais toi, je ne traînerais pas pour remonter.

Le ciel s'était obscurci et les nuages paraissaient bien plus bas que pendant la matinée. J'ai refait le plein d'essence, payé Jakob et me suis installé au volant. La charge du bois avait abaissé la voiture d'une quinzaine de centimètres. Jakob a donné deux coups sur le toit en guise d'au revoir et m'a regardé démarrer avec l'air que Papa devait prendre quand ses navires partaient s'enfoncer dans les mers du Grand Nord.

*

Le hameau croisé à l'aller, pris dans les nuages, était à peine visible. Je l'ai dépassé sans m'arrêter, avec l'espoir que la brume disparaîtrait en continuant à remonter la pente. Passé le premier col, le paysage s'est éclairci, mais une seconde couche de nuages d'altitude, au-delà des sommets, maintenait les montagnes dans la grisaille. La voiture grinçait sur ses essieux, me gémissait qu'elle ne voulait pas retourner là-haut, et je lui ai répondu que je la comprenais, que comme elle j'aurais préféré m'en aller retrouver l'étendue tranquille du Léman et les visages neutres des passants de Genève, et que j'avais bon espoir d'y retourner bientôt. La vieille carcasse m'a entendu, car après mon discours elle s'est remise à ronronner, mais à l'approche du bothy les tremblements ont repris, et j'ai repensé aux paroles de Jakob, aux légendes de mon enfance et du bothy, aux présences errantes dans la forêt et sous la glace, et il m'a fallu un long moment, après m'être garé devant la maison, pour trouver le courage de sortir du véhicule.

J'ai entrouvert la porte du salon. Roy dormait sur le canapé, fiévreux. Les figurines de bois étaient éparpillées sur lui et le carnet ouvert gisait sur son torse. Dans la cuisine, une assiette vide : il avait fini par avaler ce que je lui avais préparé à l'aube. J'ai refermé la porte et j'ai entrepris de déposer le bois dans la grange. Les nuages progressaient lentement au-dessus des crêtes, et à l'horizon aucun ciel ne souhaitait apparaître. J'ai rentré quelques bûches et préparé un feu. Les crépitements ont attiré l'attention de Roy, qui a posé un œil fébrile sur la pièce avant de sombrer à nouveau. Le pantalon qu'il portait s'était relevé pendant son sommeil ; ses jambes étaient couvertes d'entailles et de griffures, comme ses avant-bras. Les avait-il déjà la veille ? Les plaies étaient encore rouges.

Le silence a repris possession de la pièce. Je suis allé déposer un disque de Nick Drake sur la platine, puis j'ai récupéré les sculptures sur le corps de Roy et les ai ordonnées sur le meuble. Enfin, bercé par la musique, je me suis à mon tour endormi.

Dans mon sommeil j'ai entendu les paroles de la chanson murmurée par les enceintes, *Clothes of Sand,* et ses arpèges qui coulaient comme une rivière. La musique m'a guidé vers un songe fait d'images d'enfants, de nuits et de montagnes de silence. J'ai vu la personne dont parlait la chanson, une enfant aux vêtements de sable. Elle marchait ici, sur la neige glacée du parterre de la forêt, sous un ciel éclairé d'une lune ronde qui inondait les sous-bois de lumière. Je l'ai vue se diriger vers le gouffre et y tendre l'oreille pour écouter le chuchotis du ruisseau.

La voix de mon frère m'a tiré du sommeil. Il s'était redressé sur le canapé, le carnet sur sa poitrine, et tenait dans ses larges paumes l'intégralité des figurines. Ses yeux étaient pointés dans ma direction mais ils regardaient au-delà, quelque chose que je ne pouvais pas voir. Sa respiration était aussi saccadée que la veille. Il comptait.

— Deux, trois… On ne meurt pas… On disparaît parfois et on revient. On disparaît… Et on revient. Trois, quatre… On ne meurt pas… On ne meurt pas…

La nuit était tombée, plongeant la maison dans une pénombre teintée des reflets du feu de cheminée. Je me suis approché de Roy et j'ai posé une main sur son bras bouillant de fièvre et l'autre sur son torse, à la place du carnet que j'ai refermé et rangé à côté des sculptures. Sa douleur m'a saisi. C'était comme un transfert impossible à contrôler ; la fièvre de mon frère brûlait si fort qu'elle faisait déferler en moi des vagues de souffrance, acides et lancinantes.

J'ai voulu les maîtriser, sans y parvenir.

— Chhh… ai-je dit pour le calmer – je n'avais pas la force de parler davantage.

Quelles images se formaient dans son délire ?

J'ai tenu bon. Je suis resté en place jusqu'à ce qu'il se calme et se rendorme. Puis j'ai attendu encore un moment avant de retirer mes mains trempées de sueur et d'aller me rasseoir sur le fauteuil.

J'ai préparé à manger pour deux, mais Roy ne se réveillant pas, j'ai dîné seul.

Plus tard dans la soirée, pendant que mon frère dormait, j'ai relu le carnet.

C'était bien une écriture d'enfant, appliquée mais pas tout à fait assurée. À bien y regarder, le ton ne ressemblait pas davantage à Selkie. *Si sombres à cause des nuages si gris.* C'était Emily que je voyais en lisant, Emily écrivant à l'abri des regards, lisant à voix haute les mots qu'elle couchait sur le papier, comme je l'avais vue faire chez ses parents quand elle faisait ses devoirs.

La petite flamme.

J'ai passé mes doigts sur le papier.

J'aimerais jouer avec elle.

Les sculptures, la nuit, Emily. L'automne avançant, jour après jour. La forêt.

J'ai laissé mes doigts courir le long des lettres, en appuyant dessus pour les faire disparaître.

Mais Emily n'avait pas écrit ces mots au crayon à papier. Je ne pouvais pas les effacer.

Je n'avais pas d'autre choix que de les croire.

*

J'ai dormi dans le lit d'Emily, près de la chambre où Roy avait fini par aller se coucher. Un magma de visions m'a traversé toute la nuit, m'empêchant de dormir, mais à mon réveil il n'en restait rien, sauf l'image de la forêt qui flottait dans la chambre autour de moi. J'ai enfilé mes vêtements, avalé un café et je suis sorti.

Encore à moitié enveloppé de sommeil, j'ai marché droit vers la forêt. J'y suis entré sans réfléchir davantage, à un endroit où les branches étaient si basses qu'il m'a fallu me mettre à genoux pour passer.

L'aube était drapée de lambeaux de brume qui pénétraient à l'intérieur du bois en sinuant entre les arbres. La lisière a bientôt disparu et la pente s'est raidie. Je manquais de sommeil et je n'avais pas l'intention de m'épuiser comme le jour où j'avais suivi Roy, alors dès qu'un replat se présentait, je m'arrêtais pour reprendre mon souffle. Pendant ces pauses, je regardais autour de moi, je cherchais quelque chose, sans savoir quoi.

L'air était moins froid que les jours précédents et le peu de neige qui demeurait suspendu aux branches était humide. Les perles d'eau plongeaient au sol et s'enfouissaient dans la neige sans faire de bruit. Malgré le brouillard, on devinait parfois le ciel pâlir au-delà de la canopée, mais la majorité du sous-bois était opaque, à cause des branches des épicéas couvertes d'aiguilles et tendues sur toute la hauteur des arbres. C'était de grands arbres longilignes, qui ne m'avaient pas paru si hauts lors de l'été que j'avais passé au bothy, quand le soleil rendait la forêt plus accueillante.

Quelque chose me met mal à l'aise dans les forêts d'épicéas, de sapins, de ces arbres aux feuillages persistants. C'est l'une des raisons pour lesquelles la haute montagne me dérange. Dans l'*Iliade*, un passage compare les humains aux feuilles des arbres. Il est écrit que les humains sont comme les feuilles, que le vent les fait tomber au sol mais qu'au retour du printemps la forêt en fait pousser d'autres. Les générations se succèdent ainsi, comme les feuillages des grands arbres. Ce n'est pas le cas dans ces forêts. Les feuilles se refusent à tomber. La courbe du soleil s'aplatit en l'hiver, la neige enveloppe le paysage et la glace se forme dans les cavités, mais, pour le reste, rien ne change. Les saisons passent et tout reste figé.

Voilà la pensée qui m'accompagnait : ici, rien ne meurt, et ici rien ne naît.

Dans certaines parties des Alpes, des bouleaux, des saules ou des mélèzes parviennent à pousser à ces altitudes, et l'hiver ils perdent leurs feuilles et leurs aiguilles. Mais la forêt d'ici était trop humide, les montagnes la ceinturaient de trop près pour que ces espèces s'y développent. Je ne voyais pas davantage d'arbustes, de myrtilliers ou de bruyères. Les épicéas et leurs branches noires ; rien d'autre.

Tandis que mon regard allait et venait des arbres à la neige, j'ai réalisé que je cherchais des traces. C'était idiot : la neige venait de tomber. Mon regard s'attardait néanmoins sur le sol et, dès qu'une forme se dessinait, je sentais un léger tremblement parcourir mon dos, jusqu'à m'approcher et découvrir le tracé caractéristique des sabots des chamois ou des bouquetins – deux croissants sombres fichés à la surface de la neige.

Après un temps que mon état de fatigue m'empêchait de mesurer avec précision, j'ai atteint un replat plus étendu où une minuscule clairière dessinait un ovale parfait entouré d'arbres aux troncs plus inclinés que les autres, à cause du vent qui devait s'engouffrer plus fort ici. Sous la neige, j'ai senti de la roche, une grande dalle autour de laquelle la forêt s'était lovée faute de parvenir à y pousser. La brume s'arrêtait à l'orée des arbres, laissant cet espace blanc, comme une percée dans un nuage. Je m'y suis avancé sans bruit.

Tout autour, la forêt s'est mise en mouvement. Elle avait attendu que je m'éloigne d'elle et à présent les créatures qui y vivaient avaient repris leur marche. Derrière les premiers épicéas, un bouquetin a traversé un filet de brume. Le bois de ses longues cornes s'abaissait lorsqu'il passait près des branches les plus basses. Quelques minutes après, un groupe de chamois a longé la clairière en grattant la neige à la recherche de nourriture. Le ciel s'est paré d'un bleu très pâle, l'air s'est réchauffé et la brume est devenue moins opaque. L'eau se condensait en gouttelettes autour des troncs, sur les branches. J'étais moi-même trempé d'avoir marché dans le nuage, et l'humidité avait pénétré mes vêtements que je n'avais pas bien fermés.

Le brouillard se dissipait, l'aube était maintenant plus lumineuse. Pourtant, la forêt se voilait, les branches et le tracé des aiguilles des épicéas s'estompaient comme si la brume s'était agrégée sur ma rétine. J'ai frotté mes yeux mais rien n'y faisait, tout semblait trouble, les contours gommés, les teintes moins franches. Le brun des arbres formait un dégradé avec la neige, il n'y avait plus de séparation entre les couleurs. Mais les bruits de la forêt, eux, ne s'estompaient pas. Les pas des animaux bruissaient sur le sol. Il me semblait entendre leur lente respiration tourner autour de moi. Les gouttelettes claquaient à voix basse. La cime des arbres, silencieuse une minute auparavant, s'est mise à chuchoter dans un froissement de papier.

La fatigue me gagnait, une fatigue sans douleur, un état d'endormissement très léger, semblable à ceux que je ressentais lorsque j'allais parfois déambuler dans Genève lors d'une nuit d'insomnie, ou quand je me rendais à l'hôtel du lac, à la différence près que derrière cette couche de rêverie paisible se trouvait une chose étrange, plus sombre, qui distordait le paysage, et tous mes efforts pour m'extraire de ce trouble restaient vains. Contrairement à mes rêveries habituelles, dans lesquelles je me plaisais à errer et que je faisais et défaisais à souhait, celle-ci avait un fond déplaisant. J'aurais voulu la quitter, mais les bruissements de la forêt s'intensifiaient, et les ombres qui y rôdaient prenaient des formes de plus en plus incertaines.

Il y a eu un instant de silence, un soupir. Puis, lentement, la silhouette d'Emily s'est détachée de la bordure des arbres.

Elle s'est avancée jusqu'à moi. Visage de cire aux couleurs vives, taches de rousseur, boucles opalescentes. Elle était vêtue d'un pantalon d'hiver et d'un anorak à capuche bleu clair. Ses cheveux couvraient ses épaules et ses mains appuyaient à l'intérieur de ses poches comme elle avait coutume de le faire. Les couleurs étaient fascinantes, les yeux turquoise, la texture des vêtements, et je suis resté à l'observer sans dire un mot comme s'il s'agissait d'une œuvre impressionniste.

Puis le tableau s'est mis à parler.

— Tu reconnais cet endroit, n'est-ce pas ?

Mes yeux ont de nouveau fait le tour du lieu. Neige, épicéas, zébrures des branches, derniers nuages de brume.

— Tu es déjà venu ici, tu sais. Avec moi.

— C'est possible. Ce devait être différent.

— Pas tellement. Là-dessous, c'est une grande pierre plate, claire comme la neige.

— Que faisions-nous ici ?

— De l'exploration, bien sûr !

Emily arborait un demi-sourire, ses yeux étaient les mêmes, vifs mais avec ce fond de tristesse qui ne les quittait jamais. Elle était la même mais me semblait changée, comme quelqu'un que l'on n'a pas vu depuis des années. Était-il possible qu'elle ait grandi ? Ou étaient-ce ces chaussures et ce manteau épais qui la faisaient paraître plus haute ?

— Pourquoi n'es-tu pas revenu ici, toutes ces années ?

— C'est… Je ne sais pas…

— Attends, moi je sais. Tu n'aimes pas beaucoup cet endroit, c'est ça ? Mais regarde comme c'est beau !

Je n'ai pas regardé autour de moi. J'ai continué à la fixer, elle, la fille du matin, le rêve-souvenir, le fantôme emmitouflé.

— J'ai une idée. Je te montre. D'accord ?

Elle a reculé, le regard posé sur moi, jusqu'à disparaître dans la forêt.

— Tu me suis ? a-t-elle ajouté, dans l'ombre des arbres.

J'ai pris peur. Je commençais peut-être à me réveiller, à retrouver l'usage de mes sens, toujours est-il que ce qui était tapi sous le rideau de songe a brutalement émergé – une sensation glaciale, mouvante, qui m'a pris à la gorge. Je désirais suivre Emily mais je voulais aussi m'enfuir, détaler jusqu'à ma voiture et rouler vers chez moi en laissant derrière moi la forêt, et le bothy, mon frère endolori et ses montagnes maudites. Alors j'ai rebroussé chemin, mais à peine avais-je dépassé les premiers arbres qu'Emily m'a rejoint, sa main blanche tendue vers moi.

— Viens. Je vais te montrer un endroit où l'on peut s'abriter. Notre refuge.

Sa peau n'était ni humide ni froide comme je l'imaginais, elle était tiède et sèche et délicate.

— Et puis regarde : tu n'es pas seul.

Le groupe de chamois aperçu plus tôt est passé sans nous regarder et s'est arrêté plus loin. Les animaux ont secoué leur pelage. Des gouttes de neige fondue ont éclaboussé le tronc des arbres. Ils ont repris leur marche. Emily les a suivis.

Nous nous sommes enfoncés dans un coin de la forêt où les branches des épicéas étaient très basses, mais le chemin que nous indiquaient les animaux nous permettait de progresser sans encombre.

— La fois où nous sommes venus ensemble, nous ne sommes pas passés par ici. Nous avions pris le sentier des hommes.

La brume s'était dissipée et le jour creusait des puits de lumière entre les branches les plus hautes. La végétation s'est faite moins dense, et, là où la lumière se frayait un chemin, des arbustes ressemblant à des genévriers sont apparus sous les masses de neige. Quelques baies s'y trouvaient, dans le cœur des plantes. Les chamois parvenaient à les atteindre en écartant de leurs pattes les branches couvertes d'épines.

— Il ne reste plus beaucoup à manger, mais ils savent où aller. Parfois ils doivent redescendre et quitter la forêt, ils reviennent ici le soir pour y dormir, près du refuge. Ils aiment beaucoup l'endroit que tu nous as construit.

Nous avons marché encore un moment, sans remonter davantage la pente et sans la descendre non plus. Les chamois gagnaient quelques dizaines de mètres et s'arrêtaient pour gratter la neige ou fouiller l'intérieur d'un arbuste, si bien que nous pouvions les suivre sans les perdre de vue. La forêt a retrouvé une apparence plus rassurante. Les arbres sont devenus plus massifs et leurs branches plus épaisses, mais le bois était moins dense et plus lumineux. La contrepartie étant que rien ne retenait la neige ici. Mes pieds s'y enfonçaient, rendant la marche laborieuse.

La cabane était plus grande que dans mon souvenir. Elle se trouvait au pied du tronc d'un épicéa dont la largeur devait dépasser le mètre, protégée par le premier étage de l'arbre. Le rectangle de bois pouvait accueillir deux personnes. J'ai laissé mes doigts glisser sous le toit de la cabane et me suis souvenu de l'été où nous l'avions construite. Pour monter les murs, nous avions utilisé une grande quantité de branches des arbres alentour – des morceaux larges et rectilignes, que nous avions fixés ensemble à l'aide d'autres branchages plus plats et plus longs. Le toit était constitué d'une grande bâche rigide que Selkie avait dénichée dans la grange, et sur laquelle nous avions disposé une couche de terre. De l'herbe y avait poussé : la neige la dissimulait en surface, mais en passant la main j'ai trouvé la végétation et sa texture douce et trempée. L'ensemble paraissait solide et étanche ; à l'intérieur, le sol était presque sec.

À l'entrée de la cabane, sur une petite planche en bois clair protégée de la neige, étaient gravées des initiales, E&S. Emily, Selkie. Des lettres toutes en courbes, calligraphiées, extrêmement bien sculptées.

— Et voilà notre refuge, Ness, a dit Emily en se baissant pour entrer dans la cabane.

À qui ce « nous » se rapportait, je ne saurais le dire. L'endroit m'était étranger. Ce refuge, je n'avais fait que le construire avec elle, ce qui nous avait occupés durant tout le temps du séjour au bothy. Nous n'y avions passé ensemble que quelques heures, le dernier après-midi avant mon départ. Depuis, la cabane avait connu des travaux ; les murs et la charpente qui soutenaient la bâche avaient été renforcés, le sol avait été recouvert de morceaux de brindilles coupés très fins sur lesquels on pouvait s'installer. Et puis, l'intérieur avait été décoré. Au fond de la cabane, près du tronc de l'arbre que l'on devinait derrière le mur, sur une planche fixée à mi-hauteur, se trouvaient des figurines semblables à celles du bothy. Deux chamois, un renard, une fille tenant dans la main un objet qui ressemblait à un couteau. Les formes étaient moins finement taillées, et certaines sculptures n'étaient pas terminées.

— Ce sont les brouillons. Il y en a d'autres, ce n'était pas facile d'apprendre tout ça.

Au sol, les brindilles étaient mélangées à de nombreux copeaux et dans un coin de la cabane étaient entassés des blocs de bois clair.

Emily me regardait fixement.

— Ça te plaît, ici ? a-t-elle demandé.

L'endroit était moins sombre que je l'avais imaginé. La lumière se réfléchissait sur la neige qui couvrait le sol devant l'entrée, éclairant faiblement l'intérieur de la cabane.

— Oui, bien sûr.

— Bien, je vais t'y laisser. D'accord ?

— Déjà ? ai-je demandé, et ce faisant j'ai pensé à Roy, qui devait m'attendre au bothy. Emily lui avait-elle déjà rendu visite ?

— Je voulais juste te montrer notre refuge. Tu n'allais pas repartir d'ici sans l'avoir vu. Reste ici aussi longtemps que tu veux.

— Emily, où est Selkie ?

— Maman ? Elle est partie, tu n'as pas remarqué ?

— Si.

— Je vais y aller, moi aussi.

— Où vas-tu ?

Elle s'est étirée longuement.

— Je ne sais pas encore. Mais tu me connais : j'ai…

— Une idée, oui, je sais.

Elle m'a souri, s'est extraite de la cabane et a disparu.

Sa présence a plané un moment dans l'air du matin. Derrière les murs, les chamois se frottaient à l'écorce des épicéas. Je suis sorti à mon tour. À une cinquantaine de mètres de la cabane, on apercevait la limite de la forêt et le halo laiteux de la lumière du jour.

Les premières branches de l'arbre contre lequel était appuyée la cabane étaient à portée de main, à moins de deux mètres de hauteur. Je me suis rappelé comment Emily y avait grimpé, cet été-là. Elle n'avait pas eu besoin de mon aide. Elle avait sauté, enroulé ses jambes autour de la branche et avait basculé sur l'arbre. Puis elle était montée plus haut, à une hauteur telle que je l'avais perdue de vue. Venait-elle de faire la même chose ? Était-elle là, dans l'arbre, assise au-delà des premières branches et de leurs longues aiguilles touffues, à regarder d'en haut la forêt et les animaux ?

Les chamois ont peu à peu quitté le lieu. Les bruits de la forêt se sont dissipés. J'ai posé ma main sur la cabane, sur la plaque marquant son entrée, et sur le tronc de l'arbre qui l'abritait. C'était un vieil arbre, aux écailles larges et épaisses, que l'on pouvait facilement ôter pour découvrir le bois du tronc. J'en ai fait le tour, prenant soin d'éviter les énormes racines qui sinuaient sur le sol.

De l'autre côté, j'ai vu le visage.

On avait libéré un grand carré d'écorce à hauteur de poitrine, creusé le tronc et taillé en surface les traits d'un enfant. On reconnaissait sans difficulté Emily, ses cheveux, son léger sourire, ses yeux rieurs, un peu tristes. La forme du visage, la légère saillie du menton, c'était elle. Les arcs de cercle creusés pour représenter les boucles de ses cheveux. La résine avait coulé par endroits, traçant de courts sillons de larmes sur la sculpture. Mais le bois était sec, comme si on l'avait traité à cet endroit. Le visage était dégagé, aucune mousse, aucune poussière ou végétal ne l'avait recouvert. Le bois était plus froid que la peau d'Emily, mais aussi lisse.

J'ai reculé sans faire de bruit. Je me suis éloigné de l'arbre, lentement, prenant garde aux racines. De loin, le visage paraissait mieux dessiné, encore plus réaliste.

Ce n'était pas la seule présence autour de moi. Il y avait autre chose, un flottement de l'air, une vapeur froide.

Il y avait d'autres visages. Dispersés dans la forêt, sur les troncs, sculptés de la même manière, pointés dans la direction de la cabanc. Les découpes blêmes dans le bois noir, des nuages flottants, blanchis par le reflet de la neige. Des visages, silencieux comme le reste.

J'ai voulu m'éloigner vers la lisière, mais ils me suivaient. Combien y en avait-il ? Je tremblais et mes yeux les démultipliaient, il pouvait y en avoir douze comme cinquante, impossible de les dénombrer.

Tu me suis ? murmuraient les lèvres de bois. Non, Emily, je voudrais m'échapper mais tu es là, à chaque détour du regard, tu ne m'indiques même pas le chemin, tu désignes la direction de la cabane et le cœur de la forêt au lieu de m'indiquer la sortie.

J'ai baissé les yeux, j'ai marché vers la lisière, fixant mon attention sur mes chaussures et le craquement de leurs semelles dans la neige.

Et les animaux, où étaient-ils partis ?

J'ai zigzagué, évitant les arbustes et leurs branches épineuses, évitant les regards pointés vers moi, les visages, pas à pas.

La lisière s'est approchée, et je suis sorti. Mais aucun soulagement ne m'attendait à l'extérieur. Sous un soleil gris, les pentes du cirque déroulaient leur démesure autour du lac, que la température en hausse avait en partie libéré de la glace, dévoilant des eaux vert pâle. La bergerie voisine ressemblait à une miniature que l'on aurait pu envoyer rouler dans le lac d'une chiquenaude. Un bloc de neige s'est détaché d'un flanc de la montagne et a grondé en dévalant la pente. Quelque part au-dessus de moi il y avait le gouffre et ses fantômes, et sous la terre des galeries de glace fissurant la roche jusqu'à la forêt, laissant les ombres glisser sous les racines.

Et en contrebas, dans le vallon, le bothy, ses murs de pierre et sa cheminée qui fumait déjà. À l'horizon, aucun refuge.

VI

ROY

« I stepped into an avalanche
It covered up my soul. »

Leonard Cohen, *Avalanche*

L'accident d'Emily n'avait laissé aucune trace. Les passants continuaient d'aller et venir sur le chemin qui suit la berge, certains s'installaient sur le muret et discutaient au-dessus de l'eau, et la roche sous leurs pieds ne portait aucune fissure.

Quant au cimetière, où je me rendais souvent, il était vide. Il y avait bien ce nom, inscrit sur cette stèle beige, ce nom qui était le sien, mais Emily, elle, restait introuvable. La pelouse était intacte, la terre égale, comme si personne ne l'avait jamais foulée.

J'ai eu envie de quitter la ville, cet automne-là. Si je suis resté, ce n'était pas pour être auprès de Selkie, dont je m'éloignais chaque jour un peu plus, ni pour aider Ness, qui errait dans sa bulle habituelle, bien loin de moi. C'était pour attendre ma fille. Puisque je ne trouvais aucun vestige de l'accident, puisque je ne voyais Emily nulle part, je supposais qu'elle allait réapparaître. Dans mon monde, les gens ne mouraient pas. Ils s'enfuyaient au large d'un port ou s'enfouissaient à l'intérieur d'eux-mêmes, mais ils restaient vivants.

Je connaissais ce vide que le vent faisait courir sur les rues, tourner à la surface du lac, ce silence que la pluie faisait couler sur la ville. Je connaissais cette peur, cette fois elle était plus froide, plus noire, et dépourvue de contours, mais je la connaissais.

Emily avait disparu : il fallait la chercher ou attendre qu'elle revienne.

J'en ai parlé à Selkie, un soir. Je lui ai dit que j'attendais, que je ne m'enfuirais pas comme nous l'avions fait en partant d'Écosse. Je lui ai dit : crois ce que tu veux ; je continuerai à attendre.

Le lendemain, Selkie est partie.

Je savais qu'elle le ferait. Selkie n'était pas quelqu'un qu'on enferme. En ce sens, elle me ressemblait et elle ressemblait à Isla. Elle avait quitté ses parents alors qu'elle n'était qu'une adolescente, fuyant la montagne sur un coup de tête, rejoignant la vallée sous la pluie d'automne, un sac de randonnée sur les épaules, avec quelques affaires et l'adresse d'une fille avec qui elle s'était liée d'amitié l'été précédent. Elle n'avait contacté ses parents qu'une fois installée à Genève, deux jours plus tard. Ils ne comprenaient pas ce départ : pour eux, rien n'attendait personne au pied des montagnes, et encore moins en ville. Ils étaient incapables de comprendre la décision de leur fille.

Mais moi je connaissais Selkie, et je savais reconnaître les signes augurant un départ. Les absences du regard, les étreintes trop intenses, les mots qu'on laisse s'échapper. Ces signes étaient là, et je ne les ai pas ignorés. Je les ai remarqués, mais je n'avais pas de place à leur faire.

Il aurait suffi de lui parler. Pas cet automne-là, mais bien avant, quand Selkie évoquait sa famille, son métier, ses peurs si nombreuses et pourtant invisibles. Pendant ces discussions je lui répondais, je parlais à mon tour, mais au fond je ne disais rien. Je n'ai jamais décrit que des événements mineurs, des anecdotes sans importance. J'ai évoqué ma mère en omettant les ombres, j'ai raconté mon enfance en passant sous silence les souvenirs intenses ou douloureux.

— Ce n'est pas la vérité, ce que tu me racontes, m'avait dit Selkie, un soir, alors qu'Emily dormait et que nous étions enlacés sur le canapé.

— Bien sûr que si, tout ce que je te raconte est vrai.

— Nos seules vérités sont nos douleurs, Birdie. Si on les tait, on a beau parler, on ne dit rien.

« Nos seules vérités sont nos douleurs… » Ce devait être une citation d'un dramaturge ou d'un poète. Selkie utilisait les mots des autres et me reprochait de ne pas savoir trouver les miens. Oui, elle se confiait, elle, mais d'une manière si théâtrale, dans les mots, l'attitude, que j'avais l'impression d'assister à une pièce de Shakespeare.

Nous avions besoin de théâtre, c'est vrai. Il nous fallait de la musique, des tempêtes. Ni elle ni moi n'étions prêts à évoluer dans la réalité du monde qui nous entourait. Les jours où la vie devenait fastidieuse, quand il fallait payer des factures ou inscrire Emily à l'école, nous allions nager dans le lac au milieu de la nuit, ou je composais un air sur lequel elle improvisait une tirade, ou bien nous prenions le train de nuit jusqu'à Florence pour petit déjeuner avec notre fille au lever du soleil. Quand le sexe devenait répétitif, nous faisions l'amour les écouteurs aux oreilles, coupés du monde, seuls, au rythme de la musique et de notre respiration. Et nos colères étaient des jeux, nous étions deux enfants qui se roulaient dans les flaques, sous l'orage, jusqu'à l'épuisement.

Personne ne le savait. On nous prenait pour une famille stable, installée, à l'aise dans la vie de tous les jours, alors que nous n'étions que fuite et fantasme. Seule Emily nous maintenait au sol, quoiqu'elle aussi eût fini par entrer dans le jeu et nous emmenait dans des lieux inattendus quand l'ennui s'apprêtait à faire surface. Selkie voulait que je sois sincère, elle voulait que je lui parle, mais comment être sincère quand toute notre existence n'était que trompe-l'œil et rêve éveillé ?

Jusqu'à me rendre au bothy, j'ai pensé que Selkie et moi avions décidé de suivre des chemins différents. Que je n'étais pas prêt à quitter le trompe-l'œil, contrairement à Selkie, qui l'avait laissé derrière elle.

Ce n'est pas par inquiétude que j'ai décidé de me rendre là-haut. Selkie ne donnait plus de nouvelles, elle me manquait, mais je n'étais pas inquiet pour elle.

Si j'y suis parti, c'est à cause d'un rêve.

C'était un rêve du bothy sous le premier manteau de neige, dans lequel se trouvait Emily – seulement elle. Ma fille, quelques mois et quelques centimètres en plus, devant la porte de la maison, à genoux dans la neige encore fraîche. Tout y était doux, la présence d'Emily, ses gestes, la texture des flocons, la chaleur qui émanait du bothy.

À mon réveil, tout était transformé. N'est-ce pas ainsi que les choses se passent ? On vit, les semaines et les années s'écoulent, et un jour un rêve se produit et tout change. On se dit qu'on pourrait passer sa vie à faire ça, uniquement ça : rêver.

Mais le rêve n'est pas revenu, et je suis donc allé le retrouver.

*

Je n'avais pas pensé à la réalité du bothy avant de m'y rendre avec Ness. Mon rêve prenait toute la place, dans ce rêve le vallon était paisible, arrosé de lumière. Tout était plein de la présence d'Emily et la maison ressemblait à une confortable auberge. Ce n'est qu'en chemin, alors que la vieille voiture de Ness peinait à franchir les cols, que je me suis souvenu de l'endroit tel qu'il était vraiment.

J'avais toujours entretenu une relation compliquée avec le bothy. J'avais mis beaucoup d'énergie à rénover cette maison – moins que Selkie, mais toute l'énergie dont je disposais –, et j'aimais cet endroit, la montagne, les titans de pierre qui formaient le cirque, les dimensions du lieu. J'aimais le foyer de la cheminée et la vapeur s'échappant de la bouilloire, à l'aube, quand on préparait le café en regardant le paysage. J'aimais le bothy mais je ne m'y étais jamais senti chez moi, à cause des gens du coin.

Ils ne nous appréciaient guère. Selkie ne s'en préoccupait pas : elle ne venait pas là-haut pour chercher de la compagnie, elle s'y rendait pour retrouver ses montagnes. Moi, je n'ai jamais voyagé seulement pour voir du paysage. Quand je partais c'était pour rencontrer des gens, découvrir à quoi ils occupaient leurs journées, quelle musique ils portaient en eux, si c'était une mélodie que je pouvais entendre. J'aimais revenir en Écosse pour revoir Cameron, son ferry et sa cabine placardée des poèmes qu'il écrivait durant l'hiver ; à Berlin je croisais Elvira, l'hôtel miteux qu'elle tenait à Kreutzberg, ses sous-sols qui servaient de salle de jeux clandestine ; et en Angleterre, Mary, la Londonienne qui s'était mis en tête de faire pousser des vignes dans le Northumberland, où aucun viticulteur n'avait jamais posé ses valises.

Autour du bothy, à l'exception de Jakob, tout le monde me regardait avec distance. Les gens se méfiaient, de moi mais aussi de Selkie, qui pourtant savait se fondre dans leur décor et leur ressembler si elle le souhaitait.

Je connaissais les histoires qu'on racontait sur les environs, le gouffre du diable, les créatures de la forêt, et j'en passe. Selkie m'en avait confié certaines et Jakob quelques autres. Dans l'ensemble, je les trouvais assez bonnes. J'en avais imaginé une nouvelle, au sujet du lac, qui en son centre était assez profond, mais n'était l'objet d'aucune légende locale. J'aurais aimé propager la rumeur d'un monstre, une sorte de Nessie des Alpes. Mais qui allait colporter cette histoire ?

Les habitants du coin avaient enveloppé le bothy d'une couche de mystère, lui avaient attribué un historique de sorcellerie et de péché. Pour ma part, j'ignorais pourquoi la famille de Selkie avait quitté la région. Selkie elle-même n'avait jamais réussi à le savoir. Quand elle avait posé la question à ses parents, ils lui avaient répondu que, si l'histoire familiale l'avait intéressée, elle ne les aurait pas abandonnés en allant s'installer en ville. Il était certain que le bothy, comme toutes les vieilles maisons, avait connu son lot de drames, ses nuits de sang et ses jours de chagrins. Les fantômes y étaient certainement bien logés, mais ce n'était pas une raison pour nous éviter de la sorte. En Écosse, les légendes étaient monnaie courante et on ne fuyait pas les occupants d'une maison hantée. Au contraire, on s'échangeait les histoires au coin du feu, un scotch à la main, on en faisait des chansons et des poèmes. Il s'était même trouvé une époque où la présence de fantômes faisait grimper le prix de l'immobilier. Autour du bothy, les gens nous tenaient à l'écart, et au fil des années la frustration de ne rien pouvoir partager avec eux avait fini par me pousser à les mépriser.

D'après Jakob, ils ne faisaient pas semblant : ils croyaient en leurs légendes. Je les appelais *Fools on the hill,* les idiots sur la colline.

Je dois reconnaître que le bothy avait une ambiance particulière.

Kenneth y était venu, un jour. Emily était encore petite. Nous avions terminé la plus grosse partie des travaux et la maison était enfin habitable. Mon père avait fait des compliments sur la rénovation, admiré la beauté du paysage, mais j'avais senti qu'il n'appréciait pas l'endroit. Il s'était terré dans la maison toute la semaine, nous passant commande de courses et préparant les repas, ne sortant que si Emily insistait pour lui montrer un animal qu'elle avait repéré sur un éperon rocheux ou en lisière de la forêt. Elle tirait alors ses jumelles de son sac et les tendait à Kenneth, mais il lui assurait qu'il avait de très bons yeux et que les jumelles faussaient la vue. Kenneth n'utilisait plus de jumelles depuis notre départ d'Édimbourg. Mais, jumelles ou pas, au bothy, il détournait les yeux du paysage.

C'était la première fois que je m'y rendais sans Selkie – qui, elle, n'hésitait pas à y passer du temps sans moi ; et je ne m'y étais jamais rendu l'hiver. Mais ce n'est pas pour cette raison que j'ai demandé à Ness de m'accompagner. Je n'avais pas peur ; le bothy de mon rêve n'avait rien d'inquiétant. J'avais simplement la sensation qu'il fallait que mon frère soit là. J'avais besoin qu'il soit là.

La peur est venue sur la route du bothy, quand je me suis rappelé le véritable paysage et que je l'ai imaginé vide, sans

Selkie, sans Emily. Cette peur s'est amplifiée à notre arrivée, quand nous avons découvert la maison toutes lumières éteintes. Mais j'ai encore refusé d'y croire. Il y avait ces étranges figurines, et il y avait le rêve qui ne me quittait pas et que je n'étais pas prêt à laisser disparaître. J'y avais vu Emily sous le premier vrai manteau de neige. À notre arrivée, le sol autour du bothy était sec, la neige n'était tombée que sur le haut des pentes, bien au-delà de la limite de la forêt. Il fallait attendre.

*

Je croyais déjà Emily vivante avant d'avoir lu le carnet : ce qui y était inscrit n'a fait que renforcer cette conviction. Elle était vivante et elle était venue au bothy. Quelque chose me troublait. En parcourant ces pages, l'image de ma fille en train d'écrire se formait dans mon esprit, mais je ne parvenais pas à imaginer Selkie à ses côtés. C'était à cause des figurines. Si Selkie était bricoleuse, je ne l'avais jamais vue dessiner, sculpter ou exercer une activité de ce genre. Dans l'histoire que le carnet semblait livrer – Selkie et Emily au bothy à l'approche de l'hiver, travaillant le bois, chacune découvrant la présence de l'autre –, quelque chose n'était pas tout à fait à sa place. J'étais incapable de savoir quoi. Peu m'importait. À travers ce carnet, Emily était réapparue. Le feu qui crépitait dans l'âtre réchauffait mieux la pièce. Je sentais qu'il manquait quelque chose au tableau, mais c'était secondaire. Le carnet me rappelait ce que j'étais venu faire au bothy : retrouver Selkie, et retrouver Emily.

Je suis parti explorer les environs, flanqué de Ness qui me suivait comme il pouvait. La veille, nous avions timidement jeté un œil, sans jamais aller très loin. Le carnet changeait tout. Et puis, il avait neigé. Le premier manteau de neige était là, et il ne quitterait pas les montagnes avant la fin du printemps.

Je suis entré dans la forêt. Le vent qui vociférait en dehors n'était ici qu'un soupir. J'ai cherché le sentier, sans le trouver.

L'été, il remontait à travers les bois, serpentait jusqu'aux crêtes, dominait le cirque et le lac. J'y avais souvent marché avec Selkie, et avec Emily, qui s'arrêtait pour détailler le paysage avec ses jumelles, cueillir des baies sauvages ou étudier la texture de la roche, à la manière de Ness quand il était enfant. Mais l'hiver avait fait disparaître les sentiers et j'ai eu tôt fait de me perdre.

J'ai cherché la cabane, puisque le carnet l'évoquait, sans savoir quelle direction prendre. Emily l'avait construite avec Ness, s'y était parfois abritée avec Selkie, mais j'avais toujours refusé de m'y rendre. J'avais cessé d'aimer ces bicoques l'été où Isla et Ness s'étaient mis en tête d'en ériger pour les moutons de la lune. Ness ne savait pas davantage où chercher. Tous ses efforts étaient concentrés sur un seul objectif : me suivre. Il n'était plus l'enfant agile que j'avais connu en Écosse. Au fil des années il était devenu plus lent, son corps s'était comme endormi. Il s'était changé en homme de promenade, comme ces vieux Londoniens qu'on voit déambuler dans Saint James Park les mains dans les poches et le regard posé sur les arbres. Ici, il s'épuisait et trébuchait dès que j'accélérais le rythme.

Je savais qu'en coupant droit à travers la pente, tôt ou tard la forêt disparaîtrait, alors je suis monté sans réfléchir, sans comprendre ce qui guidait mes pas. Je cherchais des indices de la présence récente d'Emily et Selkie. J'étais plein d'énergie et d'espoir. Je pensais avoir l'esprit clair, mais tout en moi était confus. Je désirais seulement marcher, le plus loin possible, explorer le cirque par le haut et par le bas, passer partout où elles avaient pu poser le pied, partout où la pluie et la neige avaient pu recouvrir leurs traces. Et je voulais quitter la forêt, cette prison sans horizon et sans lumière.

J'en suis sorti par la route la plus directe pour rejoindre le flanc de la montagne. Arrivé là, j'ai continué.

Mes souvenirs sont chaotiques. Je me rappelle la neige durcie, le vent furieux de me trouver sur sa route, les grondements sourds et les étendues blanches à s'en crever les yeux. Je me rappelle mon corps secoué et ma vue troublée par les rafales de neige. Mais ni fatigue, ni douleur, ni fièvre. Celles-là ne sont apparues que plus tard, à mon retour au bothy. D'un coup, et ensemble.

J'ai hurlé leurs noms. Emily, Selkie. Mais je ne les cherchais pas. Je ne les cherchais déjà plus. Je ne cherchais qu'à me perdre.

J'ai longé la vire pour dominer le vide et sentir la neige instable sous mes pas. Je suis remonté près des crêtes. J'ai traversé les séracs qui menaçaient de s'effondrer. J'ai écouté la montagne me commander de rentrer me terrer au bothy, et j'ai pris plaisir à ignorer ses ordres. Je suis tombé plusieurs fois et me suis relevé en remerciant la neige de rafraîchir mon corps qui s'embrasait sous mes vêtements. Le gouffre maudit dont Selkie m'avait souvent parlé devait être là, tout près. J'ai décidé que si le manteau de neige se dérobait sous mes pieds, je parviendrais, moi, à en ressortir.

J'ai chanté quand les rafales autour de moi devenaient trop fortes.

J'ai continué, le long du cirque, le plus haut possible. J'avais la gorge aride et les lèvres sèches, les vêtements ourlés de glace et les yeux brûlants, mais j'ai continué. J'ai chanté, encore. *Sound of Silence. Hazy Shade of Winter.*

La lumière déclinait quand j'ai entamé la descente. J'avais fait le tour du cirque. J'ai dévalé la pente vers le replat creusé par le lac, m'enfonçant jusqu'à la taille dans le flanc de la montagne. J'ai observé un moment le bothy qui luisait comme un phare. Je n'y suis pas retourné. Arrivé en bas, j'ai longé le plan d'eau en sens inverse.

La rive était encombrée de rochers noirs que la montagne avait entassés en vrac. J'ai dégagé la neige autour d'une grosse pierre et l'ai fait rouler jusqu'à la glace, qu'elle a brisée avant de continuer sa course vers le fond.

J'ai plongé mes jambes et mon visage dans l'eau. Elle ne m'a pas paru froide – tout juste fraîche. J'ai laissé ma peau s'en imprégner, mes yeux s'y habituer. Sous la surface, dans la noirceur en mouvement, des formes nébuleuses, sans visages ni couleurs, se sont peu à peu dessinées.

C'est à ce moment, la tête enfouie sous l'anneau de glace, que m'est venue l'idée. Elle était encore vague et trouble, comme l'eau qui m'entourait, mais lentement elle prenait forme.

J'ai regagné la rive. La nuit était tombée. J'ai longé le lac jusqu'à la maison des Koller, dont la neige bloquait l'accès. Je me suis frayé un chemin jusqu'aux fenêtres et aux volets fermés. Je les ai ouverts et j'ai appelé dans l'obscurité flottante. Personne n'a répondu.

L'idée prenait plus de place. Elle se précisait. Je voyais la lueur du bothy, à quelques centaines de mètres à peine, mais il fallait que je marche encore.

Un autre tour du lac. La glace encore, le cirque, le bothy qui s'éloigne, disparaît et se profile à nouveau. Le vent et la neige, les roches noires et le rideau de la forêt.

Et, tandis que les sommets se fondaient dans la nuit, que le paysage entier s'estompait, l'image s'est éclaircie. Une image-idée, simple comme une vérité.

J'ai accéléré le pas, plein d'une excitation tranquille.

Le carnet, les sculptures, Emily.

Une vérité insensée, mais la seule vérité possible.

La figurine de McGill.

L'image n'est pas arrivée seule. En même temps qu'elle se formait devant mes yeux, j'ai ressenti autre chose, une sensation douloureuse, comme une angoisse au creux du ventre, d'abord légère puis plus intense. Une coulée, viscérale. Je voulais continuer à réfléchir, mais dès que je le faisais la douleur s'étendait un peu plus.

Les figurines. Emily. Et cette lame qui progresse à l'intérieur.

Isla.

J'ai poussé la porte du bothy. Ness m'attendait, debout dans le salon, aux aguets.

Ma respiration s'est soudain enrayée et mon corps gelé s'est embrasé. La douleur est devenue incontrôlable.

Je me suis traîné jusqu'à la douche. L'eau était brûlante et mon corps plus chaud encore. La vapeur traînait dans la salle de bains, autour de moi, le long des murs. Sous la lumière jaune du plafonnier, le nuage prenait l'apparence de ma mère.

La douleur était mêlée de fièvre, mais non, je ne délirais pas. Isla était revenue. Elle avait peut-être toujours été là. Elle nous observait, en ville et ailleurs. Elle avait trouvé le bothy. La figurine que McGill m'avait donnée représentait la vieille femme, mais ce n'était pas elle qui l'avait sculptée. C'était Isla.

La chaleur de la douche est devenue insupportable. J'ai coupé l'arrivée d'eau chaude pour refroidir mon corps.

Les cabanes qu'elle construisait. Les plaques à leur entrée sur lesquelles ma mère gravait le profil des moutons de la lune. Le château fort, sur la plage, et les branches qu'elle avait taillées pour décorer le parterre d'arbres miniatures. N'y avait-il pas des personnages, aussi ? Oui, il y en avait. Je les voyais à présent.

J'ai quitté la douche le corps engourdi et j'ai péniblement enfilé quelques vêtements.

Isla était revenue, elle avait vu Emily au bothy et Emily l'avait vue aussi. *Nous nous rapprochons un peu plus chaque jour,* disait le carnet. Emily et elle avaient fait connaissance, petit à petit, comme deux bêtes qui s'apprivoisent. Ici, dans la maison, la nuit. *Le reflet sur la vitre lui ressemble, mais ce n'est que moi.* Dans la forêt. Isla avait peut-être dormi ici. Ou là-bas, dans la maison des Koller. *Si proche et si loin.*

J'ai atteint le salon. Le canapé. Le feu se consumait dans la cheminée. La pièce était trop chaude.

Ness m'a apporté à manger, à boire, a attisé le feu. Mes pensées qui s'enchevêtrent. La fièvre et la douleur qui progressent. J'entendais ma voix qui parlait. Je prononçais des mots et Ness les écoutait, mais ce n'étaient pas les bons. Mes paroles n'avaient pas de sens.

Ma poitrine qui se tend. Mes muscles qui se contractent. Ness qui s'approche et pose sa main sur moi. Sa main froide. Je veux lui parler. Je veux qu'il parte. Je veux lui dire. Je veux qu'il me laisse seul.

La cheminée, la nuit, le visage de mon frère et le feu qui me consume. Le bothy, le cirque, les cimes, la forêt, le lac. Tout disparaît.

*

Je n'ai pas gardé davantage de souvenirs de cette nuit-là. Quand je me suis réveillé, j'étais étendu sur le canapé, les muscles raides, et cette langue de feu qui roulait toujours dans ma poitrine.

Ness est parti acheter du bois dans la vallée. En son absence, la fièvre et la douleur se sont un peu calmées.

J'ai exploré la maison. Chaque chambre, et chaque placard. Je n'ai pas mis de musique. Il ne fallait pas faire de bruit. Je voulais écouter ce que le bothy avait à me dire, les secrets qu'il avait à me murmurer. J'ai saisi dans mes mains les figurines de bois, tendu l'oreille. Le plafond a légèrement craqué, et je suis monté dans les combles. Des rongeurs y avaient élu domicile. Leurs pupilles s'agitaient dans l'ombre. Ils devaient savoir, eux.

Je suis redescendu et j'ai continué à fouiller. J'ai cherché des signes, et j'en ai trouvé. Des cheveux blonds, longs et ondulés, des vêtements qui ne ressemblaient pas à ceux de Selkie, des jouets que je n'ai pas reconnus. Je les ai rassemblés dans la chambre d'Emily, à l'abri d'un placard dont j'ai vidé l'une des étagères.

Puis je suis sorti. Je n'avais pas de destination en tête, mais je ne voulais pas que la montagne m'arrête, alors je me suis rendu dans la grange où j'ai récupéré un piolet et des crampons que j'ai accrochés à ma ceinture.

Je me suis perdu dans la forêt, encore. Mes muscles courbaturés se tendaient. Il n'y avait pas de vent, et malgré tout j'avais froid, plus que la veille.

En sortant de la forêt j'ai aperçu la maison des Koller, minuscule, prise entre le lac de glace et les masses de neige rejetées par les montagnes. Je m'y suis dirigé.

Je ne cherchais plus Selkie. Je cherchais maintenant Isla, comme je l'avais fait des années durant. À l'approche du lac, j'ai imaginé le voilier échoué au fond, pris sous le disque de gel, et j'ai dû réprimer mon envie d'aller vérifier son absence.

Arrivé devant chez les Koller, j'ai fait le tour des fenêtres en essayant de les ouvrir de l'extérieur. Comme je n'y parvenais pas, je suis monté sur le rebord de l'une d'entre elles et j'ai brisé un carreau avec le manche du piolet. Puis j'ai passé ma main à l'intérieur pour tourner la poignée et je suis entré.

Le verre brisé a crépité sous mes pieds. La lumière du jour, voilée par les nuages et obscurcie par la montagne, ne parvenait pas jusqu'à l'intérieur. L'électricité était coupée. La maison était pleine d'un air épais, gorgé d'humidité. On avait recouvert les meubles de draps sombres. Ils ressemblaient à des corps de cendre.

Je me suis approché d'eux et j'ai commencé à faire glisser les tissus. Mes mains tremblaient. Je ne distinguais que des formes, des matières froides que je ne reconnaissais pas. Les silhouettes des draps soupiraient dans l'ombre. J'ai reculé. La pièce était peuplée de présences invisibles autour desquelles glissait la buée qui s'échappait de mes lèvres. J'ai senti la douleur revenir. Il fallait que je sorte.

J'ai rejoint la fenêtre, l'extérieur de la maison encombré de neige, et je me suis éloigné le plus vite possible.

Tout droit, le long de la pente.

J'ai fixé les crampons en reprenant mon souffle. Au-dessus de moi s'étendait l'immense mur, lisse et blanc, jusqu'aux arêtes rocheuses, couvertes de lumière.

La neige durcissait de plus en plus. La fièvre revenait et me brouillait la vue. L'air se raréfiait. Était-ce moi, ou l'altitude ? Sous mes pieds le cirque rapetissait, le flanc de la montagne se balançait comme un rideau de soie. J'avançais, mais chaque pas demandait plus d'effort et transformait un peu plus le paysage.

Et alors ils sont apparus. Tous. Isla, Emily, Selkie. L'enfant Ness. Kenneth. Déambulant sur les corniches de neige, assis sur les séracs, debout sur des éperons rocheux. Ils me faisaient signe d'approcher, mais quand je m'avançais vers eux ils jouaient à s'éloigner de moi.

Le sol s'est encore durci. Je marchais à présent sur un glacier qui plongeait depuis l'arête. Isla et Emily s'étaient arrêtées là-haut, dans une brèche de la roche. J'ai voulu les appeler, ma gorge n'a produit qu'un souffle sans matière.

J'ai essayé d'avancer, vers elles, vers l'arête.

Mais la neige s'est creusée sous moi. La montagne s'est ouverte sans faire de bruit. Je suis tombé.

Une crevasse étroite, à peine plus large que moi, juste assez pour m'avaler.

Deux parois de roche verglacées ont stoppé ma chute. Je suis resté encastré entre les pans de la fissure, le visage tourné vers le jour, le corps serré contre les murs suintant de glace.

Était-ce le gouffre dont parlaient les gens d'ici ? J'ai regardé vers le bas. Je n'entendais aucune rivière couler. Impossible de mesurer la distance qui me séparait du fond. Oui, il pouvait y avoir une rivière, un filet d'eau figé par l'hiver.

J'ai crié tous les noms, un par un. Aucun visage ne s'est dessiné dans l'ouverture. Alors j'ai tourné la tête vers le fond de la crevasse et j'ai appelé encore. Se pouvait-il qu'elles y soient tombées ? Emily, Isla, Selkie ? Est-ce que leurs corps reposaient là, aux côtés de l'homme qui avait voulu descendre pour collecter l'or charrié par la rivière ? À bien y regarder, l'obscurité scintillait, là-dessous, comme des pièces de monnaie au fond d'un puits.

Non, ce n'était que la glace. L'air emprisonné par la glace qui réfléchissait un peu de la lumière du jour. Rien d'autre.

J'ai frappé ma tête contre la pierre pour faire disparaître les fantômes.

Je me suis répété : ce n'est pas eux que tu es venu trouver ici. Ceux que tu cherches sont des créatures de chair et d'os. Ce n'est pas dans ces ténèbres que tu les trouveras. Lève-toi. Sors de là.

Planter le piolet. Libérer ma jambe, fixer un crampon dans la paroi. Se relever. Ancrer l'autre crampon dans les écailles du rocher. Oublier la crevasse et sa nuit teintée d'or. Oublier les fantômes. Laisser le diable dans son trou. Ôter un gant pour escalader le mur. Remonter, comme la fumée s'échappe d'une cheminée.

La roche entaillait ma peau et faisait ruisseler des coulées de sang sur la strate de glace. À quelle température gelait le sang ? Allait-il se pétrifier le long des murs ou creuser une flaque au fond du gouffre ?

J'ai fini par ressortir. J'ai roulé dans la neige jusqu'à un point suffisamment éloigné de l'ouverture, où je suis resté étendu. La fièvre a ressurgi. Tout s'est mis à tourner, le cirque autour de moi et le versant sous mes pieds.

Mais tout était vide. Plus aucune trace de personne, nulle part.

Je me suis senti plus seul que je ne l'avais jamais été. J'ai pensé à Ness, que j'avais laissé partir. J'ai désiré qu'il soit là, auprès de moi, ses mains autour des miennes.

J'ai murmuré : quand tu reviendras, je te dirai tout. Et, quoi que tu me répondes, je t'écouterai.

*

Après m'être traîné jusqu'au bothy, j'ai attendu que mon frère revienne. Mais je n'ai pas pu rester éveillé longtemps. Je n'avais plus mal, je ne sentais plus rien, ni les courbatures ni les plaies. La pression sur ma poitrine avait disparu. La fièvre, comme une coulée de lave, avait tout emporté.

J'ai fait des rêves sans véritables images. Un monde informe où une note sourde et continue, comme une ligne de basse, traçait un fil que je suivais en rampant. Et la note se gondolait pour tisser des ombres que je reconnaissais toutes, et en toile de fond, très loin mais audibles, des enfants parlaient à voix basse, dans un murmure qui s'éloignait et se rapprochait de moi, comme si je les tenais par un élastique. Quelque chose m'entourait, une matière à l'odeur d'embruns et de résine, toute proche, qui me dévorait la peau sans provoquer aucune douleur mais en faisant couler sur mon corps des déferlantes de chaleur.

Ce rêve contenait peut-être davantage. Je ne me souviens que du désordre de sensations, un dégradé rouge et noir en mouvement, et ces sons, ce bruit continu, comme une sonnerie de téléphone, mais plus grave, moins métallique, et le râle et les voix d'enfants, dont j'ai eu l'impression, peu à peu, en les écoutant, qu'elles comptaient, battaient le rythme. Mais le tempo était saccadé. La musique était fausse.

Et puis Ness est arrivé. J'ai entendu le ronflement lointain de la voiture, la porte du bothy qui s'ouvre en gémissant.

Un long silence. Des bruits et des odeurs de cuisine.

Un temps impossible à mesurer a passé.

Plus tard, de la musique. Quelque chose qui roule sur ma poitrine. Les figurines. Que faisaient-elles là ?

Le silence, à nouveau.

La lumière qui décline lentement derrière mes paupières closes.

Le crépitement du feu.

Un temps, encore.

Mon frère vient s'asseoir sur le canapé. Il est tout proche mais sa présence est sans matière. Les mains qu'il pose sur ma poitrine comme un nuage de glace, léger, vaporeux.

J'essaie de me relever et d'ouvrir les yeux, mais n'y parviens pas.

Les mains de Ness – l'air froid – appuient sur ma poitrine.

Comme s'il était en colère.

J'ouvre la bouche pour lui parler d'Emily et d'Isla, mais il y a la fièvre, l'air qui manque. J'ai chaud. Il ajoute des bûches. Le feu qui s'agite dans l'âtre assèche l'atmosphère et me coupe la respiration. J'essaie de parler mais la cage se referme, emprisonne l'air et les images, les pensées et les mots, toutes ces choses qui me griffent de l'intérieur.

Mes paupières sont fermées. Pourtant je vois son visage. C'est un visage d'enfant et c'est un visage qui tremble. Mais l'enfant Ness n'avait pas peur. Aujourd'hui ses cheveux sont ternes, autrefois ils brillaient à s'en crever les yeux.

Des guirlandes de mots s'agitent devant moi. Des paroles de chansons, comme des vagues.

Remember when you were young.

Ness a-t-il toujours eu peur ?

You shone like the sun.

Non. Il y avait un temps où il caracolait dans les steppes. Il trempait son corps d'enfant dans les eaux glacées. Il inondait de lumière des paysages sans vie. Il y avait une époque où il était Ness, mais depuis longtemps il était redevenu David.

Que fait-il ainsi, penché sur moi ? Essaie-t-il de m'apaiser ? Je voudrais lui dire d'arrêter, lui expliquer qu'il n'a pas la force pour ça. Qu'il ne l'a jamais eue.

Mon corps me brûle. L'air enfermé dans ma poitrine est comme un serpent de flammes.

Je sens à peine ses mains posées sur moi. Ce souffle glacial.

Est-ce à cause de moi qu'il a froid ?

Je sais à quoi il pense. Aux fantômes. C'est Emily qui me l'avait dit, ici même, un jour.

Ness a peur des fantômes. Ness frissonne dans ces montagnes.

Mais, mon frère, les fantômes ne sont rien à côté des vivants qui rôdent sans nous regarder. Les fantômes ne viennent que si on les appelle, alors que les vivants nous quittent et disparaissent et à tout moment ils peuvent ressurgir et nous blesser.

Tu t'approches, Ness. Pourquoi ?

Tu ne sais rien de tout ça, parce que je ne t'ai rien dit. Je ne t'ai pas expliqué la différence entre disparaître et mourir. Je l'ai gardée pour moi, Isla. Je n'ai pas voulu la partager. Oui, je l'ai gardée pour moi. Pourquoi ? Pour te protéger ou pour assouvir ma colère ? Avais-tu seulement la force d'entendre la vérité ? Et maintenant ?

Je voudrais que tu partes. Que s'éloigne ton corps gelé.

Mais quand tu t'éloignes je reprends peur.

Reviens, reste là, Ness. Je dois te parler.

Laisse-moi te raconter Isla, qui a disparu sans mourir. Te raconter l'enfant que tu étais. Te dire que tu n'as pas toujours eu froid. Te rappeler comment tu as choisi ton nom.

Te convaincre que les gens ne font que disparaître et qu'il faut que nous les cherchions ensemble.

Tu as enveloppé la pièce d'un manteau de glace.

Est-ce que tu m'entends ? Les mots tourbillonnent en moi mais aucun ne s'échappe. Ils ne font que glisser, là, sous ma peau.

Tu es en colère. C'est pour cette raison que tu es si froid. Tu sais, au fond, ce que je t'ai caché. La colère est devenue sourde, mais elle est toujours là.

Tu restes assis, immobile. Qu'essaies-tu de faire ? D'être fort pour deux ? En vieillissant on se construit des rôles. Celui-là n'est pas le tien.

Ness, ce ne sont pas le vent, la neige, les fantômes qui me consument. C'est ce que je sais et ce que je ne dis pas. C'est le doute. C'est la peur que tu ne me croies pas, que ta colère gonfle et que tu me dises non, elles sont mortes, toutes les deux, pas Selkie, mais Emily et Isla, et j'ai peur, aussi, de me mettre en colère à mon tour en entendant cette réponse.

Parce que tu ne sais rien, mon frère. Tu ne sais rien et malgré tout tu m'en veux. Tu ne sais pas ce que c'est le souvenir, ce que c'est d'être un adolescent qui vit comme un vieillard, à ressasser des images perdues et des présences évaporées.

Tu t'approches encore et tu me parles.

Qui es-tu pour me dicter ce que je dois croire ? Qui es-tu pour vouloir me prendre la main ?

Mes yeux sont clos mais je te vois, et malgré tout je ne te reconnais pas.

Tes mains sont si froides.

Qui es-tu, Ness ?

Tu as peur des fantômes, mais tu leur ressembles.

Tu as peur des fantômes, mais tu en es un.

*

À mon réveil, j'étais dans ma chambre. La lumière du matin fendait l'air en faisant léviter des traînées de poussière.

Le salon, la cuisine, la chambre étaient vides. Ness n'était plus là. Je me suis préparé un café et me suis forcé à avaler quelque chose.

J'ai ouvert les rideaux du salon pour jeter un œil à l'extérieur. La voiture était garée devant le bothy. Ness n'était pas loin.

J'ai attendu. Le soleil s'était hissé au-dessus des cimes. La fenêtre a pâli et la neige fondue a commencé à s'égrainer depuis la toiture. Une goutte tombait, puis une autre, une enfilade de perles brillantes, puis tout s'arrêtait à nouveau.

Je suis sorti et j'ai disposé une bâche sur le sol pour entendre l'eau claquer sur le plastique. Une musique, pour troubler le silence et peupler mon attente.

Je me suis assis à la table du salon. La fièvre avait dû baisser. Rien ne bougeait, ni à l'intérieur ni au-delà des murs. Mais le temps passait : je pouvais l'entendre qui faisait fondre la neige. Il n'y avait pas d'autres signes, mais celui-là suffisait. Le rythme des gouttes, trop irrégulier, ne permettait pas de mesurer les secondes ou les minutes. Le temps passait en ralentissant par moments et en accélérant à d'autres.

Les figurines étaient disposées sur la commode, bien alignées, tournées vers moi. Je ne voyais pas le carnet.

Parfois mes paupières se fermaient et je prenais peur. Pour maintenir mes yeux ouverts je fixais mon attention sur l'extérieur et la neige qui perlait.

Ness ne réapparaissait pas. Le bothy l'attendait avec moi. La tasse de café à peine entamée que j'avais posée sur la table refroidissait peu à peu.

Soudain, un bruit strident a perforé le silence. Une secousse violente m'a traversé. C'était comme un cri, mais ça ne semblait pas humain, c'était aigu, métallique. J'ai regardé autour de moi, sans comprendre, tandis que le cri continuait de retentir.

Le téléphone. Combien de temps a-t-il sonné avant que je ne me lève ?

J'ai pris dans ma main le combiné et l'ai porté à mon oreille.

— Allô ? demandait-on au bout du fil.

À qui appartenait cette voix ? Je la connaissais.

— Allô ? Il y a quelqu'un ?

Y avait-il quelqu'un ici ? Autour de moi le bothy était vide.

— C'est toi, Birdie ?

Un timbre clair.

— Birdie ?

Clair et doux.

— ... Selkie ?

— Oui, c'est moi.

La voix était bien la sienne. Pourquoi étais-je incapable de la reconnaître ?

— Je suis au bothy.

Ma voix aussi me semblait étrangère.

— Je le sais, puisque c'est là-bas que je t'appelle.

— Nous sommes… Avec Ness, nous sommes venus pour te trouver.

Dehors, le soleil faisait miroiter la neige.

— Ça va, Birdie ? Je ne te vois pas, mais à ta voix j'ai l'impression que tu trembles.

J'ai éloigné l'appareil. Oui, je tremblais, des jambes et des bras, jusqu'au bout des doigts.

— Il fait froid, ici.

C'était faux. Il ne faisait pas si froid. La neige fondait et le bothy était tiède. Mais j'avais froid.

— Ness est avec toi ?

J'ai regardé à l'extérieur. Les gouttelettes de neige sur la bâche. Clac, Clac.

— Oui. Je crois.

— Tu crois ?

Les doigts d'Alvin, tapotant les pochettes de disques. Clac, clac.

— Oui. Il est sorti mais il va revenir. Il va revenir.

Le soleil pâle. La neige fondue. *Little darling, I feel the ice is slowly melting.*

— Je suis désolé, Birdie, je n'ai pas réfléchi, j'ai eu besoin de repartir et j'ai tout laissé en plan. Ça n'a pas dû plaire à ton frère. Et puis j'avais coupé l'électricité, il y avait des fusibles à changer, j'espère que ça ne vous a pas posé de problème.

It seems like years since it's been clear.

— Birdie ? J'ai appelé plusieurs fois, je ne tombais sur personne.

La fièvre, le rêve, la ligne de basse, continue.

— Depuis combien de temps êtes-vous là ? Birdie ?

— Selkie, la neige…

Here comes the sun, doo-doo-doo-doo.

— Oui, tout doit être blanc maintenant.

— Elle fond, ce matin. Tu entends ? Mais l'hiver commence à peine, n'est-ce pas ?

Silence. Une lente respiration. Un souffle calme.

— Ness va bientôt revenir ?

Qui avait posé cette question ? Ce devait être moi, puisque personne ne répondait.

— Oui, je crois qu'il va bientôt revenir, a fini par dire ma voix. La voiture est là. Il ne doit pas être loin, n'est-ce pas ?

— Qu'est-ce qu'il se passe, Birdie ?

— J'ai froid. Je vais faire du feu. D'accord ?

Sans attendre sa réponse, j'ai posé le téléphone et je suis allé déposer dans le foyer du papier, du bois et une bûche. Le briquet ne s'allumait pas et l'actionner faisait souffrir mes articulations. J'ai craqué deux allumettes à la place. J'ai attendu quelques instants que le feu prenne.

— Selkie, tu es là ?

— Oui, bien sûr. Que se passe-t-il ?

— J'ai allumé un feu.

— D'accord. Tout va bien ?

Étrange question, mais que pouvait-elle demander d'autre ?

— Je suis tombé.

— Comment ? Où ?

— Là-haut, près de l'arête du Piz Wald.

— Bon Dieu, Roy, qu'est-ce que tu faisais là-haut ?

— Je cherchais.

Le souffle de silence, encore. Selkie ne voulait pas me demander ce que je cherchais.

— Je crois que je suis tombé dans le gouffre. Tu sais, l'histoire qu'ils racontent. Mais ne t'inquiète pas : le diable n'a pas réussi à me retenir par les pattes.

J'ai commencé à rire, mais ma poitrine a craqué et j'ai cessé aussitôt.

— Cet endroit n'existe plus, Birdie. Un éboulement l'a recouvert l'été dernier. Tu te souviens ?

— Non… Je crois que c'était bien là-bas, pourtant…

— Tu t'es fait mal ?

L'obscurité scintillante, les présences sous la terre.

— Je ne sais pas.

— Comment es-tu remonté ?

La lame de glace, fine et transparente.

— Centimètre par centimètre. Comme tu me l'as appris.

Aucune accélération de son souffle. Selkie respirait toujours ainsi, lentement. Même pendant l'amour.

— Vous devriez revenir. Tu ne penses pas ?

— Chez nous ? Avec toi ?

Revenir. L'appartement, les couleurs, la musique.

— Non, je ne suis pas à la maison. Je suis chez une amie de la compagnie. Je voulais m'assurer que tu vas bien, que Ness va bien, mais j'ai besoin d'être un peu de mon côté.

Le feu réchauffait la pièce. La neige fondait plus vite. Mais il y en avait trop pour que le manteau disparaisse. Vivre un peu de son côté. N'était-ce pas ce que nous faisions tous ?

— Selkie, au bothy…

— Oui ?

Il fallait que je lui demande. Ma gorge me brûlait.

— Tu as vu Emily ?

— Roy…

— Dis-moi, simplement.

— Roy, arrête. S'il te plaît.

Changement de tempo, souffle rapide.

— Tu ne l'as pas vue, alors ?

— Roy, ça suffit !

Non, elle ne l'avait pas vue. C'était donc bien Isla. Était-ce un soulagement, cette sensation enveloppant mes épaules ?

— Mais le carnet ? Les sculptures ?

— Je ne sais pas de quel carnet tu parles. Les sculptures… Oui, je les ai trouvées dans la cabane, tu sais, celle qu'Emily avait construite avec ton frère. J'aurais dû les laisser là-bas. Roy, je ne sais pas ce qui te passe par la tête en ce moment. Ne te perds pas. Je sais que tu l'as déjà fait. Reste avec nous.

— C'est toi qui es partie, pas moi.

— Tu sais que ce n'est pas vrai. Tu es parti, cet automne et les précédents. Je sais que tu en avais besoin. Mais tu es parti. Et maintenant tu te perds. Je le sens. Reviens, Birdie. Ne va pas plus loin.

Ma guitare était posée contre le mur. Ma Martin Special, corps brun, sombre. De quel bois était-elle faite ? Je demanderai à Ness, il doit le savoir. La lumière extérieure caressait les cordes. L'instrument a joué les premiers accords de la chanson, *Here Comes the Sun*.

— Mais je n'ai pas trouvé la cabane.

— C'est normal, avec la neige. Ce n'est pas important. Reviens. Revenez, tous les deux. Remets-toi au travail. Descendez de là avant que la neige ne vous en empêche.

De l'acajou ? Du cerisier ? Le son était profond et chaleureux.

— Viens, et... On se verra ici. La ville est grise mais il ne fait pas froid. On trouvera un peu de soleil.

— Il y en a, ici, du soleil.

Un peu de soleil, *doo-doo-doo-doo*.

— Selkie... Est-ce qu'on a trop rêvé, tous les deux ? On s'est trop échappés ?

La respiration, de nouveau calme et chaude.

— Peut-être, oui.

— Et la terre nous attend, à présent, c'est ça ?

— Elle t'attend, toi.

— Je voudrais m'échapper encore.

— Tu peux t'échapper, Birdie. Mais pas comme ça. Fuis. Mais ne regarde pas en arrière. Avance, les yeux fermés.

— Il faudra aussi... Il faudra que je me bouche les oreilles.

— Mais non. Tu devras juste choisir la bonne musique. Tu sais faire ça, il me semble.

La bonne musique. *Doo-doo-doo-doo*.

— Fuis, Birdie. Fuis, et reviens.

VII

NESS

« Some dance to remember,
Some dance to forget. »

The Eagles, *Hotel California*

— Comme tu peux le voir, le stratus est toujours là, a lancé Svensson en guise de salut.

Il a soupiré avant de s'asseoir en face de moi. La place était calme, toutes les tables du pub demeuraient vides malgré les couvertures que les employés avaient déposées sur les chaises. L'air humide n'incitait pas à s'installer en terrasse, mais ce n'était rien comparé au bothy, et comme une partie de moi s'y trouvait encore, l'atmosphère de la vieille ville me paraissait presque tiède.

Il s'est assis sans rechigner. Svensson se désintéressait de la température ambiante. Dans son bureau, les fenêtres restaient ouvertes en toute saison. Un hiver, je m'étais rendu chez lui pour dîner, et comme nous avions terminé très tard il m'avait proposé de rester pour la nuit. Il m'avait confessé qu'il n'y avait dans ses placards ni couettes ni couvertures. J'étais retourné chez moi me blottir dans les miennes. C'était quelqu'un comme lui que nous aurions dû emmener au bothy : un type à la présence rassurante et dépourvu de terminaisons nerveuses.

Il a commandé son habituelle Guinness, et, après avoir remarqué que j'avais terminé mon café, en a ajouté une pour moi.

— J'aimerais te dire qu'il s'est dissipé en ton absence, a-t-il dit en levant à nouveau les yeux. Mais il est resté là, en place, comme le toit d'une prison.

Il faisait nuit et il ne pleuvait pas : que le stratus soit là ou pas ne faisait aucune différence. Même si quelques jours à peine s'étaient écoulés, c'était un soulagement de revoir Svensson, de m'imaginer reprendre le travail et de retrouver ma ville. Quant au stratus, pour la première fois je ne le trouvais absolument pas sinistre. Il y avait dans cette masse cotonneuse enveloppant la ville quelque chose de réconfortant.

— Tu veux me raconter, Ness ?

— Te raconter… Je ne suis pas sûr. Je peux en tout cas te dire que je suis heureux d'être de retour ici.

En approchant de Genève, j'avais éprouvé la même sensation que le jour où le ferry s'était éloigné d'Édimbourg. Dès que le Léman s'était dessiné à l'horizon, l'air s'était fait plus léger, plus facile à respirer.

— Ici, au pub, avec moi ?

Svensson souriait des lèvres, mais ses yeux demeuraient sérieux. Il était fait ainsi : les sourires n'atteignaient jamais la partie supérieure de son visage. Mais son regard ne portait aucune tristesse, seulement cet air attentif, ce fond de gravité que même un rire ne parvenait pas à faire disparaître.

— Ici, au pub, oui. Et plus généralement ici, en ville. Ici, en bas.

— Vous ne l'avez pas trouvée, là-haut ?

— Selkie ?

— Bien sûr, qui d'autre ? a demandé Svensson.

— Non, on ne l'a pas trouvée. Mais il ne lui était rien arrivé de grave. Elle est ici, à présent. Pas chez eux, mais à Genève.

— Je comprends.

— Et toi, Svensson ? Et Genève ?

— Le stratus, toujours le stratus ! Et à part ça, on prépare le numéro de janvier. Il manque un ou deux sujets, pages culture. En d'autres circonstances, je t'aurais suggéré de demander à ta belle-famille, mais j'imagine qu'elle a d'autres chats à fouetter.

— Selkie faisait partie de cette nouvelle compagnie, à Carouge.

— Oui, je crois que j'avais entendu parler d'eux à la rentrée.

— Il y a peut-être un sujet…

— C'est possible, oui.

Il m'a détaillé un moment du regard en caressant ses mèches claires.

— Si tu veux, on peut écrire l'article ensemble. J'ai du temps jusqu'à Noël.

La proposition était inattendue : Svensson intervenait sur les choix éditoriaux, proposait des corrections, mais ne travaillait pas en équipe. C'était la première fois qu'il m'offrait de travailler ensemble.

— Tu t'inquiètes pour moi ? Je suis opérationnel, pas d'inquiétude.

J'ai tapoté son épaule. Ce geste-là ne me ressemblait pas non plus et Svensson a secoué la tête.

— Si tu le dis. Je proposais pour changer un peu. Ta gueule livide n'a rien à voir là-dedans, bien sûr.

— Tu te trompes, ai-je répliqué en portant mon verre à ma bouche. C'est la couleur de la Guinness qui contraste avec celle de ma peau. Je ne suis pas plus livide que d'habitude. Ou alors c'est le stratus.

— Il a bon dos, le stratus.

J'ai avalé une gorgée supplémentaire et j'ai tenté de rassembler mes forces pour retrouver une apparence moins exténuée.

— Ness, d'habitude je n'insiste pas, mais cette fois j'ai l'impression qu'il serait judicieux que tu me racontes.

Les rues étaient vraiment désertes. Quelques lointains claquements de pas, tout au plus. Le mobilier du bar avait dû changer depuis ma précédente visite, la dernière fois les chaises étaient en bois. La matière de celle-ci était lisse, froide comme le garde-corps d'un bateau.

— Tu crois aux fantômes, Svensson ?

Le visage de Svensson n'a rien laissé paraître.

— Bien sûr, à un niveau métaphorique, je…

— Non, pas comme métaphore.

— Il n'y a pas d'autre manière de penser aux fantômes, mon vieux. Les fantômes *sont* des métaphores.

— Pas toujours.

Svensson a posé sa bière et s'est accoudé à la table, approchant son visage du mien. J'ai eu envie de passer mes doigts dans le creux de ses rides.

— Mais si, toujours. Tiens, d'ailleurs : fantôme, fantasme, c'est la même racine, du grec *phantasma*.

— Pas en anglais. *Ghost. Fantasy.*

— OK. Pas en suédois non plus. Bon, peu importe la linguistique. Disons que je crois aux fantômes, mais pas comme toi. Disons que je vis avec eux. Comme tout le monde, non ?

— Pas moi, ai-je répondu. Moi, je n'ai jamais vécu avec eux. Il y en avait en Écosse, mais je les ai laissés là-bas.

Svensson a remonté un peu plus ses manches.

— Et ceux que tu as trouvés lors de votre escapade en montagne ? Tu les as laissés là-bas, aussi ?

J'ai revu le bothy, la forêt, la cabane.

— Je les ai laissés, oui.

Le stratus était si bas que les lumières de la ville le teintaient de jaune. Ou alors c'était lui, Svensson, lui, sa peau et ses cheveux clairs qui irradiaient.

— OK, mon vieux, a-t-il poursuivi. Je crois que je comprends. Au fond, c'est mieux de donner une existence matérielle aux fantômes. Ça permet de les laisser où ils sont. Il suffit de s'enfuir. Tu dois avoir raison. C'est plus commode.

— Je te sens sceptique.

— Pas du tout. Et ton frère, qu'est-ce qu'il a trouvé, là-haut ?

— Roy… Je ne sais pas.

Quand j'étais revenu au bothy, le matin où j'avais suivi Emily et découvert la cabane, nos sacs étaient faits, disposés dans le coffre de la voiture. « Partons », avait dit mon frère. Plus tard, alors que nous roulions vers Genève, il avait prononcé quelques mots. « Malgré tout, Ness… Malgré ce que Selkie dit… Emily était là, tu sais ? Elle était là, et elle n'était pas seule. » Et il m'avait observé, longuement. J'avais continué à conduire, concentré sur la route, sentant son regard posé sur moi. Je lui avais demandé de se taire.

Svensson avait sans doute raison. On n'abandonne pas les fantômes de la sorte. Mais je voulais au moins essayer. Je voulais tenter de retrouver ma ville et mes souvenirs, ceux d'Emily, de notre famille. Me souvenir pour oublier, en quelque sorte.

Svensson avait déjà vidé son verre, et, à ma grande surprise, moi aussi. Il a marché jusqu'au bar pour en commander deux autres avant de revenir s'asseoir.

Le nuage était toujours enveloppé d'une pellicule de lumière dorée, très pâle. Elle semblait émaner de Svensson. Ou, plutôt, de tous ces fantômes qu'il portait calmement en lui, autour de lui. C'était eux qui adoucissaient l'atmosphère, faisaient office de manteaux, de laine d'hiver. C'était eux que Svensson logeait dans ses armoires en lieu de couvertures. C'était pour les laisser aller et venir qu'il gardait ses fenêtres ouvertes.

— Je comprends ce que tu veux dire, ai-je soufflé à Svensson, qui n'avait rien dit.

Ses lèvres ont de nouveau souri. Il a acquiescé.

— C'est une bonne idée, ai-je ajouté, de faire cet article ensemble. C'est d'accord.

Il a approché son verre, a trinqué avec moi. La mousse a coulé le long de ses doigts. Il a jeté un œil au nuage.

— Et en échange, ai-je repris, je t'emmènerai faire un tour là-haut, voir un rayon de soleil. La Toyota tousse un peu, mais elle fonctionne encore.

— Là-haut ? a demandé Svensson.

— Oui. Pas trop haut, juste là, sur la colline, derrière la ville. Au-dessus du nuage. Et là-haut…

— Oui ?
— Là-haut, je te les raconterai, mes fantômes.

*

Pour me rendre à l'hôtel du lac, le lendemain, j'ai pris le chemin le plus long. J'ai traversé le parc des Bastions et la vieille ville, puis j'ai traîné sur la rive nord du Léman, m'arrêtant pour m'asseoir sur un banc puis boire un café. Il ne s'agissait pas vraiment de retarder mon arrivée. J'attendais juste que le monde de l'hôtel du lac se matérialise, et il tardait à le faire. Les immeubles restaient gris, rectilignes, les branchages dénudés refusaient de retrouver leurs feuillages, et les rares passants gardaient leur apparence ordinaire, le corps proportionné et les gestes prévisibles.

Les couleurs, surtout, manquaient. L'hiver, ma ville – comme beaucoup d'autres, mais c'est particulièrement vrai ici – est grise, à cause de la pierre dont les immeubles sont faits et du nuage qui teinte le lac. Voilà pourquoi j'aimais rendre visite à Papa en cette saison, quand Genève avait tant besoin d'une métamorphose. D'ordinaire, je n'étais pas déçu. Les années précédentes, quand je déambulais en direction de l'hôtel au milieu de son univers chamarré, je m'étais dit que, si j'avais pu, j'aurais volontiers partagé cette vision avec Svensson pour lui faire oublier son stratus.

Mais, cette fois-ci, le gris restait figé à la surface des choses et rien ne semblait pouvoir l'en déloger. La ville n'était pas tout à fait comme d'habitude, mais ce n'était rien de plus qu'une légère altération, du domaine de l'impression – rien à voir avec la transformation habituelle.

Tandis que je marchais sur le quai Wilson, l'idée m'a traversé qu'il était peut-être arrivé quelque chose à Papa. J'étais parti au bothy sans avertir l'hôtel du lac, sans communiquer de numéro de téléphone. Roy n'avait pas dû leur parler davantage. Un malheur avait pu se produire. Avais-je consulté mon répondeur ?

J'ai quitté en hâte le quai pour rejoindre la route et j'ai suivi la ligne d'autobus dans la direction de l'hôtel, presque en courant, me retournant pour guetter l'approche d'un véhicule. Deux arrêts plus loin, l'un d'entre eux a fini par apparaître et j'y suis monté le souffle court.

Au bothy, je n'avais pas pensé à Papa. Je ne m'étais pas inquiété pour lui. En fait – je l'ai réalisé pour la première fois dans ce bus – malgré la fissure qui progressait jour après jour en lui, je n'avais jamais envisagé que Papa puisse lui aussi disparaître, je veux dire au-delà de continuer à s'évanouir dans son propre monde comme il le faisait déjà.

Sur le trajet, tout s'est assombri. Pas uniquement le ciel : l'intérieur du bus, pourtant éclairé par des néons criards, les visages des passants, les façades des immeubles et les eaux du lac. J'approchais de chez mon père et la lumière mourait peu à peu.

Lorsque je suis descendu du bus, les formes avaient changé. Les lignes des bâtiments ondulaient, les branches s'étaient entortillées sur elles-mêmes, le corps des passants s'était allongé et leurs gestes étaient devenus lestes et nonchalants. Le monde s'était paré de teintes polychromes, mais il y avait si peu de lumière que ces couleurs étaient inutiles. J'ai secoué la tête, pensant que c'était ma vue qui faiblissait sous l'effet de la fatigue, mais rien n'y faisait, tout restait sombre. Des personnages bien connus marchaient ici et là, Mr Tambourine Man, Eleanor Rigby, l'homme à l'imperméable bleu, mais, chose inhabituelle, parmi eux se trouvaient leurs créateurs, les compositeurs des chansons : Bob Dylan et son étui à guitare à la main, Leonard Cohen, chapeau vissé sur le crâne, montant dans une voiture, McCartney, assis sur un banc, ses grands yeux rêveurs pointés dans la direction de l'hôtel du lac.

L'enceinte du bâtiment est apparue au centre de cet étrange crépuscule. J'ai accéléré le pas.

J'ai salué l'homme de l'accueil qui m'a gratifié d'un sourire avant de se replonger dans ses papiers. L'odeur de l'endroit était la même que d'habitude, le bruit de mes pas, étouffé comme à l'accoutumée. Malgré tout, j'étais mal à l'aise. Un vieil homme au visage invisible m'a croisé sans me regarder, puis une employée m'a salué sans que je parvienne à entendre les mots qui sortaient de sa bouche. Personne n'a montré de signe d'affolement en me voyant, ce qui était bon signe, mais la crainte ne me quittait pas, et quand j'ai atteint la chambre de Papa, il m'a fallu attendre quelques instants devant la porte fermée avant de me décider à l'ouvrir.

Il était là, assis sur son lit, vêtu de ce costume qu'il portait quand il nous invitait à déjeuner le week-end, et son Borsalino sur la tête, penchant sur le côté.

— Bonjour, a-t-il dit en se tournant vers moi.

— Bonjour. Je suis désolé de m'être absenté si longtemps. J'ai dû voyager cette semaine.

Il a acquiescé et m'a souri – le temps n'avait aucune importance ici, il se distendait, accélérait et ralentissait selon le désir du cerveau des pensionnaires de l'hôtel.

— Tu allais sortir ?

Papa a touché le bord de son Borsalino.

— C'est bien possible. Le… Comment dit-on, déjà ? a-t-il demandé en montrant le chapeau.

— Le chapeau.

— Oui, le chapeau. Le chapeau n'est pas froid : je ne suis donc pas encore sorti. C'est le docteur qui m'a donné cette idée. Tu connais le docteur ? C'est une bonne méthode, je pense.

— Tu veux qu'on y aille, alors ? Dehors ? Dans le parc ?

— Peut-être pas. Puisque j'ai de la visite ici, autant en profiter.

Je me suis assis sur mon fauteuil habituel.

— Est-ce qu'il neige ? a demandé Papa.

— Non, regarde, ai-je répondu en écartant les rideaux.

— Il doit neiger quelque part, avec tous ces nuages.

— Oui, sans doute.

— Bien. Tu me racontes ?

D'habitude, les histoires prenaient forme sur la route de l'hôtel du lac, mais cette fois aucune n'était apparue. J'ai puisé dans ma mémoire à la recherche d'un vieux récit qu'il aurait oublié, mais avant que j'aie pu commencer, Papa a demandé :

— Tu as parlé d'un voyage ?

— Oui… Un voyage, c'est ça.

Il s'est affaissé sur le matelas, a ôté son chapeau et l'a déposé à côté de lui après avoir pris soin de lisser la couverture.

— En bateau, j'espère ? J'ai toujours aimé les voyages en bateau.

— Eh bien…

— L'eau est calme, aujourd'hui, a-t-il dit avant de déplacer son chapeau sur ses genoux et de poser ses mains blanches sur le feutre noir. Mais peut-être est-ce différent au bout de la baie.

— Au bout de la baie ?

— Oui, là-bas, a-t-il pointé du doigt, là où la côte disparaît et où la mer commence vraiment.

— Je vois, oui.

Le lac devant les fenêtres de l'hôtel était plus large qu'en centre-ville, mais la côte opposée était encore proche, et on distinguait clairement les reliefs et les maisons accrochées aux premières pentes.

— Oui, comme tu l'as deviné il s'agit d'un voyage en bateau. Tu vois, on m'a commandé… un décor. Tout à fait, un décor, destiné à orner la cabine d'un très grand voilier au ventre très profond. La propriétaire, une femme minuscule à la voix haut perchée, très mal habillée mais très riche, voulait y arranger plusieurs pièces : un salon aux bibliothèques arrondies, dont les étagères devraient contenir les livres en cas de gros temps ;

et une cabine de couchage aux lits suspendus qu'on pourrait agencer à sa guise, selon le nombre et la taille des passagers, et leur désir de dormir côte à côte ou isolément.

Papa a reposé son chapeau sur le lit, puis l'a repris dans les mains. Son regard oscillait, tantôt il me regardait intensément, tantôt un voile ivoire embrumait son visage.

— Mais il y avait un problème, vois-tu. La femme était pressée. Elle devait rejoindre au plus vite une ville éloignée, à plusieurs jours de navigation d'ici, de… de l'autre côté de la mer, et elle ne pouvait donc pas laisser son navire au port pour que j'y fasse mes travaux. Elle m'a donc proposé d'embarquer le matériel et de terminer pendant le voyage, tout en s'engageant à me ramener ici juste après. C'est ce que j'ai fait. Nous avons quitté la ville il y a une semaine, à l'aube, et…

— La marée était-elle haute ? a demandé Papa.

Il avait les yeux grands ouverts, les sourcils relevés, le fond des pupilles agité.

— Oui, la marée était…

— La marée est très faible ici, d'ailleurs. Tu as remarqué ? La baie doit être presque fermée, là-bas.

Quel paysage imaginait-il ? Ana Seiermann m'avait expliqué que la démence de Papa détruisait d'abord sa mémoire récente, mais que les souvenirs anciens étaient toujours là, quelque part. J'en doutais : Papa avait fait mourir ces souvenirs de lui-même des années plus tôt. Et, si ce n'était pas le cas, que fallait-il que je fasse ? Les laisser là où ils se trouvaient, ou tenter de les attirer vers l'extérieur ?

— Nous sommes donc partis à l'aube, sur des eaux calmes et couvertes d'un fin drap de brume. Il n'y avait que moi sur ce bateau, moi et cette femme qui menait le voilier seule, sans équipage, la nuit comme le jour. J'ai d'abord construit les bibliothèques. Il fallait que les livres y tiennent malgré le roulis du bateau, mais la femme ne voulait pas d'angles droits, elle voulait des courbes douces qui rappelaient celles de la mer. Je me suis creusé la tête pour trouver une solution, tu imagines.

Plus je parlais, plus je me sentais faible, souffrant, comme si je m'étais vraiment trouvé sur ce voilier ballotté par les eaux. Tout le contraire de Papa, dont le regard s'éveillait et qui, pour la première fois depuis longtemps, semblait avoir pris place parmi les images que je lui décrivais. Avant même que je ne lui livre la solution de mon problème de bibliothèque, il a saisi son chapeau et l'a levé vers moi.

— Je sais ! s'est-il exclamé. Des vagues. Il faut les enfermer dans les vagues.

— Qu'est-ce que tu veux dire par là ?

— Des vagues. En bois. Sous lesquelles on dispose les livres. Et les vagues les enferment.

— Je comprends. Mais comment les fera-t-on sortir de là ?

Papa a froncé les sourcils, creusant les rides autour de ses yeux.

— Il faudra une… Comment dit-on ? Une chose… Un truc…

— Une astuce ?

— Une astuce, oui, a-t-il dit et sa bouche s'est fendue d'un léger sourire.

Il a retourné son chapeau et a fait mine d'en sortir quelque chose, comme un magicien.

— C'est une bonne idée.

— C'est ce que tu as fait, n'est-ce pas ?

— Oui, tout à fait.

— Avec une… astuce ? Pour les faire sortir ?

— Avec une astuce, oui.

— Bravo. C'était facile. Un… comment dit-on ? Une chose facile…

— Un jeu d'enfant ?

— Oui. Un jeu d'enfant.

J'ai continué mon histoire. Les couchages qui s'emboîtaient comme des poupées russes et pouvaient disparaître dans les murs. Le voyage et la mer toujours calme. Mais Papa ne m'écoutait plus. Au-dessus de ses lèvres qui souriaient il n'y avait plus qu'un regard fixe, pas éteint, non, mais bien loin de moi, de cette chambre et de mes mots. Mon père ne répondait plus à mes questions. Il était allé s'enfermer ailleurs et quand j'ai cessé de parler il n'a pas réagi. J'ai attendu en silence. Et puis le visage de Papa s'est relâché, tout entier, le sourire a disparu et ses yeux ont perdu leur agitation.

— Un jeu d'enfant, a répété Papa. C'est une expression étrange, n'est-ce pas ?

— Pourquoi ?

— Les jeux d'enfants ne sont pas toujours simples.

Il s'est levé en refusant mon aide, et est allé accrocher son chapeau sur le portemanteau, à l'entrée de la chambre.

— Dis-moi... a-t-il dit en regagnant son lit, les yeux posés sur moi. Dis-moi, euh...

— Ness.

— ... Ness ? Vraiment ?

— Oui : Ness.

— Bon. Dis-moi, Ness...

— Oui ?

Papa s'est penché pour aplanir son drap et sa couverture, et s'est rassis.

— Quand va-t-elle venir, alors ?

Il avait posé cette question comme s'il reprenait une discussion qui avait eu lieu quelques minutes plus tôt.

— Les châtaignes sont tombées. Mais il doit en rester à ramasser.

Il a levé les yeux et m'a de nouveau fixé.

— Pourquoi ne vient-elle plus me rendre visite ? Nous irions au parc.

— Elle ne t'a jamais rendu visite ici, ai-je répliqué, en le regrettant immédiatement.

— Tu ne sais pas de quoi tu parles, euh...

— Ness.

— … Oui, Ness. Tu ne sais pas de quoi tu parles, Ness.

La chambre était silencieuse quand Ana Seiermann est entrée. Elle a eu un mouvement de recul en me découvrant assis en face de mon père ; d'habitude, ma voix annonçait ma présence.

— Bonjour, Kenneth.

— Bonjour, docteur.

Elle a discuté un moment avec Papa, lui a posé ses questions habituelles.

— Vous êtes sorti, aujourd'hui ? Je vois que vous êtes habillé pour. Mais vous n'avez pas votre chapeau.

Papa a touché son crâne et a tourné la tête dans la direction du portemanteau.

— Non, c'est vrai. C'est que, euh… Ness, ici présent, m'a rendu visite. Alors je suis resté pour lui tenir compagnie.

— Je suis désolée de vous interrompre. Je vais vous laisser discuter.

— Nous n'avions plus rien à nous dire, il me semble, a dit Papa sans me regarder.

Il a eu un moment de flottement, jusqu'à ce qu'Ana ramène la discussion sur le sujet du quotidien de Papa, de ses relations avec les autres pensionnaires et de ses promenades dans le parc.

Puis elle est partie, nous laissant à nouveau seuls.

— Tu veux sortir, maintenant ? ai-je demandé.

— Non merci. J'irai plus tard. Il fait encore jour à ce que je vois.

— Comme tu préfères. Alors j'y vais. Je reviendrai lundi.

Je l'ai pris dans mes bras et l'ai embrassé. Il s'est laissé faire.

— À une prochaine fois, Ness.

*

Je suis sorti du bâtiment mais je n'ai pas quitté l'enceinte. Je me suis assis sur l'un des bancs d'une allée, sous un grand châtaignier à la ramure épaisse. Le banc était fait de frêne, comme celui qui fait face à l'école d'Emily.

Voilà plusieurs années que je ne m'étais pas attardé dans le parc. Pendant les mois qui avaient suivi l'entrée de Papa, j'avais insisté pour le faire sortir et marcher régulièrement, mais j'avais vite compris que ma place était dans sa chambre, là où la solitude et le silence pesaient davantage. Avec ou sans moi, Papa allait marcher. C'était une habitude qu'il n'avait pas perdue.

J'ai attendu que la nuit tombe et qu'Ana Seiermann apparaisse sur l'allée principale. Elle avait ôté sa blouse, enfilé un long manteau dont le col remontait jusqu'à ses cheveux attachés. Elle s'est dirigée vers le portail de fer. J'avais attendu son arrivée mais, quand je l'ai vue, j'ai hésité à l'interpeller. Je ne lui avais jamais parlé en dehors du bâtiment.

Elle allait passer le portail quand elle m'a remarqué et s'est dirigée vers moi. Elle ne semblait pas surprise de me trouver là, immobile parmi les pensionnaires en promenade.

— Vous allez attraper froid, à rester assis comme ça.

Mon manteau était posé sur le banc, à côté de moi. À peine avait-elle dit ça qu'un frisson m'a parcouru.

— Vous avez raison, ai-je répondu en me rhabillant.

— Vous m'attendiez ?

Elle avait les yeux allongés, un peu plus écartés que la moyenne, à la fois pleins de vie et cernés de fatigue.

— Je crois, oui.

Elle a sorti de la poche de son manteau une casquette souple qu'elle a déposée sur sa tête, légèrement de travers.

— Vous pratiquez la magie, comme mon père, ai-je noté en repensant au moment où il avait sorti de son chapeau un lapin imaginaire.

— Je n'avais pas remarqué. Quel type de magie pratique-t-il ?

— Un peu de tout. Lapins surgissant d'un Borsalino, apparitions en tous genres. Dommage qu'il soit le seul à les voir.

Une femme au corps assez jeune mais à l'expression d'ancêtre est passée à côté de nous et a salué Ana, qui lui a souri en retour.

— Que pensez-vous que votre père voit, Ness ?

— Je ne sais pas. Parfois j'ai l'impression qu'il n'y a qu'un grand vide, immense et blanc. Pourquoi blanc, d'ailleurs ? Je n'ai pas envie de l'imaginer sombre. Parfois c'est comme si le blanc se colorait, et parfois comme si des formes, des lieux et des gens y apparaissaient. Parfois j'ai l'impression qu'il ne reconnaît rien, et à d'autres moments qu'il sait tout et qu'il fait semblant.

— Il ne fait pas semblant. Sa mémoire le trompe, son cerveau joue avec elle, mais lui ne fait pas semblant.

— Parfois je me demande si c'est une bonne idée.

— De quoi parlez-vous ?

— Ces histoires que je lui raconte. Toutes ces inventions, alors que lui-même ne sait plus distinguer le faux du vrai.

— Vous les inventez ? a-t-elle demandé en reculant, les yeux grands ouverts. Vous n'avez pas vraiment construit cette fenêtre invisible pour un petit prince d'Orient ?

— C'est-à-dire que…

— Je plaisante, Ness. Pour répondre à votre question, je pense que c'est une bonne idée, oui. Tous les médecins ne seraient pas d'accord, bien sûr. Mais vos histoires, Kenneth les voit, sans aucun doute. Les personnages, les objets, le monde que vous lui livrez. Et il est tout à fait possible qu'à travers eux il retrouve des choses familières et que de vrais souvenirs émergent. Par « vrais souvenirs », je veux dire les souvenirs tels que sa mémoire les avait construits avant.

— Mais le monde que je lui livre est artificiel. Faux.

— Vraiment ?

Elle s'est assise sur le banc.

— C'est son monde, que vous lui livrez. Tel que vous le voyez. N'est-ce pas ?

— Oui, c'est vrai.

— C'est votre monde, aussi.

— Oui.

Les dernières âmes sans mémoire avaient quitté le parc. La nuit était tombée et quelques réverbères dessinaient des éclats ambrés sur la ramure des arbres.

— Tout de même, ai-je repris, je me demande si je ne devrais pas essayer de lui dire les choses plus frontalement. Lui parler de nous, de sa famille, de ma mère, de son pays.

— Avec d'autres, peut-être. Mais pas avec Kenneth, à mon avis. Ce serait contre-productif, vous le savez bien.

— Est-ce que les autres pensionnaires retrouvent la mémoire ?

— Les autres « pensionnaires » ? a répété Ana, amusée.

— Oui. Comment les appelez-vous ?

— Les patients. Les résidents, éventuellement.

— Ah. Mais pour moi… cet endroit…

J'ai regardé le parc, le Léman, les fenêtres illuminées qui projetaient l'ombre du bâtiment sur le sol.

— … vous savez comment je l'appelle ? L'hôtel du lac.

— Je vous ai connu plus imaginatif.

— C'est vrai que ce n'est pas très original. Mais les autres choix étaient pires. L'hôtel du souvenir, le pensionnat de la mémoire… Un peu niais, non ?

— Très. Et puis, l'hôtel du lac, c'est très suisse. Mais dites-moi, si cet endroit est un hôtel, qui suis-je, moi ?

— Eh bien, l'hôte, évidemment.

— Je vois… L'hôte de ces bois, a-t-elle acquiescé en se tournant vers les arbres.

— L'hôte de ces lieux, en tout cas…

De l'une des chambres du premier étage nous est parvenue une musique.

— Comme dans la chanson, vous savez ? *Hotel California. There she stood in the doorway…*

Ana Seiermann a remonté son col et a enfoui ses mains dans ses poches, un peu à la manière d'Emily. Derrière la fenêtre de la chambre d'où venait la musique, quelques corps remuaient.

— Les pensionnaires… Est-ce qu'ils dansent, parfois ? ai-je demandé.

— Oui, certains.

Elle a souri.

— Ah, je vois ce que vous voulez dire. *Some dance to remember…*

— … *some dance to forget*. Oui.

— Ce que veulent dire ces paroles, à mon avis, c'est que, quand on danse, il n'y a plus ni mémoire ni oubli. Ni passé ni futur.

— Comme chez les enfants, ai-je acquiescé.

— Tout à fait.

— Mon père… Il demande souvent des nouvelles d'Emily – c'est sa petite-fille, la fille de mon frère. Mais elle a eu un accident et…

— Oui, je suis au courant, a dit Ana en se tournant vers le lac.

— Comment l'avez-vous appris ?

— Dans les journaux.

— Petite ville.

— Oui.

— Toujours est-il que… Il y a plusieurs choses assez étranges. D'abord, Papa m'a souvent parlé d'Emily depuis qu'il est ici. Il semble se rappeler d'elle mais pas de moi, ni de mon frère.

— Il ne vous voit pas ensemble. Sa mémoire joue à dissocier, à éclater le puzzle.

— Ce n'est pas seulement qu'il ne nous voit pas ensemble. Il n'a pas vu Emily depuis des années, et pourtant il ne l'oublie pas. Et depuis l'accident il demande à la voir, ce qu'il n'avait jamais fait avant. Comme s'il avait senti quelque chose. C'est bizarre, non ?

Ana s'est levée, s'est éloignée de quelques pas sur l'allée, avant de se retourner.

— Non. C'est parce que, depuis l'accident de votre nièce, il ne la voit plus.

— Mais il ne la voyait pas davantage avant. Mon frère a toujours refusé de…

— Si, a soupiré Ana. Elle venait ici. Régulièrement.

— Pardon ?

— La première fois, je l'ai trouvée dans le parc alors que je partais déjeuner. Kenneth était là depuis six mois environ. Votre nièce était assise près d'ici, sur ce banc, là-bas, les yeux levés vers le bâtiment. Je lui ai demandé qui elle était, ce qu'elle faisait ici. Je lui ai montré la chambre de votre père. Elle l'a emmené se promener dans le parc.

— Elle était venue seule ?

— Oui. Un midi, à l'heure de la cantine.

— Mais… elle n'en a jamais parlé… Et vous l'avez laissée venir seule, repartir seule ? Ce n'était qu'une enfant ! Elle devait avoir combien, neuf ans à l'époque ? Pas plus !

— Non, évidemment, nous avons appelé chez elle. Sa mère est venue la chercher, la première fois.

Emily, ici. Bien sûr, elle faisait partie de ce monde. Elle y avait toute sa place.

— Et les autres fois ?

— À ma connaissance, elle est venue seule. Elle prenait le bus, passait une heure avec votre père dans le parc, retournait à l'école.

— Mais…

— Je sais ce que vous allez dire. La plupart du temps elle venait quand je n'étais pas là, et elle avait réussi à embobiner le personnel. Je dois dire que cette gamine savait ce qu'elle voulait. Par ailleurs, il était évident que ses visites éveillaient quelque chose chez votre père. Il ne la reliait pas à vous, c'est vrai, mais elle créait un lien, vous voyez… Comme… Imaginez une petite créature qui se serait installée là-haut, dans la tête de votre père, et qui aurait saisi les fils partant des différentes cases de son cerveau pour les rattacher entre elles.

Ana a fait de grands gestes avec ses bras, comme un marionnettiste.

— Et que contenaient-elles, ces cases ?

— Des souvenirs, bien sûr.

— Et des secrets, j'imagine. Emily aimait ça. Les secrets des autres. Et les siens. Peut-être qu'elle avait besoin de quelqu'un à qui les confier. Qui de mieux que mon père et ses oreilles sans mémoire ?

— Des souvenirs et des secrets… Détrompez-vous, Ness. Votre père se souvient. Il faut juste l'aider.

— Tirer les ficelles.

— Exactement.

— Difficile, avec de grosses pattes d'adultes.

— Allez-y déguisé en enfant, alors.

Les nuages se sont effilés et un quart de lune s'est formé à la surface du lac.

— Merci, Ana.

— Vous ne sortez pas ?

— Vous d'abord. Je partirai dans quelques minutes.

— À bientôt, alors.

— Oui.

Elle s'est levée. Les battants de fer du portail se sont ouverts sans bruit et elle est repartie, comme d'habitude, vers son mystérieux refuge.

VIII

ROY

« Who by fire, who by water [...]
And who shall I say
is calling ? »

Leonard Cohen, *Who by Fire*

1

Je suis arrivé en retard. Dix minutes, peut-être vingt. Le bar était presque vide, comme un soir de décembre dans cette ville endormie.

J'avais joué ici une quinzaine d'années plus tôt, au fond de la salle, près de ce mur tapissé de rouge. À la fin du concert, nous étions restés avec la propriétaire, qui avait eu dans sa jeunesse une carrière de chanteuse. Elle nous avait prodigué des conseils la nuit durant, que nous n'avions pas écoutés, mais elle était drôle et lumineuse et nous avions fini par lui composer une chanson qu'elle avait entonnée à l'aube de sa voix rauque, dans la salle accablée de fatigue.

Ce soir, il n'y avait pas de groupe, seulement une poignée de trentenaires qui chuchotaient, et derrière le bar cette fille maigre qui attendait la fermeture, en s'assurant que les bouteilles de scotch étaient bien alignées.

Selkie s'est levée et m'a pris dans ses bras, sans m'embrasser. Son odeur et la douceur de sa peau m'ont étourdi. J'ai serré son corps contre le mien, je l'ai retenu, parce que je redoutais de vaciller si je relâchais l'étreinte. Elle a attendu que mon vertige s'estompe. Je l'ai sentie se délester de l'air accumulé dans sa poitrine et s'écarter de moi, très lentement. Elle a posé ses mains sur mes bras, a arrêté son regard sur mon visage. Puis elle a encore patienté un moment que mon souffle ralentisse, et quand elle a jugé que j'étais prêt à la voir s'éloigner, elle m'a guidé jusqu'à ma chaise et s'est assise en face de moi.

En pénétrant dans le bar j'avais cru la pièce silencieuse, mais à présent j'entendais la musique, un air de Portishead au tempo ronronnant, comme un roulis de vague, un mantra murmurant aux clients qu'il fallait rentrer dormir.

Assise devant moi, son verre de vin dans la main, Selkie ne parlait pas. Elle battait le rythme sous la table, des deux pieds. Elle savait que je l'entendais.

Comme j'avais chaud, j'ai ôté mon manteau et découvert mes avant-bras. Elle n'a rien dit en remarquant les hématomes dont ils étaient couverts. La serveuse est apparue, un Lagavullin dans la main gauche et un verre d'eau dans la droite. Selkie avait dû commander avant que je n'arrive. J'ai coupé le whisky d'un trait d'eau douce et je l'ai porté à ma bouche. La boisson, au goût tourbé que je connaissais si bien, a coulé le long de ma gorge.

Aussitôt, Isla est apparue.

Je m'y attendais. J'avais essayé de l'ignorer depuis mon retour du bothy, mais elle m'avait suivi, elle était là, à l'arrière de la voiture de Ness, dans mon appartement, errant dans la chambre d'Emily, m'accompagnant dans les rues de la ville jusqu'au bar, ses pas dans les miens. Et voilà qu'elle faisait irruption dans cette pièce, tantôt debout devant le comptoir, tantôt assise à une table. Je l'ai laissée dans son coin pour me concentrer sur Selkie et moi.

Je savais ce que je devais faire pour empêcher Selkie de s'enfuir à nouveau : parler. Parler vraiment. Son tapotement du pied ne signifiait pas autre chose. Mais Selkie ne voulait pas m'entendre parler de ma mère et d'Emily, du carnet, des sculptures, de mes disparues et de mes visions. Il fallait que je parle d'autre chose. Que je lui confie une autre histoire. Un autre morceau de moi-même. Elle attendait.

J'ai regardé autour de moi. Isla était allée s'asseoir à une table libre. Ses yeux examinaient la pièce.

J'ai fouillé dans ma mémoire à la recherche d'une histoire que j'étais prêt à raconter. Kenneth ? Notre départ d'Écosse ? Norah McGill ? J'ai tiré un peu plus sur le fil du souvenir. Et, comme souvent, j'ai fini par atterrir dans le magasin de disques.

Je ne lui avais jamais parlé d'Alvin. Pas *vraiment* parlé, en tout cas. J'ai donc raconté pour la première fois ma rencontre avec lui, comment Kenneth et moi avions découvert cet endroit et comment j'y étais retourné seul. J'ai parlé de ma découverte de la musique, j'ai parlé de Ness et de la guitare, des chansons que nous avions écoutées dans l'arrière-boutique, de sa mémoire des mots.

Isla n'était pas sur ces images, et tandis que je parlais elle a quitté peu à peu la salle.

J'ai parlé d'Alvin et j'ai parlé de mon frère. Selkie m'a écouté, sans me demander pourquoi ce sujet, maintenant, ici. Dans ses yeux j'ai vu qu'elle comprenait ce que j'essayais de faire : rattraper mes années de silence.

— … je me souviens que Ness répétait tout… Les paroles des chansons, et des phrases, des mots que j'avais dits et que j'avais oubliés, mais lui il les avait saisis au vol. J'ai ce regret, aujourd'hui. D'avoir parlé et chanté et prononcé des mots sans les écouter, sans écouter leur sens. Juste pour la musique. Ness les entendait, lui. Je crois que je lui ai fait du mal.

— Je pense que tu te trompes. Te connaissant, ce ne sont pas les mots que tu lui as dits qui lui ont fait du mal. Ce sont tous les autres.

Je suis resté silencieux. J'ai regardé autour de moi. Isla n'était plus là.

— Tu sais Birdie, a repris Selkie, je me souviens que tu nous en avais parlé, de cette boutique. Et la dernière fois que nous sommes allés à Édimbourg avec Emily, nous étions passés devant.

— Oui, je m'en souviens. Elle était fermée.

— Mais tu ne m'avais jamais dit que cet homme et cet endroit avaient été aussi importants pour toi.

— Non.

— Tu nous as emmenées là-bas, à Édimbourg, plusieurs fois, mais j'ai l'impression que tu ne nous as jamais rien montré de ton enfance.

— Je vous ai montré bien d'autres choses.

— Oui, mais pas votre maison. Pas cette boutique.

— Elle était fermée.

— Ce jour-là, oui. Un dimanche, n'est-ce pas ? Il y avait bien d'autres moments où nous aurions pu la visiter.

— C'est vrai.

Dans le bar il n'y avait plus que nous et la serveuse. Isla aussi était partie.

— Je crois... Tu sais, la première fois que je suis retourné dans notre appartement d'enfance... Il était vide, mais la vieille voisine du rez-de-chaussée avait les clés et elle m'a ouvert. Quand elle l'a fait, j'ai eu peur que les souvenirs s'échappent par la porte entrouverte. C'est stupide, hein ? Mais c'est ce que j'ai ressenti. Et c'est la même chose pour ces histoires-là, toutes mes histoires d'enfance. Tant que je les garde en moi, elles ne peuvent pas s'échapper.

— Tu as peur qu'elles disparaissent si tu nous en parles ? a demandé Selkie d'une voix douce. Tu as peur que la mémoire te quitte, comme ton père ? Mais c'est précisément de cette manière qu'il a perdu la mémoire, tu sais ? En se taisant.

— Kenneth a fait plus que se taire. Il a voulu oublier. Je n'ai pas essayé d'oublier. Je n'ai pas raconté, j'ai gardé ces choses pour moi, c'est vrai, mais je les ai gardées, justement. Ici, bien vivantes.

À une table derrière Selkie, Isla a réapparu.

— Et maintenant ? a demandé Selkie en s'approchant plus près. Tu m'as parlé d'Alvin, de sa boutique, de l'endroit où d'une certaine manière tu es né – là où Roy est devenu Birdie.

Maintenant que tu m'as dit tout ça, est-ce que tu as l'impression qu'Alvin et sa boutique disparaissent ?

— Non, ai-je dit après un temps de réflexion.

C'était l'inverse. Les murs autour de moi s'étaient soudain couverts d'affiches, de longues cases bourrées de disques avaient pris forme sur les tables, et Alvin lui-même, canif à la ceinture, déambulait entre les rayons.

Selkie m'a parlé à son tour. Elle n'a pas eu à puiser dans sa mémoire. Elle a évoqué sa troupe de théâtre et le spectacle qu'ils montaient en ce moment, le fonctionnement du groupe, la place qu'elle s'y faisait et ce qu'elle ressentait quand elle retrouvait les planches et se glissait dans le personnage qu'elle devait incarner.

Je l'ai écoutée avec plaisir, mais Alvin et ses disques étaient toujours là, tout autour de Selkie. Et la pièce s'est peuplée davantage, comme la montagne s'était peuplée autour du bothy. Kenneth, debout, regardant à travers la fenêtre. L'enfant Ness, caressant la guitare d'Alvin. Isla sculptant, assise par terre. Norah McGill, peignant dans un recoin mal éclairé du pub.

— Birdie ? a appelé Selkie en posant ses mains sur les miennes. Tu transpires.

Emily est apparue à son tour. Elle s'est accroupie aux côtés de Ness. Ma fille, plus âgée que mon frère. Elle lui fredonnait des paroles de chansons à l'oreille.

— Birdie, ça va ?

J'avais chaud. Mais ce n'était pas de la fièvre. Je n'avais pas la sensation de délirer comme au bothy, je respirais normalement mais tous ces corps réchauffaient la salle et la rendaient inhabitable.

— Sortons, a proposé Selkie. Allons marcher, d'accord ?

Elle m'a tiré dehors. Je ne voulais pas la suivre. Si je sortais, qu'allait-il se passer ? Allaient-ils rester là, tous ? M'attendre à l'intérieur ? Disparaître ?

L'air n'était pas froid. Selkie m'a pris par la taille et m'a éloigné du bar.

Les trottoirs vides. La rue qui s'étirait en ligne droite vers le lac. Pourquoi étions-nous ici, et pas dans notre quartier ?

Étaient-ils restés dans le bar ? Avaient-ils disparu ?

Ni l'un ni l'autre. Ils s'étaient mis en marche et à présent ils nous accompagnaient. Tous ces souvenirs avançaient en file indienne sur le trottoir d'en face.

— Plus vite, ai-je dit à Selkie en accélérant pour les dépasser.

Je ne portais qu'un pull léger, mais la sueur ruisselait sur mon torse.

Nous sommes arrivés au niveau du quai. Devant nous, la jetée des Eaux-Vives, toutes lumières éteintes, qui fendait la nuit. Sur notre droite, à quelques centaines de mètres vers l'est, se trouvait la plage où j'avais vu Selkie pour la première fois.

Mes souvenirs ont continué à marcher et se sont installés, un à un, sur le parapet de pierre qui longe la berge.

La direction de la plage était indiquée par une enfilade de lampadaires qui brillaient en pointillé. Plus loin, les eaux du lac miroitaient. Mes souvenirs ne s'intéressaient pas au paysage. Leurs visages étaient tournés vers moi. Leurs regards me brûlaient.

J'ai avancé sur la jetée en les ignorant.

— Tu te souviens, Selkie ? La plage ? Comment tu étais apparue ?

— Je me souviens. Enfin, de mon point de vue, c'est toi qui y étais apparu.

Selkie me suivait, son bras autour du mien, essayant de ralentir mon allure.

— Je vais aller me baigner, je crois.

— Ne fais pas l'idiot, Birdie. L'eau doit être glaciale.

J'ai ôté mes chaussures. Je sentais tous ces yeux dans mon dos, comme des statues de cire éclairées à la lanterne.

— Pas plus que quand tu t'y baignais.

— J'avais une combinaison, Roy !

— Mais non, ai-je répliqué en enlevant mon pull. Tu portais ta peau de Selkie, rien d'autre. Mais c'est vrai que depuis que je te l'ai dérobée, tu ne peux plus y retourner.

Le visage de Selkie s'est embrumé.

— Arrête, Roy, avec tes histoires. Tu ne m'as rien dérobé et tu ne peux pas me retenir.

— Toi non plus.

J'ai grimpé sur les pierres. La roche était froide. L'eau devait l'être encore plus. Mais je transpirais toujours et le souffle de l'hiver sur ma peau découverte me rafraîchissait à peine.

Sur la berge, mes souvenirs s'étaient tournés vers nous. Isla, au centre, me souriait.

— Roy, a dit Selkie d'une voix plus ferme, reste ici. Je te ramène chez nous.

J'ai mis un pied dans l'eau, puis l'autre. Je n'ai rien senti. Ma peau devait s'être couverte d'écailles.

— Tu m'as dit de fuir. C'est ce que je fais.

J'ai plongé. Quelques mètres dans les eaux noires. Froides et douces. Loin d'eux.

J'ai refait surface. Ils étaient toujours là. Kenneth, Ness, Isla, Ness. McGill. J'ai poussé des jambes et des bras pour donner à mon corps une impulsion, et j'ai plongé à nouveau. Je ne désirais qu'une chose : éloigner ces souvenirs et leurs visages calmes. Les noyer dans les profondeurs. Mais au-delà de la surface, sous les lumières que les lampadaires projetaient sur le lac, je les sentais toujours, je voyais leurs formes assises se balancer de droite à gauche. Alors j'ai nagé plus loin, pour me mettre hors de portée de la jetée et du rivage.

L'eau s'est peu à peu refroidie. Elle a caressé mes plaies encore récentes, comme une lame de métal.

Dehors, on m'appelait, d'une voix assourdie, lointaine. Ce devait être Selkie. Peut-être les autres, aussi – il me semblait entendre plusieurs appels. J'ai continué à nager vers le centre du lac, sans faire de pause, et restant sous l'eau aussi longtemps que mon corps me le permettait.

C'était une fuite, mais ce n'était pas la bonne. Les souvenirs me suivaient. Quand je plongeais sous la surface, dans cette rade où le fond n'est jamais très loin, je finissais par buter contre une roche lisse et moussue ; la même qu'Emily avait heurtée lors de sa chute. Et quand je laissais l'eau glisser sur moi, je revoyais Selkie et son corps à la peau grise émergeant sur la rive. J'ai continué à nager, mais je ne trompais personne. Les souvenirs me suivaient, oui, et ils étaient bien plus vivants que sur la terre ferme. Là-bas, ils rôdaient en silence. Ils se tenaient à distance. Quand ils m'appelaient, c'était dans un murmure. Pas ici. Ici, dans l'eau, je pouvais les toucher du doigt, sentir leur texture.

Selkie était là. Pas la Selkie qui m'attendait sur la jetée ; celle que j'avais rencontrée quinze ans plus tôt tout près d'ici.

Elle n'était pas seule. Sous l'eau, j'ai senti de mes doigts le corps d'Emily qui reposait sur les pierres. Sa peau, par endroits, était couverte de mousse.

Soudain… non, pas soudain, progressivement, comme l'air d'été qui se gonfle d'orage… l'eau s'est agitée autour de moi. Elle a changé de consistance, est devenue plus lourde et plus froide, presque poisseuse. Le fond du lac, si proche un instant plus tôt, s'est changé en abysse. La terre s'est creusée, il n'y avait plus rien sous mes pieds.

L'eau n'était plus la même. Sa matière et son goût étaient inhabituels. Je suis remonté à la surface pour expulser le liquide qui s'était frayé un chemin jusqu'à ma poitrine. Un goût de sel. Oui, c'était ça : un goût de sel.

La ville avait disparu. Plus d'immeubles, de réverbères, de feux rouges ou de lumières. La nuit avait tout avalé. À la place, il n'y avait plus qu'un rivage de galets, et une jetée balayée d'embruns. Sur le rivage se tenait l'enfant Ness, le corps à moitié immergé. Sur la jetée, Kenneth, fouillant l'horizon de sa paire de jumelles. Et, dans la nuit où aucun bateau n'était visible, résonnait le cliquetis des voiliers. Léger, continu.

Et Isla ? Isla devait être là, quelque part, puisque mon père la cherchait du regard.

J'ai nagé dans une direction, puis dans une autre, suivant le cap indiqué par les jumelles de Kenneth. Mais dès que j'y parvenais, mon père se figeait et criait des paroles qui se perdaient dans l'espace qui nous séparait. J'ai continué un moment, mais bientôt la température de l'eau est devenue si basse que mes bras et mes jambes, rompus de fatigue, n'ont plus voulu me porter. J'ai cessé de bouger, m'efforçant simplement de maintenir mon corps à la surface.

Les mâts des voiliers continuaient de carillonner mais demeuraient invisibles. Kenneth criait toujours. Ses paroles ont peu à peu pris forme. J'ai compris qu'il ne cherchait pas Isla : c'était moi qu'il appelait. C'était mon nom qui résonnait en boucle, mon nom et d'autres mots, formant des phrases qui m'ordonnaient de venir le rejoindre.

Sa voix a pris du volume jusqu'à recouvrir le son des carillons. Mon nom a couru à la surface du lac, et l'eau peu à peu s'est calmée. Elle a repris sa texture, glaciale, soyeuse. J'ai nagé vers Kenneth aussi vite que mon corps me le permettait.

Mais le lac, en reprenant sa forme, avait retrouvé ses habitants.

J'ai vu Selkie, sur la jetée, à la place de mon père. J'ai vu Kenneth se transformer en corps de femme. J'ai entendu sa voix monter dans les aigus et celle de Selkie la remplacer. Et quand j'ai fini par atteindre les abords du rivage, le fond du lac s'est matérialisé sous mes pieds, et alors j'ai à nouveau senti le corps d'Emily, couché sur les pierres.

Selkie s'est approchée, m'a tiré de l'eau et m'a pris dans ses bras. Elle m'a séché avec son manteau, m'a aidé à remettre mes vêtements. Ce faisant elle me parlait d'une voix forte, en colère, à bout de nerfs. Je n'entendais rien. Je ne sentais que sa peau sur la mienne, sa peau luisant sous les lumières du quai, sa peau satinée et humide comme celle d'Emily.

Elle m'a parlé et j'ai répondu mais je ne sais pas ce que je lui ai dit. Peut-être lui ai-je expliqué ce que j'avais vu et senti. Peut-être lui ai-je confié ce que je m'apprêtais à faire.

Je me suis défait de son étreinte et je l'ai laissée là, sur la jetée. J'ai rejoint le quai, puis j'ai tourné à droite pour longer le rivage en direction du Rhône, et j'ai bifurqué vers l'intérieur de la ville.

Mon manteau était boutonné mais rien n'y faisait : l'air froid pénétrait mes vêtements. Alors je l'ai rouvert et j'ai laissé l'hiver faire son travail.

En m'éloignant du lac, seul dans la ville endormie, la peau refroidie par le vent, j'ai pensé à Ness et à ses fantômes. J'ai décidé que je m'étais trompé. Nous étions tous des fantômes. Lui, moi et les autres. Nous sommes tous des fantômes, ai-je répété. Nous sommes tous des fantômes et la nuit nous transperce.

2

Il faisait toujours nuit quand j'ai senti Ness poser la main sur mon épaule et prononcer mon nom. Il n'avait pas voulu crier – je devais l'effrayer – mais il aurait eu toutes les raisons de le faire, de me hurler dessus et de me secouer jusqu'à ce que j'émerge du cauchemar que j'étais en train de façonner à la force de mes bras.

Sa voix n'a pas suffi, et sa paume hésitante ne m'a pas tout de suite arrêté. Alors il a appuyé plus fort, a parlé encore, jusqu'à ce que je remarque sa présence. J'ai vu ses jambes plantées dans le sol au niveau de mon visage, et sa silhouette qui se découpait dans la nuit. Je l'ai d'abord vu lui, et puis le reste est apparu. La pelouse qui déroulait son herbe humide. Les arbres aux branches nues. Mes mains, mes cuisses, mes bras couverts de terre boueuse. Les stèles, ici et là, comme des bêtes immobiles. Le sol éventré sous mes genoux et les parois suintantes du trou que j'avais creusé. La terre entassée tout autour. Le nom d'Emily gravé dans la pierre, devant moi.

— Sors de là, Roy.

Ness s'est baissé, a serré un peu plus mon épaule et a passé une main dans mon dos pour me relever. Je me rappelle ce geste et la sensation que j'ai éprouvée : le soulagement de celui qui se déleste d'un mauvais rêve.

— Viens avec moi.

Je décris les choses telles que je m'en souviens. Je ne peux que reconstituer ce qui s'est déroulé entre le moment où j'ai quitté Selkie, au bord du lac, et celui où mon frère est apparu au milieu du cimetière. Mon cerveau refuse encore aujourd'hui de me livrer les images de ce que j'ai fait, et c'est mieux ainsi : je ne peux qu'imaginer mes actes, les supposer, sans les revivre.

Mais ces actes ne font aucun doute. J'avais dû marcher jusqu'ici, escalader un mur pour pénétrer dans l'enceinte, me ruer vers l'endroit où reposait Emily, trouver la stèle et m'enfoncer griffes en avant dans la terre pour vérifier qu'elle ne s'y trouvait plus.

— Roy, donne-moi la main.

L'ombre de Ness, à peine visible, qui me soulève. Ses mots, lents comme un soupir.

— Allez, donne-moi la main.

Comment sa voix pouvait-elle être si calme ?

— Je n'ai pas fini, ai-je répondu.

Mais mon frère était là, désormais. Je ne pouvais pas aller plus loin. Je ne le désirais pas non plus.

Je l'ai laissé saisir mes paumes et me tirer vers la pelouse. J'étais trop lourd pour lui, mais je ne l'ai pas aidé, je l'ai laissé se débattre, s'épuiser à me traîner jusqu'au pied de l'arbre.

— Repose-toi, maintenant, a-t-il soufflé en m'adossant au tronc.

Il s'est installé près de moi, sur le sol veiné de racines. Le tronc était large, bien assez pour deux.

Un temps très long s'est écoulé. Le ciel, qui avait été nuageux depuis notre retour, s'est éclairci au-dessus des branches et a découvert un bouquet d'étoiles. Ness était emmitouflé dans un épais blouson. Il portait un bonnet qui s'était relevé sur le côté pendant son effort, laissant apparaître son oreille et des mèches de cheveux blonds. Il ne semblait pas s'en être aperçu, ou s'en soucier.

Je ne sais pas combien de temps nous sommes restés ainsi, adossés à cet arbre. J'ai fermé les yeux, et quand je les ai rouverts le cimetière avait perdu son allure sinistre et ressemblait à un grand parc. Les stèles n'étaient plus que des rochers pâles endormis au pied des arbres. Les allées au loin étaient prêtes à accueillir des promeneurs. Le nuage s'est effilé un peu plus, révélant les sommets blanchis du Jura.

— Ness, ai-je dit. Tu sais... Moi aussi, je me souviens de tes mots.

Il n'a pas répondu.

— Ceux que tu as dits, ici, par exemple. Pendant l'enterrement. Tu t'en souviens ?

— Oui, je crois.

— Tu as parlé à Emily. Tu lui as dit que tu savais... Que tu savais qu'elle n'était déjà plus enfermée là, dans cette boîte. Qu'elle n'avait pas pu y rester bien longtemps. Que tu savais qu'elle l'avait quittée pour trouver un endroit qui lui ressemble.

— Roy...

— Tu avais tort. Elle est toujours là.

Ness s'est tourné vers moi.

— Tu as raison. C'est mieux comme ça, non ?

— Je ne sais pas. C'est comme ça, c'est tout.

Ness a soupiré. Ses paupières étaient à moitié closes, mais il ne s'endormait pas.

— Le stratus est en train de disparaître, a-t-il dit dans un léger sourire.

— Oui. Un peu tôt. Il va revenir.

— Profitons-en, en attendant.

Un croissant de lune fin comme un fil a dévoilé le paysage. Mes yeux ont croisé l'amas de terre que j'avais laissé devant la pierre d'Emily.

— Merde, Ness, qu'est-ce que j'ai fait ?

— Je vais arranger ça, a dit mon frère. T'en fais pas.

Il s'est levé, s'est mis à genoux et a commencé à combler l'ouverture.

— Non, non, laisse-moi t'aider.

J'ai voulu le rejoindre, mais le temps que je déplie mon corps et le porte jusque là-bas, Ness avait presque terminé.

J'ai poussé du pied les dernières mottes vers l'intérieur, sans m'accroupir par peur de ne pas pouvoir me relever.

— L'herbe repoussera, a dit Ness en passant ses mains sur le sol pour l'aplanir. J'en replanterai.

Le travail n'avait pris que quelques minutes. La terre découpait un léger rectangle sombre dans la pelouse, rien de plus.

J'ai suivi mon frère jusqu'à l'arbre contre lequel nous nous sommes rassis. Sur les branches situées à l'intérieur, quelques feuilles résistaient à l'hiver.

— Qu'est-ce que c'est ? ai-je demandé en posant ma main sur le tronc.

— Un chêne.

— Ah oui, un chêne.

— On sent le liège sous l'écorce. Touche, a dit Ness avant de détacher un morceau et de le déposer dans ma main.

La légèreté de l'objet m'a surpris.

— Il y en avait beaucoup, en Écosse. Tu t'en souviens ?

J'ai repensé à ces paysages. Je revoyais des arbres et des branches feuillues, mais leur apparence précise m'échappait.

— Non.

— Cette écorce-là flottait souvent à la surface de l'eau, a poursuivi Ness en détachant un second morceau.

Je revoyais Kenneth, Ness, Isla et un paysage sans détail. C'était l'inverse de Ness, qui ne se souvenait pas du visage d'Isla mais dont la mémoire savait reconstituer la texture des écorces et l'apparence des arbres.

— Ness ?

— Oui.

— Il y a une chose que je dois te dire.

Le visage de Ness a changé. Un voile d'inquiétude.

— Il ne s'agit pas d'Emily, ai-je ajouté.

Silence.

— Il s'agit d'Isla.

— Isla... a-t-il répété en articulant exagérément, comme si ses lèvres peinaient à prononcer ce nom.

J'ai inspiré.

— Oui, Isla. L'accident d'Isla.

— L'accident d'Isla...

— Je te l'ai raconté, tu t'en souviens ?

— Comment veux-tu que j'oublie ça, Roy ?

— Oui, bien sûr.

Pourquoi lui parler de ça ? Pourquoi ne pas se taire encore un peu ?

— Je ne t'ai pas tout dit.

— Comment ça ?

— Le voilier... On ne l'a jamais retrouvé. Isla non plus.

— Qu'est-ce que tu racontes ?

Il m'a lancé un regard triste.

— Ne recommence pas. S'il te plaît. Tu m'as dit qu'elle était enterrée à Édimbourg. Tu m'as parlé d'une noyade. Tu m'as...

— Non, je n'ai jamais dit ça, rappelle-toi. Je sais ce que je t'ai dit. Et je sais ce que tu as imaginé ensuite. Mais je ne t'ai jamais dit ça. On n'a rien retrouvé.

— C'est tout comme, non ? À quoi tu joues, Roy ?

— Non, c'est différent. C'est important. Je suis désolé, mais il faut que je te le dise. Rien n'a été retrouvé. Elle est peut-être morte, Ness, mais moi je ne l'ai jamais cru.

Ness a commencé à s'agiter.

— Je sais ce que tu penses. Écoute-moi, s'il te plaît. J'ai l'esprit clair, je t'assure. Je ne cherche pas à remuer les cendres. Mais je dois t'en parler. Je ne crois pas qu'elle soit morte, c'est tout. Penses-y, Ness. On n'a rien retrouvé. Merde, Ness, un corps, ça remonte à la surface, la marée le dépose, et les épaves, tôt ou tard on les retrouve, non ? C'était juste là, au large du port d'Édimbourg, pas aux confins du Pacifique.

Le visage de mon frère était plongé dans l'ombre. Il a soupiré, sans que je parvienne à savoir si c'était un souffle de colère ou de tristesse.

— Et puis, aussi… Je l'ai vue, Isla. Comme je te vois.

— Tu ne me vois pas, justement. Il fait noir et je pourrais être quelqu'un d'autre.

— Ness, je sais ce que tu penses, mais…

— Cesse de croire que tu sais ce que je pense. Ça n'a jamais été le cas. C'est une chose que tu n'as jamais essayé de faire.

— C'est vrai. Mais je te jure que je l'ai vue.

Peut-être était-ce la lune, ou les étoiles – le visage de Ness a blanchi.

— Il y a un peu plus de trois ans. Tu dois te souvenir de ce jour-là comme moi. Nous allions déjeuner chez Kenneth. Un samedi. Le dernier samedi où nous sommes allés déjeuner chez lui.

J'ai attendu que Ness remonte le temps, et j'ai poursuivi.

— Je l'avais vue. Elle a disparu avant que je ne puisse lui parler, mais c'était elle, je pourrais le jurer. Et Kenneth… Papa, l'a vue aussi. J'en suis sûr. Elle sortait de son immeuble. Et ce jour-là, tu t'en souviens ? C'est ce jour-là qu'il a commencé à… perdre la mémoire.

Ness s'est tu un moment, a arraché plusieurs morceaux d'écorce et les a disposés devant lui.

J'ai pensé aux sculptures et au carnet, et j'ai serré la mâchoire jusqu'à m'en fissurer les dents pour empêcher mes lèvres d'en parler à Ness.

— Pourquoi tu me dis tout ça ? a demandé Ness.

— Je ne sais pas vraiment. Parce que c'est là, depuis trop longtemps.

— Tu ne penses pas que c'est pire ?

Je n'ai pas répondu. Ness tremblait légèrement, mais peu à peu il s'est calmé.

— Je lui en ai voulu, moi aussi, tu sais. J'en ai voulu à Kenneth, encore plus. Je t'en ai même voulu à toi.

— C'est la meilleure.

— Je sais. Mais je t'en ai voulu. D'ignorer la vérité, de parvenir à te construire une vie ici. Je t'en ai voulu d'être cet enfant tranquille, d'avoir besoin de moi. D'être toi-même, en fait. Je t'en ai voulu et je le regrette.

Ness a levé les yeux et son visage a pâli un peu plus sous le ciel percé d'étoiles. Il était étrangement calme.

— Moi aussi, je t'en voulais, a-t-il avoué. Je n'étais pas certain de savoir pourquoi, mais maintenant je sais. Tu m'as menti.

— Oui.

— Tu m'as menti, a-t-il répété.

— Voilà pourquoi je te parle. Je sais qu'il n'y a aucun réconfort dans l'histoire que je te raconte. Mais c'est la seule histoire que je connais. La seule en laquelle je crois. Je ne te demande pas de me croire. Je ne te demande pas de chercher Isla avec moi. Ce n'est… En te racontant cette histoire, ce n'est pas elle que je cherche à retrouver.

Ness a laissé mes paroles s'évanouir dans le silence, et quand il n'est resté que la nuit autour de nous, il s'est levé pour aller s'asseoir près de la tombe.

— Viens par ici, Roy.

Je l'ai rejoint.

— Tu as entendu, Emily ? a-t-il murmuré en se penchant vers le sol.

Et puis, après un temps :

— Nous étions près de l'arbre, là-bas. Un peu loin pour que tu entendes sans doute ? Ton père va répéter.

Il s'est tourné vers moi, a attendu.

— J'ai parlé à Ness, Emi. Je lui ai dit pourquoi j'étais en colère. Je lui ai demandé pardon.

— Plus ou moins, a dit Ness.

— Je lui demande pardon, maintenant.

— Tu as entendu, Emily ? C'est pour ça que ton père est venu ici, cette nuit. Pour que tu l'entendes dire tout ça. Il aurait pu le faire sans mettre ta maison à sac, mais tu connais ton père. La demi-mesure, c'est pas son truc.

Ness s'est rendu à l'arbre, a récupéré les morceaux d'écorce du chêne, avant de revenir les déposer devant nous.

— Tu entends la musique, Roy ?

J'ai tendu l'oreille. Il n'y avait que le lointain bruit de la ville et le souffle de l'hiver sur les dernières feuilles du chêne.

— Non.

— Et toi, Emily, tu entends ?

Ness a tapoté les écorces. Un rythme lent, à quatre temps.

— Et maintenant ?

— Oui, il y a quelque chose. Une guitare.

— Bien sûr. Et une mélodie.

— Oui.

— Mais pas de paroles.

— Non. Aucune.

IX

NESS

« Father McKenzie
wiping the dirt from his hands as he walks from the grave.
No one was saved. »

The Beatles, *Eleanor Rigby*

J'ai raccompagné Roy jusque chez lui, d'où j'ai téléphoné à Selkie pour la rassurer. Quand elle m'avait appelé au milieu de la nuit pour m'annoncer ce que mon frère s'apprêtait à faire, je m'étais étonné à acquiescer sans surprise. J'avais d'abord pensé que c'était le sommeil, qui ne m'avait pas encore quitté et qui donnait au discours de Selkie, pourtant effrayant, l'apparence d'un rêve inoffensif. Mais même alors que je marchais vers le cimetière, même en faisant le tour du mur d'enceinte à la recherche d'un passage que je pouvais escalader, j'étais resté calme. J'avais découvert Roy à quatre pattes, creusant la terre de ses mains nues, si lentement qu'il semblait figé. Cette image n'avait suscité en moi aucune terreur, à peine une vague de chagrin, lente comme mon frère, et presque tiède.

J'avais écouté ce qu'il était venu me dire. Je m'étais installé avec lui au milieu d'un rêve étrange. La nuit éclairée d'étoiles feutrait l'atmosphère, atténuait la douleur et adoucissait la voix de Roy. Par moments, ses paroles me heurtaient, claquaient dans l'air, mais tout de suite après le rêve reprenait sa place et tout redevenait calme.

Je suis rentré chez moi à l'aube, où j'ai dormi une heure avant de ressortir. Même si je doutais de la réalité de la nuit qui venait de s'écouler, je me suis mis en route vers le cimetière, en m'arrêtant en chemin dans un magasin de jardinage pour acheter des graines de gazon et un arrosoir. Le rêve ne s'était pas tout à fait dissipé et je me souviens d'avoir erré dans les rayons du magasin, passant un long moment à contempler les coloris des arrosoirs qui dessinaient un dégradé arc-en-ciel sur les différents étages. Celui que j'ai fini par choisir était vert pâle et de petite taille.

Contrairement à Roy, je n'étais pas retourné au cimetière depuis l'enterrement d'Emily, et le tableau qu'il me restait de la nuit précédente était très différent de ce que je découvrais à présent. En septembre, les pelouses étaient parsemées d'arbres divers qui formaient de petits îlots de couleurs et de formes variées, comme des abris espacés sur une vaste prairie. Je m'attendais à trouver maintenant une atmosphère hivernale, des arbres pelés, un paysage décoloré ; il n'en était rien. Les saules, les chênes et les tilleuls avaient perdu leurs feuilles, mais entre eux on trouvait des cèdres aux aiguilles d'un bleu très clair, des pins sylvestres aux ramages gris-vert et des bouleaux aux troncs zébrés dont les branches gardaient quelques feuilles rousses. Et l'air de ce matin d'hiver ressemblait à celui des pays du Nord, cristallin et drapé d'une lumière qui faisait ressortir les teintes des arbres, le ciel sans nuage et le parterre de gazon.

Je me suis promené sur la pelouse, arrosoir à la main, provoquant des regards surpris de la part des autres visiteurs qui devaient s'interroger sur l'utilité d'un tel ustensile en hiver. J'ai ramassé quelques feuilles que la terre n'avait pas encore avalées et que ce soleil inattendu avait fait sécher. Je me suis attardé sur les allées et sous les grands arbres. Et quand je suis arrivé dans les environs de la stèle d'Emily, c'était presque par hasard, au détour d'un cèdre que j'étais allé visiter.

Emily n'était pas seule. Il y avait là une gamine, aux cheveux en bataille et aux mains couvertes de terre, assise à l'endroit précis où nous nous étions installés la nuit précédente avec Roy. Devant elle, le sol avait été labouré.

Même si je ne pouvais distinguer que son dos et ses mains qui s'agitaient en même temps qu'elle parlait, je l'ai reconnue : la dernière fois que je l'avais vue, lors de l'enterrement d'Emily, elle se trouvait déjà là, au même endroit. Je me suis souvenu des mots qu'elle avait prononcés. Elle avait parlé à Emily de l'endroit où elle allait dorénavant reposer. Elle lui avait dit que c'était un bel endroit et que des animaux lui rendraient peut-être visite. J'ignorais s'ils l'avaient fait.

Pour ne pas la déranger, ou pour écouter ce qu'elle racontait, je me suis arrêté au niveau du chêne. Je m'y suis appuyé en attendant qu'elle termine.

Elle parlait, ou plutôt elle dialoguait avec Emily, car ses interventions étaient entrecoupées de longs silences pendant lesquels elle semblait écouter les réponses de son amie.

— … c'est si différent, le collège. J'aurais aimé que tu sois là, cette année. Ils sont… Ils jouent aux grands, les filles se prennent toutes pour des princesses, elles font mine de tout connaître. Si tu savais comme elles sont bêtes. Et les garçons… Ils sont tous comme mon frère, des espèces de boules de nerfs qui font les beaux, mais il suffit que tu leur jettes un regard et ils se roulent en boule sous leur chaise. Et puis le bâtiment est en plein centre, il n'y a pas un arbre dans la cour, et du béton partout autour. J'ai demandé à mes parents de sortir de la ville, mais non, il y a du travail, ou le temps est mauvais, ou je dois travailler parce que mes notes ne sont pas assez bonnes. Ils disent qu'on ira bientôt skier, mais moi le ski… Tu aimais ça, toi ?

Elle a posé ses mains derrière elle et a levé son visage vers le ciel.

— Tu as raison. Il fait beau, on aurait pu aller faire un tour en bateau. Le lac doit être si vide en cette saison.

En prenant appui sur une racine, ma semelle a ripé et j'ai glissé le long du tronc. J'ai eu peur que la gamine m'entende, mais elle n'a pas semblé y prêter attention.

— Tout de même, c'est étrange toute cette terre. J'aimerais bien savoir ce qui s'est passé ici.

Elle a posé la main et a tracé des courbes, comme des lettres, sur le sol.

— Ça a l'air récent, en plus. Mais je comprends que tu le gardes pour toi.

Elle a tiré son sac à dos d'entre ses jambes, l'a posé derrière elle en guise d'oreiller et s'est étendue sur l'herbe.

— Je ne sais pas si tu vois le paysage. Sûrement les arbres, mais est-ce que tu peux voir les montagnes ? Des deux côtés, les sommets sont blancs. En fait, moi aussi, je les découvre aujourd'hui, parce que le nuage vient de partir. Il était là depuis un mois au moins. J'espère qu'il neigera en ville, bientôt. Tu as fini par voir des animaux ? La dernière fois, en repartant, j'ai vu un écureuil. Mais cette fois, aucun. Tu penses qu'ils hibernent ?

Elle a laissé passer un temps avant de poursuivre.

— Je repense souvent à la dernière fois où je t'ai vue. C'était qui, déjà, celui qui t'accompagnait ? Ton oncle, c'est bien ça ? Comme il avait détalé quand on était arrivés sur le ponton ! Tu savais qu'on allait venir, non ? Non, tu ne pouvais pas le savoir, c'était une sortie improvisée. Quand même, tu aurais pu choisir un autre bateau…

Un picotement a couru sur mes épaules. J'ai tangué un peu, comme ce jour-là sur le pont, avec Emily. Impossible, cependant, de retrouver l'image de cette fille sur la photo de famille.

— Tu aurais pu rester avec nous. On serait allés tous ensemble sur le lac. Bien sûr, ça aurait été mieux sans mes parents, et surtout sans mon frère, mais bon.

Elle a haussé les épaules.

— Oui, je me souviens que tu m'as dit que tu n'aimais pas naviguer. C'est bizarre. Moi je t'aurais bien vue sur un bateau. Avec tes cheveux dans la figure à cause du vent.

La gamine a ri quelques instants. Ses épaules ont remué comme des vaguelettes.

— Je t'ai apporté des cadeaux, a-t-elle dit en attrapant son sac.

J'ai aperçu son visage, qui m'a semblé ressembler à celui d'Emily. Pas dans les traits, ni dans les couleurs, mais dans les yeux et le regard, pétillants de vie. J'ai de nouveau craint qu'elle ne remarque ma présence, mais elle a fouillé dans son sac sans faire attention aux alentours.

— Ça, c'est un livre que j'ai lu. Il s'appelle *Die Wand.* « Le mur ». C'est l'histoire d'une femme qui va un jour rendre visiter à sa cousine et son mari à la montagne, dans un grand chalet. Ils partent pour la soirée et elle reste là. Mais le lendemain matin ils ne sont pas revenus, et elle se rend compte qu'autour de la maison il y a un mur invisible. Le monde autour des montagnes est devenu vide, tous les gens ont été comme pétrifiés ou endormis. Elle est bloquée dans le chalet et dans la forêt et dans les alpages. Elle doit s'en sortir seule.

La gamine a feuilleté le livre.

— Enfin, elle n'est pas vraiment seule. Il y a des animaux. Une chatte, et puis elle trouve une vache qu'elle appelle Bella. Plus tard la vache donne naissance à un veau ; et la chatte, à un chaton. Il y a aussi le chien de sa cousine qui s'appelle Lynx. Ce n'est pas un très bon nom pour un chien. Donc elle a de la compagnie, et grâce à la vache elle peut avoir du lait. Mais elle est seule, quand même. La vie est difficile l'hiver, à la montagne. C'est un peu dur mais c'est un joli livre. Je te le laisse.

Elle s'est levée et a déposé le livre près de la stèle. J'ai cru qu'elle avait terminé et qu'elle allait partir, mais elle est retournée s'asseoir.

— Moi, ça m'a rappelé beaucoup de choses. Bien sûr, c'est un grand chalet, très confortable, et je crois qu'il n'est pas très haut sur la montagne parce qu'il y a une forêt et des vaches et d'autres animaux qu'on ne trouve pas très haut. Mais quand même. Toi aussi, ça t'aurait rappelé des choses. Surtout, je suis sûre que toi tu t'en serais sortie, seule comme ça. Moi, je ne sais pas. Je me serais perdue en allant explorer les environs. Il aurait fallu qu'on me montre le chemin, qu'on m'apprenne à trouver les baies, et aussi à ne pas me tromper et à manger les bons champignons.

Elle a fait une longue pause. Un couple de visiteurs est passé, main dans la main, pour rejoindre une tombe un peu plus loin. L'air autour de nous a changé de matière. Il s'est rafraîchi et a gagné encore en clarté. J'ai frissonné sans pour autant avoir froid, et mon corps engourdi m'a semblé moins lourd.

— Toi, a poursuivi la gamine en s'ébouriffant les cheveux, tu aurais su. Tu connais si bien les forêts. Le livre aurait été plus gai si tu avais été dedans avec cette femme. Ou avec moi. On aurait pu décrire comment tu trouves ta route en regardant de quel côté la mousse pousse sur les arbres, ou en reconnaissant la forme de leurs branches, ou en regardant l'orientation des racines. Ou comment tu grimpes. Comment tu escalades les rochers comme un chamois. Tu lui aurais appris, à cette femme, et elle t'aurait écoutée. Il y aurait eu plus d'aventures.

Sa voix s'est brisée, et c'est dans un murmure qu'elle a continué à parler. L'air se gorgeait peu à peu d'humidité.

— Des aventures comme les nôtres, oui.

C'était le vent qui s'était levé, apportant l'air du lac jusqu'ici.

— J'y suis retournée en septembre, lors du week-end férié. Je suis retournée... D'habitude, on y va aussi aux vacances d'automne, tu sais, mais pas cette année. Mes parents ont proposé mais j'ai fait semblant d'être malade pour qu'on reste à Genève. Je ne voulais plus y aller sans toi. Je ne veux plus jamais y retourner.

Et l'air du Léman, d'où venait-il, pour être si froid ? De la vallée, au bout du lac et des glaciers qui la surplombent ?

— Je dois partir, maintenant. Mes parents m'attendent au café, à l'extérieur.

Avant de se lever, elle s'est retournée vers son sac à dos et a plongé la main dedans, et à ce moment-là elle m'a vu, debout contre l'arbre, la dévisageant de mes yeux grands ouverts.

— Ah, bonjour, a-t-elle dit le regard méfiant.

— Bonjour. Je venais voir Emily. J'attendais que tu termines et je n'écoutais pas et... En fait si, j'écoutais. Je suis désolé.

— Tu es l'oncle d'Emily, c'est ça ? a-t-elle demandé en se relevant.

— Oui, c'est bien ça. Je m'appelle Ness.

— Je ne t'ai jamais vu ici. Tu ne dois pas venir souvent.

— Non, c'est vrai. Mais je t'avais déjà vue, moi, à l'enterrement.

— Et puis tu es monté sur le bateau de mes parents.

— Oui, apparemment. Je suis désolé pour ça aussi.

Elle a haussé les épaules. Elle était grande comme Emily et avait des yeux très noirs, en partie couverts par ses paupières, qui lui donnaient un air craintif.

— Bien, je vais y aller.

— Attends ! Tu... tu allais lui donner un autre cadeau, je crois.

— Non, a-t-elle répondu en secouant la tête. Enfin si, mais je lui donnerai la prochaine fois. Je viens toutes les semaines. Elle a déjà de la lecture.

— Oui, je vois ça.

Elle a fait quelques pas et s'est retournée vers moi.

— C'est quoi, ça ?

J'ai réalisé que je portais toujours mon arrosoir à la main.

— Eh bien, c'est un arrosoir.

— Tu es venu arroser ta nièce ?

— Je suis venu replanter de l'herbe. Et l'arroser, ensuite.

— C'est toi qui as tout labouré ?

— Non, c'est... ce n'est pas moi.

— On dirait un arrosoir d'enfant.

J'ai regardé l'objet, dont la petitesse m'a frappé pour la première fois.

— C'est vrai. Il me semblait plus grand quand je l'ai acheté.

— Emily m'a parlé de toi, tu sais ?

— Ah. Et qu'a-t-elle dit ?

— C'est toi qui as… a-t-elle commencé avant de s'arrêter au milieu de la phrase.

— … Qui as fait quoi ?

— Non, ça ne fait rien.

Elle a attendu sans rien dire.

— Je peux te poser une question ? ai-je demandé.

— Tu viens de le faire.

— Alors une troisième question ?

— Tu viens de… Ah, malin. Bon, d'accord.

— Où as-tu connu Emily ?

Elle a baissé les yeux vers la terre retournée, la stèle et le reste. Mais elle n'a pas répondu. L'air du lac est revenu nous caresser comme une vapeur froide.

— Tu connais le bothy, c'est ça ?

Elle a serré les lanières de son sac à dos, très fort, et a plongé ses yeux dans les miens. Mais elle ne me regardait pas. Elle voyait autre chose, des images qui la rendaient triste.

J'ai repensé au carnet.

Je l'ai regardée, elle. Sa peau lisse et ses cheveux décoiffés qui tombaient sur ses épaules.

Ses yeux sont devenus humides.

Je crois qu'elle a pleuré.

Elle a passé une main sur ses paupières pour en ôter les larmes naissantes.

Elle était comme le verre de la vitre, humide et glacée.

L'air était vraiment froid, maintenant, malgré le soleil.

— Tu connais la cabane ?

— La cabane, a-t-elle murmuré en se tournant vers Emily. Notre cabane.

Elle s'est à nouveau agenouillée.

— Emily, c'est lui, celui qui l'a construite avec toi, c'est ça ? C'est un peu sa cabane aussi, alors ?

La question ne m'étant pas adressée, je n'ai pas répondu.

J'aurais aimé qu'elle m'explique davantage, me raconte, me parle d'elle et d'Emily et de leurs jeux d'enfants que ce matin de septembre avait emportés avec lui. Mais la gamine était triste, de toute évidence, et elle semblait déçue, peut-être de m'avoir confié un secret, d'avoir entrouvert la porte. Alors je n'ai rien dit.

— Merci de venir voir Emily si souvent.

— Tu pourrais en faire autant.

— Oui, tu as raison.

— Je peux t'aider, si tu veux.

— M'aider ?

— Avec ça, a-t-elle ajouté en pointant l'arrosoir du doigt.

— Ah oui, ça. Oui, c'est gentil.

Nous nous sommes accroupis ensemble et j'ai sorti de la poche de mon manteau les graines de gazon à ensemencer. L'arrosoir a basculé au sol. L'air changeait de consistance à toute vitesse. Un instant il était glacé et l'instant d'après, tiède comme au printemps.

— Mais il est vide, ton truc.

— Oui, j'ai oublié de le remplir en arrivant.

— Je vais y aller. Tu mets les graines, et je reviens avec de l'eau.

— Tu es sûre ? Je peux…

Elle a pris l'arrosoir, son sac à dos, et elle s'est éloignée avant que je puisse dire un mot de plus. J'ai eu peur qu'elle ne revienne pas. Au lieu de semer les graines, j'ai passé les dix minutes suivantes à scruter l'horizon en espérant son retour. J'ai observé chaque arbre, chaque allée, me tournant de tous les côtés, si bien que peu après son départ j'étais déjà incapable de dire dans quelle direction elle était partie.

Elle a fini par reparaître derrière un cèdre aux reflets bleus, du côté d'où venait le souffle du lac. Elle tenait à la main deux arrosoirs remplis, le mien et un autre beaucoup plus gros qui faisait pencher son corps.

— Où as-tu trouvé ça ?

— Chez le gardien. Je le connais un peu, à force. Il s'appelle Daniel et il travaille ici depuis, je sais plus, cinquante ans. Je peux arroser ?

J'ai baissé les yeux vers ma paume ouverte qui contenait le sachet de graines, toujours fermé.

— Mais tu n'as rien fait depuis tout à l'heure ?

— Non, j'ai… Je m'y mets tout de suite. Une seconde.

Une fois le sachet ouvert, j'ai commencé à éparpiller les graines par petits paquets.

— Attends, m'a ordonné la gamine.

Elle a posé les arrosoirs et est allée chercher le livre qu'elle avait déposé quelques minutes plus tôt devant la stèle. Puis elle a plongé ses mains dans la terre, a creusé un trou et l'a dissimulé là-dessous.

— C'est mieux comme ça, je pense.

J'ai terminé mon travail et l'ai laissée arroser. Elle l'a fait lentement, en prenant soin de quadriller chaque centimètre de la zone.

— Tu penses que ça va pousser ? C'est l'hiver.

— Je ne sais pas. Si le temps reste ensoleillé, j'imagine que oui. Sinon, je reviendrai.

Elle a secoué ses mains pour en ôter la terre et m'a tendu l'arrosoir.

— Pourquoi il n'y a pas de pierre, par-dessus ? Les autres en ont. Enfin, la plupart.

— C'est son père – le père d'Emily, Roy – qui a décidé. Dans notre pays natal, en général, on met une stèle mais pas de pierre.

— C'est l'Écosse, c'est ça ? Votre pays.

— Oui.

— D'accord, a-t-elle acquiescé en hochant la tête. Je comprends mieux pourquoi vous avez tant de fantômes, si vous ne fermez pas les tombes.

— C'est une explication, en effet.

Elle a mis son sac sur ses épaules et m'a tendu la main.

— À bientôt, alors.

— À bientôt. Je reviendrai plus souvent. Je te le promets.

— Avec ton petit arrosoir.

— Tout à fait.

Elle s'est éloignée en direction de l'allée, les mains dans les poches. Le vent faisait rebondir ses cheveux sur ses épaules.

— Attends ! ai-je crié avant qu'elle ne disparaisse.

Elle s'est arrêtée de marcher mais ses cheveux ont continué à s'entortiller sur eux-mêmes.

— Comment tu t'appelles ?

Elle s'est tournée à moitié, juste assez pour que je l'entende.

— Sarah Koller, a-t-elle répondu.

Puis elle a accéléré le pas jusqu'à rejoindre une allée, où elle a disparu.

Une fois seul, je me suis assis à mon tour devant la stèle d'Emily.

— Ton amie Sarah a raison. Il fait trop froid. L'herbe ne va pas repousser tout de suite. Il faudra attendre le printemps.

L'eau avait creusé de minuscules ondes dans la terre, que le vent avait lissées.

— Ton amie Sarah… C'était donc ça : l'autre bergerie… la maison des Koller. Emily et Sarah, E&S…

Il restait quelques gouttes au fond de l'arrosoir, que j'ai versées sur la terre.

— Je comprends, à présent. Le carnet, tu l'as écrit l'année dernière ? Vous êtes allées au bothy pendant les vacances d'automne, avec Selkie ? Roy devait être en voyage quelque part, hein ? Peut-être qu'il n'était même pas au courant que vous étiez parties… Ou peut-être qu'il l'était mais que son esprit… enfin… C'est là que tu l'as rencontrée, ton amie Sarah… *Proche et loin à la fois.*

J'ai repensé à la cabane, et à ces lettres gravées dans le bois.

— Même coincée ici, sous cette terre, tu as réussi à honorer la spécialité familiale : raconter les choses à moitié et nous laisser imaginer le reste.

J'ai passé la matinée assis là, emmitouflé dans mon manteau, bonnet sur les oreilles, laissant le soleil grimper le long de son ellipse. J'ai dormi une heure, et quand je me suis éveillé j'ai encore parlé quelques minutes à Emily.

Je me suis levé et je suis allé jeter un œil à la terre humide et aux graines de gazon. Je ne sais pas pourquoi. Sans doute pour m'assurer qu'elles étaient toujours là. J'ai aperçu un tissu beige, plus clair que le reste du sol mais si sale que je ne l'avais pas remarqué auparavant. Il dépassait très légèrement des vaguelettes de terre, une vingtaine de centimètres devant la stèle. En tirant dessus, le tissu – un mouchoir, ou une petite serviette trempée par l'eau que nous avions versée dessus – s'est dégagé du sol et a révélé un paquet en toile blanche, en assez bon état.

C'était celui que la gamine avait fait rouler vers le cercueil d'Emily à la fin de l'enterrement. Roy l'avait déterré sans s'en apercevoir en remuant la terre, et quand nous avions comblé le trou il avait dû rester à la surface.

J'ai tiré le paquet et l'ai dépoussiéré. Il était humide mais le tissu assez épais et le mouchoir qui l'entourait l'avait protégé. Il était noué par une ficelle dont on avait attaché les deux bouts, avant de les utiliser pour former une longue tresse. Il me fallut plusieurs minutes pour dénouer l'ensemble. À l'intérieur se trouvaient trois objets : un couteau à bois, un petit burin, et une figurine. Une enfant debout, qui marchait, le visage tourné vers l'arrière et le sourire aux lèvres. Une enfant encapuchonnée dont les longs cheveux s'enroulaient en bouclant autour de ses oreilles. Ses yeux, délicatement creusés, détaillés jusqu'aux sourcils, avaient été peints en vert.

X

ROY

« Blackbird singing in the dead of night
Take these sunken eyes and learn to see
All your life. »

The Beatles, *Blackbird*

Ness a attendu que je passe le portail. Il a fourré les mains dans les poches de son blouson et s'est adossé au métal noir de la grille grande ouverte.

— Bienvenue à l'hôtel du lac, a-t-il annoncé tandis que j'avançais sur l'allée centrale.

Trois ans que je n'étais pas revenu. Le lierre avait grandi sur la façade. Il enlaçait les fenêtres et accrochait la toiture. Sur les tuiles, une pellicule de mousse s'était formée.

Je me suis arrêté à une vingtaine de mètres de l'entrée pour observer l'endroit. Le parc était somptueux. Des arbres centenaires plongeaient vers le lac. Une lumière jaune pâle coulait entre les branches. Au loin scintillaient les Alpes et leurs sommets ivoire.

Le parc était moins vide que dans mes souvenirs. Une femme dont la tête était surmontée d'un chapeau tournait autour d'une fontaine, dans laquelle s'écoulait un filet d'eau. Plus loin, deux hommes, assis sur des bancs opposés de part et d'autre de l'allée, se fixaient en silence. L'un des deux souriait. Des chats aux corps allongés marchaient sur la pelouse, si délicats que l'herbe ne pliait pas sous leurs pattes. Près de l'entrée du bâtiment, un homme en habit de jardinier s'est tourné vers moi et m'a salué de la tête.

Ness m'a rejoint.

J'ai imaginé Emily remontant l'allée, saluant les vieillards et le jardinier, ramassant des cailloux colorés aperçus au milieu des graviers blancs, caressant les feuilles des arbustes plantés le long de la promenade. Qu'elle soit venue ici en cachette ne me surprenait pas. D'une certaine manière, j'avais été soulagé d'apprendre qu'elle avait ignoré mon interdiction de rendre visite à Kenneth. Quant à ces séjours au bothy, sans moi, pouvais-je affirmer que je n'en connaissais pas l'existence ? Pendant des années, des décennies même, j'avais regardé ailleurs. Je m'étais terré. J'avais gardé pour moi des pans de vie qui ne m'appartenaient pas. Et si ma fille, si Selkie avaient fait la même chose, ce n'était qu'en réponse à mes absences.

À présent j'étais là, devant ces murs mangés par le lierre, observant les hommes et les femmes qui passaient derrière les vitres de l'entrée, infirmières, médecins, malades, blouses blanches et cheveux gris, et si j'ai avancé vers la porte, ce n'est que parce que Ness m'a tiré par le bras, et que je me suis laissé faire.

L'odeur, je m'en souvenais. Un mélange d'antiseptique et de draps neufs, un hôtel flottant dans un hôpital. Et le son, si faible, comme si tout le monde murmurait pour ne pas réveiller les souvenirs. Le bruit de la folie et l'odeur du silence.

Il y a eu un couloir, plus long que l'extérieur du bâtiment ne le laissait penser, puis des escaliers où des gens nous croisaient en rasant les murs, et enfin un autre couloir, plus lumineux à cause des portes des chambres ouvertes en enfilade. Ness a d'abord marché à côté de moi, puis il a ralenti, me laissant un pas d'avance pour que je choisisse l'endroit où nous devions nous arrêter.

Aucun nom n'était inscrit sur les portes, mais je n'ai pas eu besoin de lire celui de mon père pour savoir qu'il était derrière celle-là. Non que je m'en sois souvenu : ce couloir me semblait aussi mystérieux qu'un sentier forestier couvert de neige. Mais l'odeur a changé d'un coup ; impossible de s'y tromper. J'ai vu de mes yeux les vapeurs d'embruns flottant devant l'ouverture.

Je me suis tourné vers Ness, qui a acquiescé d'un mouvement de tête.

Il est passé devant moi, a frappé deux coups sur la porte et a pénétré dans la chambre en me faisant signe de le suivre.

Kenneth était assis sur son lit, les mains sur les genoux. Sa chemise, boutonnée jusqu'au col, tombait sur ses épaules osseuses. Il regardait au loin, vers l'extérieur du bâtiment, vers l'intérieur de lui-même. Il avait vieilli, mais pas autant que je ne l'avais anticipé.

Ses yeux transparents se sont tournés vers nous et il a froncé les sourcils, comme si la vision qui lui était proposée avait quelque chose d'anormal.

— Bonjour, a dit Ness, et les sourcils de mon père sont retombés.

— Bonjour.

La chambre : lit, commode en bois, fauteuil, deux cadres reproduisant des tableaux impressionnistes provenant de son ancien appartement. Quelques livres qui prenaient la poussière sur une étagère. Une descente de lit rectangulaire, quadrillée de motifs noirs et blancs, d'une vie antérieure. J'ai souri malgré moi, parce que je ne me souvenais pas qu'il l'avait emportée ici, mais je me rappelais cette coquetterie de Kenneth, qui aimait poser ses pieds sur cette matière douce à son réveil et rester un moment ainsi, la laine entre les orteils. L'atmosphère de cet endroit m'avait paru bien sombre quand nous l'y avions emmené trois ans plus tôt. À présent, elle m'apparaissait différemment : ni incongrue ni morose – un simple refuge, comme l'avait appelé Ness en me proposant d'y aller. Un refuge où l'âme égarée de mon père flottait calmement entre les murs.

Ness m'avait expliqué ce qu'il s'y passait, les histoires, les énigmes, le monde de Kenneth. Le monde caché de Ness.

Lui aussi en avait donc un. Ness racontant des histoires à mon père : j'avais eu du mal à y croire.

— Il fait très beau, aujourd'hui, a dit mon frère après avoir embrassé Kenneth.

Kenneth a passé la main sur son couvre-lit pour en supprimer les plis. C'est une chose qu'il faisait, à Édimbourg. Il lissait la couverture autour d'Isla quand elle dormait près de lui.

— En effet, a répondu mon père, dont la voix n'avait pas changé. Mais c'est encore l'hiver, n'est-ce pas ? La lumière ressemble à l'hiver.

— Oui. Roy est aussi venu te voir, aujourd'hui.

Je me suis approché et me suis penché pour l'embrasser à mon tour. Ses joues étaient creusées, et sous ma paume posée dans son dos j'ai senti les reliefs de ses côtes, mais c'était tout à fait lui, Kenneth, tel que je l'avais toujours connu, cette longue silhouette paisible.

— Bonjour, a-t-il dit.

Il nous a regardés l'un après l'autre. Ness m'avait prévenu : n'espère pas qu'il te reconnaisse, mais ne pense pas non plus qu'il ne sait pas qui tu es. En étudiant le regard de mon père, j'ai compris cet étrange conseil.

— Bonjour, Roy, a-t-il répété. Bienvenue chez moi.

— Merci.

— Vous travaillez ensemble, avec… avec…

— Ness, a dit mon frère.

— Oui, voilà. Vous travaillez ensemble, avec Ness ? Je veux dire… Vous construisez des choses ensemble ?

Je me suis tourné vers Ness, qui a acquiescé d'un battement de paupières.

— Oui, tout à fait.

— Je vois, a dit Kenneth en hochant la tête.

— Assieds-toi, Roy, a proposé Ness en montrant le fauteuil.

— Pardon, je suis un mauvais hôte. Installez-vous.

— Merci, je vais rester debout. Vas-y toi, Ness.

Mon frère s'est assis à ce qui devait être sa place habituelle. Mon père a pris une mine embêtée. Il a passé sa paume un peu plus fort sur le lit.

— Oui, il n'y a qu'un fauteuil, c'est vrai. Alors… Alors tu peux sans doute… Oui, tu peux t'asseoir là, oui, là, sur le lit. Attends, je vais…

Il s'est penché jusqu'au coin du lit, a déplissé le couvre-lit, a fait de même près de l'oreiller et s'est décalé pour me laisser de l'espace. J'ai pris place à ses côtés. Je me suis souvenu des moments où il venait s'asseoir avec moi en haut des marches de l'escalier d'Avondale Place.

— Racontez-moi, alors, tous les deux.

— D'accord, a répondu Ness.

Mon frère s'est penché en avant, a posé ses coudes sur ses genoux.

— Quelle commande avons-nous reçue, récemment ?

Il a posé la question sans me regarder ; il n'attendait pas de réponse de ma part.

— Il y a eu ce décor, pour une salle de concert, a commencé Ness. Une grande salle ancienne, dans la vieille ville, et…

— Rien dans la nature ? a coupé Kenneth. J'aurais aimé une construction dans la nature.

— Ah, bien, a bredouillé Ness, surpris que Kenneth oriente la discussion de cette manière.

Ness a réfléchi, me jetant des coups d'œil signifiant qu'il ne fallait pas que je m'en fasse, qu'il allait trouver quelque chose.

— Et la cabane, Ness ? ai-je demandé malgré tout.

— La cabane ? a demandé mon frère.

— Une cabane ? a répété Kenneth.

— Oui, rappelle-toi. Perchée très haut, dans ce grand arbre… De quel arbre s'agissait-il, déjà…

— Pardon, oui, je m'en souviens. C'était un érable sycomore, si je me rappelle bien. L'homme qui nous avait passé commande avait décidé de s'exiler et de vivre dans cet arbre.

Ness a décrit à Kenneth la forme élancée de l'érable, si grand et si large qu'il pouvait sans problème accueillir les désirs de son propriétaire. Il a dessiné de ses doigts les feuilles, palmées comme celles d'un platane, et ses fleurs poussant en longues grappes jaunes et vertes.

— C'était plus qu'une cabane, qu'il voulait, tu sais, a dit Ness.

— Oui, ai-je ajouté. Une véritable maison perchée. Presque un petit palais des forêts.

— Un palais des forêts… a répété Kenneth. Comment était-il ?

— Il voulait deux niveaux et un escalier en colimaçon sur le tronc, a dit Ness.

— Il voulait un salon et un plancher assez solide pour y accueillir un piano, ai-je complété.

Une petite femme en chemise de nuit, un étrange sourire sur le visage, est apparue dans l'entrée de la chambre et a attendu.

— Un grand lit, construit sur une branche, a poursuivi Ness.

— Une terrasse à chaque étage, ai-je dit.

— Il voulait aussi un système pour faire monter l'eau d'une source proche.

— Et il voulait voir la canopée et le ciel à travers le plafond de sa chambre.

Les yeux de Kenneth se sont ouverts, comme pour laisser entrer les images. La vieille femme l'a imité.

— Un grand projet, a-t-il fini par dire. Heureusement que vous étiez deux pour le réaliser.

— Tout à fait, a approuvé Ness. Seul, c'était impossible. Il y avait trop de contraintes et de paramètres. Rien que pour recevoir le piano, par exemple.

Ness a continué à détailler les obstacles qu'impliquait l'entreprise, laissant Kenneth réfléchir. Deux autres personnes, un homme et une femme, habillés cette fois, ont rejoint l'entrée de la chambre pour l'écouter.

Kenneth proposait des solutions, il modifiait même les particularités de la maison pour la faire correspondre à ses goûts personnels. Ness ajustait les plans de la maison-cabane en conséquence. L'après-midi passant, le soleil a décliné. Avant de disparaître à l'ouest, ses rayons se sont frayé un chemin jusqu'à la chambre. L'intérêt de Kenneth pour notre construction de bois, peu à peu, a diminué, et Ness a décidé de conclure. Nos visiteurs ont quitté la pièce et nous sommes restés silencieux, tous les trois.

Kenneth a recommencé à lisser ses draps, cette fois du bout des doigts.

— Et quand reviendra-t-elle ? a-t-il demandé. La petite Emily.

Ness a remué, prêt à répondre mais j'ai décidé de l'interrompre. Je ne voulais pas d'un autre mensonge. Et puis, c'était vers moi que le regard de Kenneth était dirigé.

— Emily... Elle ne viendra plus. Je suis désolé, moi aussi, tu sais ? Vraiment... Elle est...

J'ai voulu dire « morte », mais Ness a toussé pour m'en empêcher.

— Elle ne viendra plus, parce qu'elle n'est plus là. Tu comprends ?

Le visage de mon père est resté inexpressif mais il a serré les draps dans sa paume. Puis il a relâché son étreinte et les a remis en place.

— Elle n'est plus là, a-t-il répété. Je comprends. C'est bien dommage.

— Elle ne... Elle ne reviendra pas. Mais moi, je viendrai, dorénavant.

Mon père a respiré lentement. Sa poitrine a émis un léger sifflement.

— Oui. Très bien, très bien.

Le soleil a poursuivi sa chute jusqu'à ce que les arbres masquent ses rayons. Kenneth s'est affaissé sur lui-même, comme une feuille de papier sur le souffle d'une flamme. Mais l'instant d'après il se redressait et son corps regagnait du volume.

— Il y a une chose que vous ne m'avez pas dite, a-t-il repris en levant la main.

— Laquelle ? a demandé Ness.

Il a reposé les mains sur ses genoux.

— Vous ne m'avez pas dit où elle se trouve, cette maison.

— Dans une forêt. Une grande forêt.

— Non, non. Pas si grande, a corrigé Kenneth.

— Tu as raison, elle n'était pas si grande. Une forêt, pas si grande.

— Et le sol était couvert de mousse.

— Oui. C'est vrai. Tapissé de mousse, sur les racines et sur les pierres. De la mousse épaisse, très verte, très confortable, et du lichen. D'ailleurs nous en avons utilisé pour le sol de la terrasse.

— Et pour la descente de lit, ai-je ajouté. Il ne nous l'avait pas demandé, mais je me suis dit qu'il aimerait, à son réveil, poser ses pieds là-dessus.

Kenneth s'est tourné vers moi et a hoché la tête.

— Et la forêt, alors ?

— Quoi ?

— La forêt, où se trouve-t-elle ?

— Loin d'ici, ai-je proposé. Au nord.

— Au nord… a répété mon père en montrant une direction qui s'avérait être le sud. Dans une région de collines, j'imagine.

— Voilà, ai-je résumé. De collines, et d'eau.

— La mer ? a demandé Kenneth en montrant le lac, derrière sa fenêtre.

— La mer, oui.

Même si son bras tremblait, il l'a gardé ainsi, tendu vers les eaux que la nuit commençait à recouvrir.

— Un pays de collines et d'eau, ai-je répété en pointant mon doigt dans la même direction que mon père. Une île, au nord.

— Une île, au nord.

Ness m'avait parlé de ces yeux. Ce film translucide, qui voilait par moments le regard de Kenneth et donnait l'impression que son cerveau avait quitté son corps. Où était-il parti ? Quels souvenirs délavés défilaient encore dans sa mémoire ?

Ses yeux sont restés fixés dans ma direction. Dehors, le soleil se couchait. Ness a allumé une lampe. Je me suis approché de mon père.

— À quoi tu penses ?

Il a baissé les yeux vers ses paumes. J'ai senti Ness me faisant signe de ne pas aller plus loin.

— Tu te souviens ?

J'ai repensé à une phrase qu'il m'avait dite quand j'étais adolescent, un jour que je parlais de l'Écosse à m'en rendre malade, simplement pour essayer de lui faire accepter d'évoquer notre pays, ne serait-ce que quelques minutes.

— Seuls les fous se souviennent, ai-je murmuré, autant pour Kenneth que pour moi-même.

Il a levé la tête et s'est tourné vers moi.

— C'est une phrase que tu m'as dite, un jour, il y a très longtemps.

— Seuls les fous se souviennent, a répété Kenneth d'une voix très basse, les sourcils froncés, essayant de comprendre ce que ces mots pouvaient bien vouloir dire.

Pendant un moment, il a tapoté sur ses genoux serrés et nous a regardés à tour de rôle, en secouant la tête. Ses yeux se sont attardés sur les murs de la chambre et les tableaux qui y étaient accrochés. Puis l'entrée de la pièce, le plafond, la commode, la descente de lit, le fauteuil où Ness était assis. Enfin, il s'est tourné vers les portes fermées du placard, derrière moi.

Kenneth s'est alors levé. Son corps s'est déployé comme une fine écharpe blanche. Il s'est arrêté devant le placard et a fait coulisser l'une des portes. Il a étudié le contenu des étagères, où des vêtements étaient empilés, avant de passer la main sur les chemises pendues aux cintres et sur la succession de vestes sombres rangées plus à gauche. Il a refermé le placard et a fait coulisser la seconde porte. Les cases contenaient des draps, des couvertures, des serviettes. Kenneth a compté le nombre de niveaux, du sol au plafond, et puis en sens inverse. Sur le dernier étage était posée sa valise. Une grande valise noire. Je me suis souvenu du jour où nous l'avions remplie, Kenneth, Ness et moi, trois ans auparavant. Un seul bagage avait suffi pour emporter toutes les affaires que cette chambre pouvait accueillir.

Kenneth a tendu le bras et en a saisi la poignée. Nous nous sommes levés pour l'aider, mais la valise devait être vide car quand elle a glissé vers lui, mon père l'a retenue sans difficulté. Il nous a regardés en souriant tandis qu'il tenait dans ses bras cet énorme objet au-dessus duquel son visage émergeait. Nous avons déposé ensemble la valise sur le lit.

Kenneth l'a observée, passant ses doigts sur les coutures, la poignée, la grande poche à l'avant. Puis il s'est assis à côté, a fait glisser la fermeture éclair et a ouvert la valise.

Elle ne contenait rien : un grand rectangle de toile imperméable. Ness m'a regardé, a haussé les épaules. Mais Kenneth continuait de fixer l'intérieur et d'en lisser le tissu.

Soudain il a trouvé une seconde fermeture éclair, dissimulée dans la doublure. Il l'a ouverte à son tour, a soulevé le tissu avec précaution et l'a déposé sur le rebord de la valise.

Il y avait là une enveloppe, qui s'était ouverte et dont le contenu s'était éparpillé sur la longueur du bagage. Des lettres manuscrites. J'ai cru y reconnaître l'écriture de mon père, mais Kenneth ne nous a pas laissé le temps d'en savoir plus : il les a précipitamment remises à leur place et nous a signifié d'un regard ferme que nous n'étions pas autorisés à les lire.

Sous l'enveloppe se trouvaient les vieilles jumelles de Kenneth. Et à côté des jumelles, un grand livre à la couverture rigide bleu foncé que j'ai reconnu : c'était un atlas de l'Écosse que Kenneth possédait déjà quand nous étions enfants.

Kenneth a saisi le livre et l'a observé, les yeux plissés. Une seconde lampe s'est allumée : Ness avait contourné le lit pour enclencher l'interrupteur. En petites lettres sous le titre, l'année d'impression – 1977 – était inscrite.

Le livre était ancien et en assez mauvais état. Son odeur de vieux papier s'est mêlée à celle de mon père. Sur la couverture étaient tracés en reliefs jaunes les contours étranges des frontières de mon pays. Les lignes tendues et arrondies de la côte à l'est. Et à l'ouest, la géographie éclatée, creusée par la mer et les montagnes, la côte dentelée et les îlots inaccessibles. Ces formes ont ravivé des souvenirs, ceux de mes voyages et ceux des si nombreux moments que j'avais passés à étudier mes propres cartes de l'Écosse.

Ness et moi nous sommes assis de part et d'autre de Kenneth. Il a ouvert l'ouvrage et a consulté la table des matières. L'atlas était organisé en parties thématiques, chacune contenant une douzaine de cartes divisant le pays du sud au nord et d'est en ouest. Le visage de Kenneth s'est renfrogné : il se perdait dans cette liste de titres et de sous-titres. Il s'est mis à tourner les pages, une par une, son regard s'éteignant et s'éclairant à la manière d'un phare. Il a passé en revue les représentations historiques, les cartes administratives, celles des cultures agricoles et des reliefs du pays, et s'est fixé sur les tracés des cours d'eau.

Partant de Perth, au nord d'Édimbourg, il a longé la rivière Tay vers l'ouest, jusqu'à sa confluence avec River Tumnel, où il a bifurqué en direction du nord pour atteindre River Garry. Il a tourné une page, a cherché pendant un moment l'endroit où il s'était arrêté, et a poursuivi sur le tracé minuscule de River Trium jusqu'à Dalwhinnie. Ses doigts marchaient sans trembler le long des courbes bleues, comme il les faisait parfois courir sur nos épaules quand nous étions enfants. Il avait de longs doigts, qui avaient blanchi avec l'âge mais avaient moins vieilli que lui.

Il a enfin croisé une rivière plus importante, la Spey, qu'il a suivie jusqu'au loch où elle prend sa source, à une dizaine de kilomètres à l'est de Fort William : il était entré dans les Highlands. Il est passé à la page suivante et a retrouvé son point de départ. Mais il n'y avait plus de cours d'eau, ni à l'ouest ni au nord. Kenneth a observé la carte, le doigt maintenu sur Loch Spey, et a décidé d'enjamber les terres, sur quelques kilomètres à peine, pour atteindre une rivière très fine qui coulait vers l'ouest.

— River Roy, a dit Kenneth, et en me penchant sur la carte j'ai pu voir que c'était bien son nom.

Il a continué vers le nord, sur une enfilade de lochs, et s'est arrêté à nouveau.

— River Ness.

Mon frère m'a regardé en souriant. Je connaissais sa rivière, mais j'ignorais que j'en avais une aussi, et si proche de la sienne.

Kenneth a accéléré le long de l'itinéraire, direction plein ouest. Arrivé à la côte faisant face au North Minch, le bras de mer qui sépare les Highlands des Hébrides extérieures, il a commencé à sauter de loch en loch et de baie en baie, en prononçant chaque nom, Ewe, Maree, Torridon, Carron, Alsh, Hourn, où il a ralenti sa course. Il a suivi la côte sur une route que la carte ne montrait pas, pour arriver à une baie sans nom, sur les terres qui contemplent la pointe sud de l'île de Skye.

Et là, il a levé les yeux vers moi, puis vers Ness, a refermé ses phalanges, et avec l'articulation de son index replié il a tapoté la courbe de la baie, plusieurs fois, en hochant la tête.

Clac, clac.

XI

N & R

La plage est courte et étroite. Elle est lovée dans une petite baie cerclée de collines brunes. À l'une des extrémités se trouve une maison aux longues baies vitrées, rideaux tirés.

— Roy, tu es sûr que c'est l'endroit ? Je ne reconnais rien.

— Oui, c'est bien là.

— Tu n'es vraiment jamais venu ici ? Quand tu la cherchais ?

— Je suis allé un peu plus au nord, un peu plus au sud. Peut-être que je n'ai pas trouvé de route. Et je cherchais une baie plus longue. Beaucoup plus longue.

La marée basse a découvert des galets humides, couverts d'algues et de brindilles. Sur le détroit, un vent léger soulève des vapeurs d'écume.

— Quel silence…

— Non, écoute bien. Il y a une musique. Une musique faite de vent et d'eau.

— L'eau doit être glaciale.

— Tu y passais tout ton temps, à l'époque.

En bas des reliefs poussent des chênes aux ramures arrondies, d'un vert plus clair que les collines. Des bosquets clairsemés, minuscules.

— Ness, qu'est-ce que tu fais ?

— Je vais tremper mes écailles, chercher des trésors ! Viens avec moi.

Un monde s'agite sous les eaux grises. Des ombres marines, entre les pierres, sous les algues.

— *Oui, c'est bien l'endroit. D'ici, je reconnais le cottage.*

— *Tu avais raison : l'eau est glaciale.*

— *Et peuplée de monstres. Hein, Roy ?*

— *Ça n'existe pas, les monstres !*

— *Bien sûr que si. Bien sûr que les monstres existent.*

Les nuages s'effilent. Le vent effleure la surface de l'eau, court sur le détroit.

— *Avançons encore un peu.*

— *Pas trop loin, Ness.*

— *Jusqu'à la taille, pas plus.*

La mer scintille. Elle se couvre de reflets saphir.

— *Ness, prends les jumelles. Dis-moi ce que tu vois.*

La côte de l'île est parsemée de criques. Sur les falaises de roche noire sont dispersés des guillemots, aux ventres blancs et aux becs noirs.

— *Je vois des petites falaises, des oiseaux, des plages. Et…*

— *Oui ?*

— *Là, devant, sur le sable. Ils sont là.*

— *Qui ?*

— *Les moutons. Les moutons de la lune, Roy.*

— *Les moutons de la lune… Tu te souviens ?*

— *Maintenant, oui.*

Les orkneys lèvent la tête. Leur fourrure est grise comme le sable. Ils marchent jusqu'au bord de l'eau et laissent leurs sabots s'enfoncer dans la mer.

— *Ils ne sont pas du bon côté.*

— *Quelqu'un les a emmenés sur l'île.*

— *Et là-bas, qu'est-ce que c'est ?*

Un chemin serpente par-delà les criques, sur la lande de bruyère. Plus haut se dresse une maison au toit d'ardoise.

— *Le bothy, Ness.*

— *Le bothy…*

— Il semble en bon état.

— Je ne peux pas voir.

Des nuages bas, descendus des crêtes, se sont posés sur la pente, au-dessus de la bâtisse.

— Roy, je crois qu'il y a du mouvement. De la fumée.

— Ce ne sont que des nuages, non ?

— Non, il y a un feu qui se consume à l'intérieur. Prends les jumelles.

Les moutons attrapent du museau une dernière algue et remontent vers la lande. Dans un battement d'ailes, un groupe d'oiseaux rejoint la mer.

— La marée remonte.

— Allons-y, Roy.

— Au bothy ?

— Oui.

— Mais la mer…

— Elle est calme.

— Mais si elle se lève ?

— Je ne crois pas qu'elle va se lever.

— Elle va rester calme ?

— Je ne sens pas de colère dans son ventre.

— Et les monstres ?

— Calmes, eux aussi. Et puis, je suis Nessie ! Qui m'attaquerait ?

Au bout de la baie, à courte distance du cottage, une vieille barque à moteur tangue, arrimée au ponton couvert de mousse.

— Tu es sûr ?

— Je suis sûr.

Le nuage se dissipe au-dessus de la bâtisse de pierre, d'où s'élève une guirlande de fumée.

— Ness, qu'est-ce qu'on va trouver, là-bas ? D'autres fantômes ?

— Je ne crois pas.

Sur le détroit et les collines, sur les falaises et les pentes de l'île, l'air se charge d'embruns, blancs comme la neige.

— *Quoi, alors ?*
— *Un refuge.*
— *Son refuge.*
— *Ou bien le nôtre.*

Note de l'auteur et remerciements

L'écriture de ce roman a bénéficié d'une aide du Centre national du livre. Un immense merci à Alex, Aurélien, Bertrand, Céline, Isabelle, Sophie pour leurs lectures attentives et leurs commentaires, et à Rahul pour tous les *bothies.*

La citation de l'*Odyssée* en page 43 provient de la traduction de Victor Bérard : Homère, *Odyssée*, II, trad. Victor Bérard, Les Belles Lettres, 2021, p. 43.

Une version savoyarde de la légende mentionnée par Ness en page 234 apparaît dans l'ouvrage suivant : *Origines des noms des montagnes des deux Savoies*, Jean-Philippe Buord, Color Verba Éditions, 2020.

Éditions Belfond,
92, avenue de France, 75013 Paris.
Pour le Canada,
Interforum Canada, Inc.,
1055, bd René-Lévesque-Est,
Bureau 1100,
Montréal, Québec, H2L 4S5.

ISBN : 978-2-7144-0415-2
Dépôt légal : août 2024

Composition et mise en pages
Facompo à Rouen

Pour plus d'information :

#lisez engagé !
www.lisez.com

Imprimé sur du papier issu de forêts gérées durablement.

CET OUVRAGE
A ÉTÉ ACHEVÉ D'IMPRIMER
SUR ROTO-PAGE
PAR L'IMPRIMERIE FLOCH
À MAYENNE EN JUIN 2024

N° d'impression : 105000
Imprimé en France